忠孝为经 奇事为纬

与世道人心总有裨益

武侠

徐哲身

小说

鸳鸯女侠续传

徐哲身 著

中国文史出版社

目　　录

第一回　大危险女侠脱重围

　　　　小机关淫僧又遁走 ………………………… 1

第二回　到秘阁重寻真线索

　　　　上石级又堕恶机关 ………………………… 8

第三回　栅栏如铸又遇恶僧来

　　　　石壁自移谁救侠女去 ……………………… 15

第四回　险里出奇沙弥馈酒食

　　　　死中作乐果腹赴阴曹 ……………………… 22

第五回　似有似无佳人先恍惚

　　　　忽隐忽现贼秃也迷离 ……………………… 29

第六回　倾冷水手下救残生

　　　　接飞镖门前施绝技 ………………………… 36

第七回　因疑生恨质问负心时

　　　　受宠若惊机关随口泄 ……………………… 43

第八回　妇人称祸水柳氏又闹奇文

　　　　男子受牢笼张郎几乎上当 ………………… 50

第九回　玲珑手段乌龟笑

　　　　曲折心思黄鹤飞 …………………………… 57

第十回　仙人赐药暮岁得文郎

　　　　狐狸避雷深宵来美女 ……………………… 64

第 十 一 回　随母上天庭泪珠似雨

　　　　　　代郎寻继室碧玉如花 ················· 71

第 十 二 回　老农家中来上客

　　　　　　鬼侠梦里示良缘 ··················· 78

第 十 三 回　恶作剧官府臀流红

　　　　　　大倒霉法师面急白 ················· 85

第 十 四 回　床中跃下裸体佳人

　　　　　　窗外飞来黑丑女子 ················· 92

第 十 五 回　妖道留丹陡消疾病

　　　　　　夜深人静准进监牢 ················· 99

第 十 六 回　衙内投书肩头救女犯

　　　　　　梦中指示树底有孩尸 ··············· 106

第 十 七 回　手中落物狗遭殃

　　　　　　梦里显灵狐仗义 ··················· 113

第 十 八 回　者番托梦为申冤

　　　　　　久别重逢允雪恨 ··················· 120

第 十 九 回　开玩笑粉汗淋漓

　　　　　　显玄功芳心忐忑 ··················· 127

第 二 十 回　土地庙村众谢神

　　　　　　大公山剑仙封弈 ··················· 134

第二十一回　奇光奇明二仙人山中对弈

　　　　　　忽隐忽现怪女子世上难知 ··········· 141

第二十二回　鬼侠出场系孝女

　　　　　　田主收米到乡村 ··················· 148

第二十三回　涎艳色文良劫弱女

　　　　　　严冬天小弟救娇躯 ················· 155

第二十四回　被淫污红玉惨遭伤生

　　　　　　保贞操惠英庆离虎窟 ··············· 162

第二十五回　李家村乡姑得财源

　　　　　　峨眉山知府进头香 ················· 169

第二十六回　遣公差雪中送炭

　　　　　　责孝女无功受禄 ················· 176

第二十七回　月下焚香割股疗慈亲

　　　　　　梦中求丹舍命追女神 ················· 183

第二十八回　子夜近三鼓鬼称小头

　　　　　　日色未黎明魅呼长脚 ················· 190

第二十九回　慈母弃养的款难筹备

　　　　　　同村孺子仗义允危城 ················· 197

第 三 十 回　罗掘已尽田主忽发天良

　　　　　　奇峰突出惠英含恨随归 ················· 204

第三十一回　侠女赴阴曹得赐奖旗

　　　　　　隐身有法术除暴安良 ················· 211

第三十二回　逆旅中群仙聚议斩妖

　　　　　　佛殿上淫僧恶贯满盈 ················· 218

3

第一回

大危险女侠脱重围
小机关淫僧又遁走

却说鸳鸯女侠走到禅房的门口，只见那胖和尚慈云长老，怀中搂着个年轻美貌的少妇，赤裸裸的，上下一丝不挂，露出一身羊脂般细腻粉嫩的白肉，胸前微微地耸起一对双峰，任凭那和尚任意乱摸乱弄。鸳鸯女侠都看在眼中，好不十分大怒，心想："这贼秃竟胆敢如此侮辱女性！"忍不住怒火中烧，便仗着双剑，一脚跨将进去。谁知早已触动机关，突然从左右伸出两只铁手，可巧把鸳鸯女侠拦腰翲住，动弹不得。

那慈云见了，不禁哈哈大笑，将手一挥，便有两个和尚走上前来，把双剑取出。慈云眼见鸳鸯女侠长得如同天仙般娇艳美丽，禁不住一阵心猿意马、淫心大动，又要玷污她的清白。把鸳鸯女侠换上另外一个机关，紧紧地将四肢拦住，安放到床上。方才那个美貌的女子，只在这转瞬之间，早已不知到哪里去了。鸳鸯女侠的手足都被拦住，哪里还能够动弹得分毫？待把上下衣扯去之后，即将遭那贼秃奸污。

鸳鸯女侠到了这个时候，自知万无脱身之理，唯有任凭摆布的了，禁不住一阵伤心，便不由自主地掉下了几点英雄之泪，心中暗自想道："讵料我一生英名，干下了不少除暴扶良的事儿，也不知救了多少人的性命，哪里知道我最宝贵的这一生清白，就在今天的一

1

旦之中，丧失在这贼秃的手中，岂不是老天没生眼睛的吗?"

鸳鸯女侠才想到这里，只见慈云又将手轻轻地一挥，两个和尚便连忙退出门外。慈云即反过身来，满面堆着高兴得意的笑容，走近床前，伸出只手，只轻轻地将鸳鸯女侠的半截袖儿扯去，露出一段如雪藕般的粉臂，在这羊脂白玉般细腻的粉臂上，有一颗红痣，鲜艳夺目。鸳鸯女侠见了，忍不住悲从中来，又掉下了两行热泪。要知她为何目睹臂上的红痣之后，便值得要如此伤心流泪呢? 其中有个缘故。这痣并不是天生，却是人工所造，也不是痣，名叫守宫砂，若和男子一度交媾之后，这守宫砂便能自然隐去。当鸳鸯女侠下山的时候，她师父菁华真人取了蝙蝠的鲜血，和上好朱砂拌匀，点在鸳鸯女侠的臂上，看她下山之后，是否贞操，可以此为证，无论如何是再也不能强辩。鸳鸯女侠至今还是一个可贵的处女，尚没破瓜，料得今天必定难逃此关，怎的不要伤心流泪呢? 想至此，真是要生不得，要死不能，只有紧闭着双目，任其自然，无法可想的了。

慈云一手正伸在鸳鸯女侠的胸前，待要扯去了她的上衣，而后再去下衣，便可发泄他的兽欲。这时候的鸳鸯女侠，早已失去了她反抗的能力，就是愿以死保全自己处女的尊贵，也是不可能的幻想罢了。

正在此千钧一发之际，忽然从窗棂外面吹进一阵阴风，只觉得天昏地暗，日月无光，不到一会儿，这阵怪风过了之后，天日重放光明。鸳鸯女侠的手脚四肢毫没阻拦地竟还复了自由，这一喜还当了得? 比漏网之鱼更觉喜出望外，还以为是神经过敏，眼见得却是事实，便急忙飞起一腿，用了个黑虎偷心，向慈云的心窝里送去。和尚是个何等样的人物? 自然是眼明手快，忙不迭地向旁一闪，早已避过，便宜了他没有送死。但是心中觉得好不十分奇怪，明明套上机关，万无解脱之理，如何竟会被她挣脱? 鸳鸯女侠的一腿飞去，眼见得没命中，便又使了一个鹞子翻身，从床上一跃而起，向前

2

奔去。在壁上取了自己的双剑，返身正要杀那慈云，但见和尚早已躺在床上，只往里一个翻身，又变成了一张空床，哪里还有什么和尚呢？鸳鸯女侠见了，心中好生奇怪，走近床前一看，还不是好好的一张床吗？也察看不出有什么破绽。

这时鸳鸯女侠虽没有杀了和尚，未达目的，但是心中已觉万分自满，总算清白的女儿身没被玷污，岂不是件幸事，也可说是吉人自有天相的那句成语了。但总觉奇怪："不知那一阵阴风到底是从何而来，竟因之保全了我的清白。"

鸳鸯女侠在这个时候，也无暇再往下研究思索，一心只希望救了凤姑，出此龙潭虎穴的险地之后，再作道理。返身出了密室禅房，再到大殿，沿着回廊，弯弯曲曲地一路上鸦雀无声，并未遇到半个和尚，殿中央的三个佛像依然好好儿地站在原位。鸳鸯女侠因早知机关即在天井中青石雕成的双龙抢珠上，用脚尖轻轻一点，那殿中的三个佛像立时移开，就露出那条地道。鸳鸯女侠一见，心中好不欢喜，便走了进去。谁知才跨下三级，三个佛像忽又把地道的门挡住。鸳鸯女侠不觉为之吃惊，心中暗自想道："这机关倒也可恶得很，此去如能和张士杰相见，他必已探得全寺所有的一切机关，或可出此险地。否则万一遇不着他，我如何得能出去呢？虽然我的生命死不足惜，但恐重堕机关，又要弄得生死不能自主，玷污了我的清白，以后有什么颜面去再见师父呢？就是立即自刎，也是死不瞑目的。"

鸳鸯女侠愈往下想，愈觉得惶恐，竟至没了主张。这也难怪，因为她早已成了惊弓之鸟的了。这时，她又想："倒不如就此自尽了吧！"仔细想想，觉得太没价值了，并不是她宝贵生命，见死害怕，实在是留着这个身子，还要干几件轰轰烈烈的大事。又想到若遭遇到被迫失身的时候，何等可怕？这时倒觉得进退维谷，很有些为难起来了，一时想不出一个两全之计。正在没有主意的当儿，突然心生一计："这三个佛像将地道的门挡住得很有些可怪，现在不若再走

3

上前去，且看这三个佛像如何？"想罢，自己觉得也颇有道理，返身再走上前去，踏上三级。那佛像果然又自动移开，可以容人自由出入。又跨下三级，佛像仍把地道的门牢牢遮没。

这样试验了有两次，鸳鸯女侠才始明白放心，暗自忖道："假使别的路走不出去，大约此道总可逃生。"便大胆地走了下去，却很明亮，但不知这亮光是从什么地方射进来的，一时看不明白。这地道很长，走了好多一会儿，只见张士杰使着一柄朴刀，在前面有五六个和尚把他围在当中。鸳鸯女侠看张士杰的刀使得好像一条银龙似的，敌着五六个和尚，非但毫不凌乱，而且烂熟活泼，东来西挡地攻守有方，确有功夫，并不是寻常之辈可比。鸳鸯女侠见了，暗暗喝彩。就是那几个和尚，本领也颇不平凡，全都是能手，眼见得他们正打得有劲，都没留心注意。她向四处一望，遥见凤姑被罩在那边廊下的铁笼中，一时不能脱身，满面显出万分焦急的样子，目不转睛地只望着那和尚围着她的哥哥，恐防有失，自己却又不能前去相助，只在铁笼中跑来跑去地，也是徒然无益。

鸳鸯女侠把一切的情形都看在眼里，早已明白，心想："我且不去相助张士杰，倒不如乘和尚没留意的时候，先救了凤姑，而后同杀和尚，才是最好的上策。"便轻轻地溜了过去，走近铁笼的旁边。凤姑见了，真的喜出望外，待要招呼，鸳鸯女侠急忙摇了摇手，叫她不要出声，免得被和尚听见，闻声赶到，反而诸多不便，尤恐难达目的，且有不利。凤姑也已会意。

鸳鸯女侠本想将铁笼举起，可使凤姑从底下爬将出来，哪里知道这铁笼足足有万把斤重，就是用尽了平生之力，休想动弹得它分毫，如同生根一般地，哪里举得起来？心中如何会不着急？一时人急智生，自信双剑十分厉害，是师父一生锻炼而成，能吹毛断发，削铁如泥。鸳鸯女侠急忙舞动双剑，望铁笼劈去，只听得叮叮当当的一声响，早已断了两根铁柱。

那边围着张士杰的五六个和尚，忽听得后面的响声，回头一看，见有人在救凤姑，便有两个和尚连忙跳出圈外，弃了张士杰，挪着刀，返身赶来。

鸳鸯女侠虽把铁笼劈断了两根的柱，等于没断一般，凤姑仍逃不出来。再用力劈去，这两根断了的铁柱才始落地，便可巧成个窟窿大洞，凤姑急忙钻出笼外。

这时，那两个和尚也已赶到，鸳鸯女侠心中早已打定主意："先给他们一个下马威，才晓得我的厉害。"便随手一剑，一个和尚没提防，措手不及，早着了剑，身首异处地往后倒了，这个臭皮囊虽在地上，他的灵魂便上西天的极乐世界。另一个和尚见同伴已死，要替他报仇雪耻，便仗着刀，直取鸳鸯女侠。

这时候，凤姑早溜出了那大铁笼，急忙把那死和尚身旁的朴刀拾起，加入战线。两个女侠力战一个和尚，打了有十多个回合，彼此却分不出胜负。那和尚独战两个女侠显得十分泰然，一些也不慌不忙地，把朴刀舞得出神入化的，井井有条，而且愈战愈有劲儿，全没半点儿破绽。两个女侠、一个和尚，三个人打作一团。一时刀光剑影，寒光闪闪，叮叮咚咚地火星四射，哪里还看得出什么和尚和侠女？

鸳鸯女侠看得和尚的刀法超群，绝不可轻视，须要留神小心，才不至有失，急忙示意凤姑。凤姑也是心中明白。

和尚又战了二十个回合，却也不能取胜，暗暗也觉奇怪："看不出这两个女子倒有这些本领，颇不平凡，定然都有来历。如果今日不能取胜这两个女子，我枉为堂堂七尺之躯。"和尚一时好胜心重，便将刀使了个一箭双雕式，要取两个侠女的性命。

鸳鸯女侠是何等眼明手快的人？早已看出这路刀法来势十分凶猛，待要通知凤姑，叫她留神注意，免得措手不及，吃了他的亏，以致牺牲了性命。说时迟，那时快，尚不及示意，那和尚的刀早已从上而下地凭空飞来。鸳鸯女侠忙将头低下，避过了刀锋，虽已保全了自己的性命，然而心中还觉得十分惊恐，唯怕凤姑不知这和尚

5

此刀法的惨毒，不知厉害地枉送了性命，岂非憾事？

正在这时，转瞬之间，但见一个人影倒下地去。鸳鸯女侠见了，不觉为之吃惊，料定必是凤姑着了和尚的刀，已死于非命的了，待要和凤姑报仇，回头一看，只见凤姑笑盈盈地站着，却不见和尚。再定睛细细地一看，原来那和尚倒在地上，早已死在血泊之中了。

鸳鸯女侠见了，又惊又喜，万想不到和尚已死，连忙追问凤姑，到底是如何一回事。

原来凤姑的武艺也不弱于鸳鸯女侠，那时和尚用此一箭双雕之式，心中满以为定能取得她们二人的性命，可以杀了一个又是一个的，同一时候，可把她们二人的性命同时结果，所以由上而下，先杀了鸳鸯女侠，第二便该是凤姑的了，故非用力不可。否则杀了鸳鸯女侠，却杀不了凤姑，也便不成其为一箭双雕，被内行的人看破，还以为是误了格式，令人耻笑，于颜面攸关。谁知鸳鸯女侠低头避过，和尚的刀没有阻挡，便显得用力过猛，扑了个空，身子往前微微一晃。

凤姑也正看得明白，料得和尚的这个格式早已失势，本来凤姑也是个何等聪敏伶俐的女子，便趁此良好的机会，用个顺势推舟式，使他一个急不及防，便是一刀，手起刀落，结果了和尚的性命。

鸳鸯女侠和凤姑各人都杀了一个和尚，满心欢喜，觉得十分得意。

那边的张士杰虽被三四个和尚围着，足足打了有三百多回合，一时也难取胜，究竟是双拳难敌四手，汗流浃背、头昏脑涨的，手脚也麻木酸痛了，很觉得有些难于支持。眼见得快要败将下来，说不定要被他们生生擒住，或者死于乱刀之下。待见鸳鸯女侠救了他的妹妹，出得铁笼，便知她必能逃生，心中先自一喜，就是自己做了刀下之鬼，也是乐意而在所不惜，总能对得起地下的父母在临死时谆谆的一番嘱托，保护妹妹，也没曾失职。今又遥见她们居然杀死了那两个和尚，不觉兴奋起来，精神也为之一振，哪里还觉得精疲力尽？又能敌住这三四个和尚。

鸳鸯女侠和凤姑杀了和尚，见张士杰还是一人在那儿，望去满头是汗，急忙上去相助。二人还可算是生力军，愈打愈有精神。

那三四个和尚也已觉很有些疲乏了，渐渐地败退下去，彼此也不能互相联络照应，都感自顾不暇，一个个都只有招架、没有一个有还拳的能力。鸳鸯女侠和凤姑、张士杰等三人一步紧似一步地逼近前去。

那和尚且战且退，鸳鸯女侠等三人且战且追。迎面有座小楼，有十数层石级，并不甚高大。那三四个和尚被他们逼得没路可走，便往那石级上走去，逃上小楼。谁知上楼之后，便不见了和尚。

鸳鸯女侠和凤姑、张士杰，哪里肯放他们轻易逃去？

欲知后事如何，且看下回分解。

第二回

到秘阁重寻真线索
上石级又堕恶机关

却说三四个和尚且战且退，被鸳鸯女侠和凤姑、张士杰逼得没路可退，一个个跨上石级，逃进小楼去了。三人目睹他们逃上小楼，转瞬之间，便不见了那几个和尚。鸳鸯女侠等三人哪里甘心放他们就是这样地轻轻逃去？凤姑正要追上楼去，鸳鸯女侠将她阻住，但觉这楼十分奇怪，三人细细察看，这座小楼的四周都是空地，并无依傍，而且除前面的几层石级外，也没有其他的后门和出路。依此情形看来，这座小楼无疑的是条绝路，哪里还有什么可以逃生的地方？

张士杰道："这小楼是没有出路的，几个和尚逃了上去，哪里走得出来？一定还是在楼上，但不知躲在什么地方罢了。我们只要上去搜查，或者可以找得到，非把这几个贼秃杀了才甘心。就是这样被他们逃了，实在太便宜了他们。"

凤姑也道："哥哥说得不错，这座小楼，看盖造得何等坚固？没有地方可使他们得以遁逃，我也以为一定在里面躲着，只要打进去搜查，不难捉住。"

鸳鸯女侠对于凤姑和张士杰的话，唯有她一人却不甚赞成，回道："两位的话虽然不错，但我总觉得这几个和尚所以要逃进这座小楼，内中定有什么缘故。现在我们虽然都不知道，但我可以武断地说，这几个贼秃所以要进楼去，不言而喻地能知道对于他们必定有益，对于我们非但无益，说不定有害呢！要知道这寺中各处都密布着许多机关，随时随地都能将你生生擒住，随时随地也能将你杀死，是个多么危险可怕的魔窟？我们凡事须要百般小心留意，才得不出意外。"

鸳鸯女侠说到这里，将被扯去了半截袖管的一只粉臂递到凤姑的面前给她看，又继续说道："你知道吗？我的半截袖儿现在怎么没有了呢？难道我这件衣服只有半截袖儿的吗？"

凤姑和张士杰兄妹二人看了，都觉得十分奇怪地同声问道："真的，我们在匆匆忙忙之间，都没有留心注意到你的一只袖上竟少了半截，到底是怎么一回事？"

鸳鸯女侠道："现在这几个和尚已被他们逃上了小楼，要是说这座小楼中也布置着机关，被他们上了楼，已入机关，早逃得不知去向了。要是没有机关，我们也已在四面看清楚了，是逃不出来的。且让他们在楼中，我们只要在外面守着，如果他们出来，我们便和他们再打。若有机关，就是进去，也是徒然的了，而且我们苦战了多时，也已觉得非常辛苦，倒不如在此休息一会儿之后，再作道理。"

凤姑道："姊姊所说极是，都为了我一人的事，害得姊姊受了许多辛苦。现在且休息一会儿吧！方才姊姊讲的话中断了，可否请说下去，怎么会没有了半截袖儿？"

鸳鸯女侠向四面一看，那小楼的石级旁，面对面地有两条石凳。鸳鸯女侠道："我们且坐着谈吧，就是和尚逃下楼来，我们也不难一眼就可看见。"

张士杰也插口道："不错，不错，真的我也觉得很有些吃力了。"

于是鸳鸯女侠和凤姑二人合坐一条石凳，张士杰却一人坐在对面的那条石凳上，并将刀剑靠在自己的身旁，取出了手帕，揩去了额上的汗。

凤姑便又急不待缓地追问鸳鸯女侠道："姊姊，你怎么是这样慢吞吞的？没有了半截袖儿，从方才直讲到现在，始终是还没有说出来，不知到底是如何一回事，好像猜谜语似的，真的要把我闷死了呢！"

鸳鸯女侠便似怪非怪、似恨非恨地笑答道："怎么有如此猴急的姑娘？也是很少见的。我才坐下来，还没曾好好地喘过一口气，便又害得你这等催促。现在我就说给你听了吧，免得你再发猴急。本想早就要说给你听的，哪知我一下地道，一眼看见你令兄被五六个和尚围着，正杀得十分有劲，料得他们都没有看见，我便轻轻地溜来，救你出了铁笼。又杀了两个和尚，再助令兄，直杀到现在，没有片刻停息，便也无暇告诉你们了。说到方才的那个和尚，他用的是一箭双雕式，要取你我二人的性命，却是万分厉害，我虽已避过，但要通知你，一时又来不及，我心中实在有些说不出来的着急。不知怎么一来，那秃驴早已倒在地上，死于血泊之中了，这也亏你的手脚如此迅速，真使我佩服得五体投地，倒也要请教请教。"

凤姑听了鸳鸯女侠在赞她的武艺高强，自然十分得意，满面堆着笑容地道："姊姊太夸赞了，我哪有像你所说的这等本领？不过是偶然罢了。也是他的恶贯满盈，命中该绝。"

凤姑说到这里，便把那和尚如何一刀飞来，被鸳鸯女侠低头避过。见他第一刀失利，却感用力过猛，只用了个乘势推舟式，不费吹灰之力地将他很容易地杀死了。

鸳鸯女侠又着实夸奖了一番，说她如何的聪敏活泼，也懂得随机应变。凤姑听了，口头虽然竭力谦逊，到底还是个十七八岁的小女儿，心中是有说不尽的欢喜，不免要露于形色之间，非常得意，竟至忘其所以。

正在此十分快乐的时候，凤姑突然跳起身来，大声叫道："你好，你好！"这样地突如其来。

鸳鸯女侠和张士杰都被她吓了一跳，各执了刀剑，如临大敌般地大惊失色，急忙站起身来问道："什么事？什么事？"

风姑见他们如此戒备森严，料得他们饱受了一场虚惊，不觉失笑道："没有什么事，值得你们这等大惊小怪的，我说的是鸳鸯姊姊，她东拉西搭地说好半天，始终没曾把被撕了半截袖儿的话说出来。我岂不是上了她的当吗？如今可该说了。"

二人听了没事，才始放心，再坐下身去。

张士杰便埋怨风姑道："妹妹，你怎么还是个小孩儿似的，总不肯改变你的老脾气？一些也没有紧要的事，却要无风三尺浪，还要说人家大惊小怪，自己才是大惊小怪呢！"

风姑只是微笑，也不分辩，回头对鸳鸯女侠道："不错不错，全都是我的不是。现在且不必说了，到如今姊姊可该说明了，可不要再东搭西拉地把话说野了。"

鸳鸯女侠没法，只得把她所经过的事简略地说了个大概，说了，反而有些羞得满面绯红。

风姑听了，很不安地说道："为了我的事，竟害得姊姊受了这等苦，叫我怎样对得起姊姊呢？"

鸳鸯女侠也说了些四海之内皆兄弟也一套侠义的话，不过都觉得这阵阴风十分奇怪，如何解脱机关，是什么道理，全都研究不出，唯有说是吉人天相而已。除此之外，别无理解，结果终于是没有结果。三人谈了有好多一会儿，精神也恢复过来了，丝毫不觉辛劳，又好像生龙活虎。

鸳鸯女侠便站起身来，将双剑提在手中，试了一试，映出数道寒光，把衣服整理一整理，两眼望着风姑和张士杰兄妹二人道："我们就是这等老是坐着久等守候，如若这几个和尚从此便不出来，我们怎么办呢？老等着也不是道理。我们进去搜查呢，还是就此走了吧！"说着，两眼不住地望着他兄妹二人，期待着他们的回答。兄妹二人也各站起身来，取了刀，风姑先紧蹙着双眉，显得似乎很难于解决地道："我们要是上楼去搜查，据方才所说，寺中有如许机关，

11

多得实在是防不胜防，小楼中难免也布置有机关，假使我们贸然进去搜查，如果一个不小心，重又堕入机关，那如何是好呢？要是就此放走这几个杀不可恕的和尚，倒很觉得于心不甘，非把他们杀死了才始痛快。"

张士杰也道："这个问题真的觉得很难解决，上楼进去搜查，恐怕中机关，哪里会有人来救我们的性命？而且没人知道，死在里面，白白地送了性命，岂不冤枉？我们就此放弃了，大家安然出寺回家，实在是不大情愿，而且也太便宜了他们。"

鸳鸯女侠便插嘴道："便宜了他们和没便宜了他们，这倒也还是一件小事，尤其是我们已明明知道这座寺院中的和尚都是些淫僧贼盗，奸淫妇女，劫掠金银，是些杀人不眨眼的魔鬼，我们知道了后，因畏惧而又放弃，对于我们侠义的行为不合。我们应该不怕艰难，总要设法除此全寺的淫僧，为后来的妇女谋幸福，这样才能合我们侠义的主旨。"

凤姑听了鸳鸯女侠的话，便使了一路刀法，很兴奋地道："不错，不错，我们的确应该为妇女谋幸福，使她们以后不致遭淫僧的奸污，和岂有见死不救、袖手旁观的道理相同。"

凤姑说着，仗着刀，便要跨上石级去了。

鸳鸯女侠见她这等粗莽的行动，连忙将她一把拉住道："且慢，你不要如此鲁莽，凡事总要谨慎小心，才无意外之事。和尚进去已多时，不见出来，内中定有缘故，而且他们当然熟悉全寺的生死各路，他们岂有不向生路而往死路里走的道理？只要这般推度，这座小楼之中必有机关，是毫无疑义的了，我们应该留神一二。"

张士杰也极赞成："鸳鸯女侠的话，的确是些经验之谈，须要牢牢地记在胸中，尤其是我们行侠的人，不论做任何一件事，总得要胆要大而心要细，才能达到我们的目的。否则成事不足，败事有余。像你就是这等人物，同小时一般，一点儿不知天高地厚。而今大了，也应该知道些。"

张士杰以哥哥的资格，着实地把凤姑诉说了一回。

凤姑被说得无言可答，只骨溜溜地睁着一双大眼，待她哥哥说毕，才把头一扭，撒娇似的说道："照这样说来，上楼去搜查果然不好，不上楼去搜查，又是一个不好，这事进退维谷，倒有些两难起来了。放和尚就此了事，于我们侠义的宗旨不合；要上楼去找寻线索，杀了和尚，为世除害，又恐伤了自己的性命。左也不好，右也不好，那么依你说，如何才好呢？"说了，侧着头，显出洗耳恭听的样子，等待说出好计划般神气。

鸳鸯女侠便含着笑道："这事的确是很感两难，我一时竟想不出一个两全的办法来解决这个问题。"

张士杰低头思索了好久，只是连摇其头，淡淡地说道："真的，我一时也想不出一个两全其美的办法。"

凤姑看见鸳鸯女侠和她哥哥两人都想不出办法来，又觉有些得意，很有些你们也想不出办法来吧，也奈何我不得的样子，精神为之一振，便说道："你们也是没法可想，而我却又要提议了，赞成不赞成也是由你们。"

张士杰自言自语地道："总没有什么飞天大不了的好法儿。"

凤姑急忙回头望着她哥哥道："自然，自然，狗嘴里哪里会吐出象牙来？我是个笨伯，怎会有好方法？"

张士杰听了凤姑天真烂漫的一片完全是个孩子口吻的话，不觉失声好笑起来道："狗嘴里可以吐象牙，谁说你笨伯？是个聪敏人，你说你说。"

凤姑被她哥哥说得羞了，红着脸，把头一扭道："你要说，我偏不说了。"

鸳鸯女侠也笑着道："你说出来我们听听，大家研究研究，考虑考虑，行不行有什么关系呢？彼此都是自己人，用不到害羞。"

凤姑眼见得不能不说，否则恐怕对不起人家，便道："和尚是逃去了，等了许久，不见出来，连半个和尚的影儿都没有。我们老是

13

等着，等到明天，等到后天，就是等一辈子也是没用的。须要去找寻一个线索，才是道理。否则，哪里会知道他们的巢穴呢？"

鸳鸯女侠连连称赞道："对呀，对呀，真说得一些也不差，我们等一辈子也是没用的，总要觅得线索，探知他们的巢穴，那才是真真的根本办法。那么我们怎样进行呢？倒也是个很难解决的大问题。"

凤姑便很得意地接嘴道："我以为，这座小楼虽然装着机关，但我们不是亲眼目睹看见他们上楼的？他们果然全都熟悉机关，而我们虽不能详细知道机关的枢纽之处，但只要谨慎小心留意，或者也可以被我们所发现，这是说不定的事实，而且更不是不能成事实的幻想。只要探得机关进去了，不难杀他个鸡犬不留。"

鸳鸯女侠和张士杰听了，虽不能满意，但也想不出一个较好的办法。三人各自低头研究思索了多时，结果还是得不到结果，总觉得机关如虎口，一不小心，便有性命出入，绝不是件可以随便儿戏的事。那么，不是在上集《鸳鸯女侠传》中所说，张士杰已向柳氏把寺中的机关探个明白吗？要知柳氏所说的机关，都是各处可以逃生的机关，以为他救了妹妹出来之后便没事，所以没说别的机关，故而张士杰自然不知。

三人想想，只要小心，不如进去试试。各人便把自己的衣服又略一整理之后，把刀在鞋底上一一擦亮，便鱼贯而踏上石级。张士杰打头，凤姑第二，鸳鸯女侠在后，都觉十分兴奋，三脚改作两步。谁知张士杰走上十二三级，凤姑走上八九级，鸳鸯女侠只走上七八级，倒说是个活动扶梯，三人一个个掉了下去。

欲知后事如何，且看下回分解。

第三回

栅栏如铸又遇恶僧来
石壁自移谁救侠女去

却说鸳鸯女侠和凤姑、张士杰等三人都觉非常兴奋，三脚改作两步地奔上楼去。谁知为头的张士杰走上十二三级，凤姑走上八九级，鸳鸯女侠在后，只走上了七八级光景，倒说那石级是个活络扶梯，三个人因为亲眼看见和尚也从这石级上很安稳地逃进楼去，哪里想得到这石级的扶梯上也设着机关？以致疏忽了，没有小心注意，三个人便一个个掉了下去，约有二丈多深。幸亏三人都有本领，全都没曾跌伤。

掉了下去之后，细细一看，面积很小，约有一丈长、五尺多阔，三面都是水成岩的石壁，一面是有斗那么粗的铁柱拦阻着，每根相距三四寸，虽伸得出拳去，却不能从此逃生。由铁柱间望去，前面又是一片旷地，不知从何而来的阳光照得很亮。

鸳鸯女侠和凤姑、张士杰等三人在这石室中四处详察细看，总找不出一个可以逃生的所在。鸳鸯女侠心中暗想："我们既从上面失足掉下来的，那么只要仍由上面原处爬出，岂不甚妙？"便把这意思说出。兄妹二人听了，也极赞成。

三人用那叠罗汉的方法，张士杰做底，凤姑便立在她哥哥的肩上，鸳鸯女侠再立在凤姑的肩上，一级一级好像扶梯般的，鸳鸯女侠站在最高峰，将手往上一阵乱摸，但觉滑腻。举首细细一看，只见平坦坦的一块石板，十分光洁，好像水晶也似的，连可容蚂蚁出入的一个小洞也没有。心中暗自称奇："如此光景，这块大石板上真是天衣无缝，我们怎么会掉下来的呢？或者这块石板也装着活络的机关，能够翻上翻下，也未可知。除此而外，别无理解的了，倒不如试他一试怎样？"想罢，自己也觉得十分得意得很，好像对于逃生，似乎有极大的希望，更有把握。便举起双手，努力往上猛推，但望推开了石板，即可耸身飞上，以后便可把凤姑和张士杰兄妹二人逐一救出。

正当鸳鸯女侠推得有劲，只听得一阵"怎么，怎么？"大声地叫唤。鸳鸯女侠不觉一惊，以为是被和尚知道，恐防他们摸到了枢纽，逃出机关，所以在此呐喊。不觉也是又惊又喜。惊的是，已被他们发觉；喜的是："居然被我找到机钮，三人若能统统逃出，自然更为满意。假使时间不及的话，只要在此三人之中，逃出一人，那便有法可想。以情形而论，当然在最上者能有逃出的机会。"

鸳鸯女侠想到这里，要脱逃之意愈急，愈急便愈用力往上猛推。正在此际，不觉脚下一个大摇大晃，一个站足不稳，便掉了下来。幸亏鸳鸯女侠是个有本领的人，如何敏捷活泼？尤其善于随机应变，急忙轻轻地飞身下地，一点儿也没有损伤。要是没本领的人，从八尺多高的空中无意中失足掉下身来，至少也跌一个头破血淋、鼻头眼睛也要并在一处，那当然是毫无疑义的。

鸳鸯女侠安然地下了地，便似恨非恨地埋怨凤姑和张士杰兄妹二人道："正在此紧要关头的时候，你们为什么不多忍耐一刻？只要我能出此图圄，即可将你们逐一救出。如今被他们已知道了，在外面高声地喊，你们听见没有？"

凤姑道："你可发觉了些什么？拼命地一阵往上乱推，要知道，我们在下面，如生铁一般地，我们可受不了，被你压都快要压死了，你倒还在埋怨我们。"

鸳鸯女侠笑道："照这样说来，方才的叫喊是你们，却不是和尚，所以声音是怪好听的。"

说得兄妹二人都笑了。

凤姑似怨非怨地笑道："我们在此虎穴之中，生死尚难预定，你倒还在此说笑话，须要想法，才是正经。姊姊，你到底发现了些什么？"

鸳鸯女侠便答道："一些也没有什么发现，只觉得上面也是一块大石板，连缝都没有一条，不知我们如何会掉下来的？"

凤姑和张士杰同声道："如此说来，眼见得我们要死在这里了，总得想个办法，才是道理。难道我们就这样束手待毙便算了吗？"

鸳鸯女侠点头道："怎么不是呢！大家自然要动动脑筋，不过我总觉得十分奇怪。我们既然能够进来，照道理而想，一定能够出去。但是依现在的情形看来，倒真有些莫名其妙了。"

凤姑道："真的有些莫名其妙了。"说着，三个人便东找西寻地总希望发现一个破绽，得以遁脱牢笼。

正在向四面上下张望的时候，忽从左边蹿出两个和尚，也不戴僧帽，秃露着光白头，剃得真的光而且滑，亮得差不多可以照人，手中各提着柄朴刀，雪一般亮，映出几道寒光。一见便知道不是平凡的武器，虽够不上称为宝刀，却也不可多得。推度这两个和尚的本领，大概也有些来历，满脸凶相，雄赳赳、气昂昂地站在离石笼一丈之地的地方。鸳鸯女侠和凤姑、张士杰等三人见了，不免一惊，便都站住了，各人的一对眼睛全都望着两个和尚，但是也无所措置。

只见那两个和尚交头接耳地说了一番耳语，虽然只离得一丈之遥，不能算远，可是他们所讲的话实在说得太轻了，因此一句也听不出来，并不知他们到底说些什么。但是他们说了一会儿之后，两个和尚的四只贼眼向鸳鸯女侠和凤姑两人的身上，上上下下地盯望打量个不了，好像一只癞皮狗见了一块美肉，真的禁不住馋涎欲滴的样子，令人见了，可恨亦复可笑。

鸳鸯女侠见了，尤其心中十分大怒，恨不得就是一剑飞去，把他斩了。然而转念一想，自知很有些不以为然："就是一剑飞去，未必一定命中，万一有失，我岂不抛了一剑，收不回来，不很可惜吗？"所以鸳鸯女侠虽然怒恨，却也奈何他们不得。

正在这时，便有一个和尚满面虽然堆着笑容，然而总掩不了他那凶恶之相，一阵哈哈狞笑道："你们既然已经掉进这座石笼，老实对你们说了吧，凭你有天大的本领，今生今世，休想逃去。我劝你们快不要胡思乱想了吧！再说句忠实的话，到明年的今天，便是你们三人的周年了。不过我们的师父是个素以慈悲为怀的长老，十分可怜你们，特令我们二人前来代表下个忠告，要生的，这两个女子须要好好地伴我师父侍寝，非但能够保全生命，而且能得到说不尽的许多后福无穷。吃的是山珍海味，穿的是绫罗绸缎，自然是珠翠盈头，多么旖旎风光，很有许多妇女十分羡慕，却难于得到这个位置。如今我们师父中意，真的还是你们大大的造化。"

和尚说到这里，略等了片刻，透了一口气，将刀指着张士杰又继续道："这个男子也可好好地放他回去，决不损伤他半根毫毛。要是你们不知好歹，不识抬举的话，嘿！你们的生命都在我们二人的手中，要你生，要你死，真易如反掌一般，容易得真好似探囊取物。到了那时，不要后悔莫及。我看你们二人生得如此花容月貌，何等标致美丽？我眼见你们一旦死于非命，未免可惜。我好心劝你们的这许多话，莫要忠言逆耳，要知道全都是金玉良言。听与不听，全凭你们自作主意。说得明白些，愿与不愿，就是你们的生死之途，这两条路，任凭自择。最后再郑重劝告你们，生死乃是大事，不要误入歧途，致成终身遗憾，一失足成千古恨，便没人可怜的了。"说到这里，又是发出一阵狰狞的狂笑。

另有一个和尚接口道："如此金玉良言，真是千金难买，不要当作耳边风，那便辜负了我师兄的一番美意，也失了老天的好生之德。"

三个人听了和尚的话，哪有不勃然大怒之理？尤其是鸳鸯女侠，一时气得满面绯红，禁不住破口骂道："该死的秃驴，你们活得要感到有些不耐烦吗？真的要讨死不成？在我们的跟前是敢这等放肆！"

鸳鸯女侠怒形于色地恨不得立时一剑飞去，斩了这两个贼秃为快。但是转念一想，可是不敢，恐防万一失了宝剑，便再也不能到手了。就是凤姑和张士杰听了，也是怒火中烧，可是却奈何他们不得。

那两个和尚听了鸳鸯女侠这番辱骂，竟致不动声色，便冷笑道："我们好意可怜你们，指条生路，想不到如此执迷不悟，自己才是讨死，胆敢侮辱你的爷爷，那便莫怪要下毒手了。"说着，返身便走，好似十分动怒的样子。

一个和尚连忙将他一把拉住，满脸堆着笑容道："师兄且慢，何必这般大怒？为人总得要宽宏大量，尤其是像我等出家人，始终要抱定慈悲为怀，如果只为了此些微小事，竟值得动怒，未免小题大做。要杀这三人的性命，虽然易如反掌，但谚云，救人一命，胜造七级浮屠，上天也有好生之德，虽有负师兄的美意，待我再下一次最后的忠告。倘若听纳良言，便也罢了。"

和尚站住了道："既然师弟劝慰，我就暂听你的话。不过依我看来，他们总是该死的东西，固执不化，只多活几分钟而已，简直也尽可以不必。现在就卖你一个交情吧！"

那和尚便对鸳鸯女侠和凤姑、张士杰等三人道："我师兄的话，你们量必都听得很明白了，师父看中了你们，正是你们的造化，快快答应了吧！得有生命，果然不待说，而且更可以既得荣华，又得富贵，真是一举两得，何乐不为呢？否则，哼！那便不堪设想了，当然要死于非命。不过以我个人想来，总觉得好死不如恶活，眼见你们惨死，于心不忍，代为可惜。但是良药苦口，这也是一定的道理，听与不听，还是在于你们自己。"

鸳鸯女侠等不听则已，一听之后，更其大怒，异口同声道："虽遭惨死，却也甘心，谁要你们可惜？赶快都替我滚蛋！"

两个和尚听了，也是大怒，头也不回地返身便走，嘴里一阵叽里咕噜地道："真正不听好人言，吃苦在眼前，劝不信的蠢物，如此好话，等于是对牛弹琴。由他们去吧，我们总都已尽了我们的义务。就是他们死了之后，也怪不得我们言之不预。"说着，只向左边一隐，便不见了。

鸳鸯女侠等三人看见了这种傲然的样子，哪有不怒发冲冠？恨不得将他们一口咬死。但是他们在此环境和情形之下，如像是笼中之鸟，实在是有翅难展，所谓英雄无用武之地，就是这种遭遇。

正在这个时候，但听得忽然有一阵轧轧之声，却不知从何处发出，很是清晰可闻，似乎近在咫尺，并不甚远。虽然明知这种声音于己一定不利，当然是毫无异义，各人全都倾耳细听。

张士杰突然大惊失色地唤道："哎呀不好，哎呀不好！这声音原来就是在这里发出来的。"

鸳鸯女侠和凤姑二人都被吓了一跳，连忙依着张士杰所指点的地方一看，只见左右两块石壁，渐渐向里移近。

鸳鸯女侠道："今天我们三人的性命，一定是难保的了。这两块石壁，向我们两面推来，虽然并不很快，我们总要设法抵挡它，不使近身才是。否则便不可想象了。"

张士杰点头道："对啊！决不可就是这样坐以待毙。我们须要各尽各的力量，分工合作，才能收到伟大的效力。"

鸳鸯女侠和凤姑都很赞成此话。正在这个时候，两块石壁渐移渐近，左右距离只不过三尺。

鸳鸯女侠见了，便发急道："我们快将石壁挡住，否则就是这样任它慢慢地渐移渐近，我们三人将要被压成一块肉饼，哪里还会能分辨得出你我三人呢？"

鸳鸯女侠一面说，一面用力将她近身的一块石壁用双手抵住。凤姑和张士杰兄妹二人，两人合推一块石壁，只觉得这两块石壁有数千斤以上的力量，哪里能够将它推了回去？虽经抵挡，速度只慢些罢了，仍旧渐渐向里移近。然而鸳鸯女侠和凤姑、张士杰等三人早已用尽平生之力，而且也已感精疲力尽，再也没法可想。一个个的心中，各自悲惨，料得今天断然难逃此关。

凤姑不觉一阵伤心，禁不住掉下泪来，对鸳鸯女侠道："全都为了我一个人的事，害得姊姊快要没了性命了。我们的死，原是应该的，毫不足惜，但无故地累了姊姊，我怎么对得起你呢？"

鸳鸯女侠听了凤姑的话，慨然地答道："妹妹，请你不必再这样说，尤其是不要介意，切不可存对不起我的心理。要知道，每个人的生死，乃是大数，在未生之前，早已注定了的，该死在什么时候和什么地方，就该死在什么时候和什么地方，就是老天也没有挽救的能力，你怎么定要说这种话呢？请快止了悲伤吧！"

张士杰便接口道："话虽如此，但舍妹总觉得于心不安。"

鸳鸯女侠一面仍用双手将石壁努力抵住，因为用力过度，满头香汗淋漓，听了张士杰的话，又顿足道："废话快少说了吧！要明白急其所急，缓其所缓，现在不是说抱歉的时候，若能脱逃，再作道理。"

正在此时，两块石壁的距离已是不到一尺，眼见有力没处用了，三人将要压成一团肉饼。

欲知后事如何，请看下回分解。

第四回

险里出奇沙弥馈酒食
死中作乐果腹赴阴曹

却说两块石壁渐移渐近，距离已经不到一尺。鸳鸯女侠和凤姑、张士杰等三人眼见得有力没处用了，将要被压成一团肉饼。惨死之期，在此转瞬之间。

正在千钧一发、十分危急的时候，忽然那两块石壁仍旧退到原来的位置，而且速度极快，好像闪电一般。鸳鸯女侠等三人因为用力过猛，这样一来，各人都几乎跌了一跤，幸亏连忙站住脚跟，总算没有跌倒。各人的心中，反而都莫名其妙地一阵乱跳，这理由谁都不能解释，就是他们自己，也说不出是什么所以然，哪不觉得十分奇怪？心中暗自忖道："他们既然利用机关，要将我们三人压成一团肉饼，他们存心的残忍和手段的恶毒，可想而知，为何现在又不令我们死呢？这石壁远胜九牛二虎之力，我们断不能将它推还原处。依此情形看来，内中定然有个道理。"

三人正在十分惊奇、难以猜透他们是何用意的时候，左边突然又走出一个和尚，望去年纪只有十五六岁的光景，倒也长得眉清目秀，十分白净，却是个美貌的小和尚，眉目慈善，没有一点儿凶恶之相。双手托着一个饭盘，满脸堆着笑容。

鸳鸯女侠等人见了这种情形，他们用意的复杂，也可不言而喻，实在是令人莫解，一双双惊疑的目光都不约而同地集中在一条线上，呆呆地望着和尚，细心察看他的一举一动。

那小和尚托着盘，离他们五步之际便站住了，笑容可掬，柔声善气地说道："三位侠士，来此小寺已久，点水未进，想必都已肚饥的了，所以师父特地令我送些东西前来。只因仓促之间，不及吩咐厨房准备些精美可口的食品，不过是菜根淡饭和一杯水而已。虽然不中吃，不妨胡乱充饥，也可以免得饿坏了侠士，这完全是我师父的一片美意。"

张士杰不待和尚说完，心中早已十分大怒，便睁着两只如铜铃般的大眼，开口便骂道："死不赦的贼秃驴，谁要你来假献殷勤？哪个要吃什么东西？晓事的，倒不如快快与我滚蛋吧，免得站在你老子的跟前惹你的爷爷讨骂。"

和尚受了张士杰的一番谩骂，面上的表情一些都不动声色，若无其事，好像没事人一般地，似乎和他毫没关系，依然是笑容可掬。

鸳鸯女侠便望张士杰一眼，轻轻地说道："我们和贼秃们杀了半天，真的许久没有吃东西了，确然肚中有些觉得饥了。他们既然送东西来，管他是好意，或者是恶意，我们且吃了再说。"

张士杰便默然了。凤姑也并不反对。

鸳鸯女侠心中暗想："我们好像在牢狱之中，前面密密地拦住着，而且一根根栅栏的距离只有二寸多光景，望去和尚手托盘里的碗，直径都有四五寸，哪里能拿得进来呢？而且栅栏上更没有一个可容碗递出递进的洞。再退一步想，即使有，将一碗碗的菜递进来的时候，岂不是要走近我们的身边吗？我们手中各执着刀剑武器，这小和尚又不是瞎了眼的，没有看见，递菜走近我们的当儿，难道他不怕我们伸刀出去把他杀了吗？内中定然又有道理，否则他们一定不见得像这样的痴呆。"

鸳鸯女侠暗暗思量到这里，略一停顿之后，再转念一想，忽恍然大悟："对了，对了，他们也在用计。怪不得这个小和尚如此温柔，似一个好孩子般的，就是骂他，因奉了他师父的命令，也不动怒，不比方才的那两个那般的凶恶，用的是软计，使得我们不忍杀他。"

鸳鸯女侠以为一定是这样的了，但再一转念，觉得又有些不对："他们尽可把我们三人压死，笼中之鸟，是无力抵抗的，为何偏又要这样，令人倒在我们的手中示弱乞怜的，是令人费解。事情是一定复杂之中又加复杂。且看他们怎样便怎样吧，不必再多费脑筋，岂不是有损无益，很不值得？"

鸳鸯女侠便对那和尚朗声唤道："既然送食品前来，我们正用得着，你且拿来吃吃。"

和尚听得鸳鸯女侠等肯吃东西，心中先是一乐："师父委我办的事情，居然能够达到目的，岂不欢喜？而且是出于意料之外，这的确是件极难极难的难事，而今办妥，师父一定会说我十分能干。"便笑着道："赏光得很，不过粗糙得很，实在是不中吃。"

鸳鸯女侠大声道："不必啰唆多说，且拿来！"

和尚连连说："是，是！"

鸳鸯女侠和凤姑、张士杰等人都目不转睛地望着和尚，看他如何把菜送进来，倒不可失此机会。不过假使这和尚走近他们的身边，到底杀与不杀，连他们自己也没有打定主意，自己也都不知道。

这时，那个年轻美貌的小和尚，只见他不慌不忙地、十分从容地将双手托着的托盘轻轻地放在地上的一块青石上，而且再用脚尖在一个卵形的石蛋上轻轻一踏，放着饭盘的那块青石突然往下缩了进去，便不见了。理应那青石陷下地后，便要有个缺洞，哪知并不如此理想，早已从地下面托出一块黄石来，可巧补此缺口，而且平坦如常，高低合度，哪里看得出来？那和尚站着，动也不动。

鸳鸯女侠和他们兄妹二人见了，哪里会不要感得奇怪："饭盘中的菜钻下地去之后，难道仍旧还从地下钻到我们这里来吗？望地下看看，是方独幅的大石，天衣无缝，决计钻不起来，岂不这个小和尚有意来和我们开玩笑不成？"

鸳鸯女侠正想发作，要兴问罪之师，待欲责问，这和尚便笑嘻嘻地道："侠士可随便用些了。"

鸳鸯女侠听了，很觉可怪，他既然说得此话，定有原因，没有看明，一时不便发作。便反问道："你叫我们吃，菜也没有，难道叫我们吃西北风吗？除此之外，你叫我们吃些什么呢？"

和尚忍不住笑着道："请侠士回头看看，即能明白。言而有信，哪里会请你们吃西北风呢？不要以为我在和你们开玩笑。"

鸳鸯女侠等也不和他打话，三个人不约而同地回头一看，忽见一张石桌，约有二尺多高，上面就放着方才的那个饭盘。更有两条石凳，自然比石桌矮了一半，每条石凳可容两人并坐。这石桌和石凳，三面都是脱空的，唯有一面，却连着石壁，看去已知它非常坚固，用力推推，连动也不动。

鸳鸯女侠便老实不客气地把饭盘中的菜蔬逐一搬了出来，放在石桌之上，约有四五样之多，一看碗碗都是荤的，却没有一件素菜。只见一只是清炖的全鸭，一盘是辣子炒鸡丁，一盘炒腰虾和一盘炒虾仁，还有一碗是汤，里面是一丝丝的东西，更有几个小白球般的，好像是鸡丝、鱼翅、鸽蛋汤这几样菜，望去便知十分清洁，想必滋味一定鲜美可口。此外是三副细瓷精美的杯筷、一壶酒和一桶如雪一般的白饭。

鸳鸯女侠便招呼他兄妹二人坐下。张士杰一人独占了一个座位，自己和凤姑二人合坐了一条石凳，立刻提起了酒壶，在各人的面前满满地斟了一杯酒。鸳鸯女侠俨然是个主人也似的，满口殷勤地劝他们兄妹二人喝酒，再也没有工夫去注意那个小和尚的一切动作了。

凤姑不由自主地深深地叹了一口气道："姊姊，我们被禁在这里，好像在牢狱之中一般，而且生死尚难预卜，忧急得连肚子都早已饱了，就是比这些更名贵的凤尾龙肝、山珍海味放在面前，也难以吃得下去，哪里会喝得下酒呢？"

鸳鸯女侠心中虽然也甚忧急，但明知单是忧急，亦属徒然无益，便强笑道："管他生死未卜或生死可卜，我们且今日有酒今日醉，其余的事可请不必幻想。见机行事，再作道理。"

张士杰听了此话，以为鸳鸯女侠是个乐天派的人，因为自己的事竟带累了她，很是抱歉。他妹妹的话虽也不错，但恐她一时固执，使鸳鸯女侠弄得无地自容，便也接口道："吃得下，吃不下，随便吃些便是了。吃得下的，多吃些，如果真的吃不下，只要少吃些就是了。"

凤姑默然了，似乎是默认的样子，低头垂眼往各样菜一看，便淡淡地说道："哼！都是荤菜，却没有一样是素的。"

鸳鸯女侠不待凤姑再往下说完，忙不迭地便接口道："你吃素吗？今天又不是初一，更不是月半，你吃的什么素呀？"

鸳鸯女侠说了，两只眼睛不住地注视着凤姑，好像满腹怀疑，要立待凤姑答复，以解疑团的神气。

凤姑见了鸳鸯女侠这种可怜也复可笑的神情，不禁微微地笑答道："我是个初一也不吃素，月半也不吃素的人，就是大年初一，也不吃素。今天既不是初一，更不是月半，哪里吃什么素呢？"

鸳鸯女侠听了凤姑的这几句，大不满意，而且十分失望，比没答复时更弄得莫名其妙。现在反而不明白中又加了一些不明白，再用怀疑的口吻问凤姑道："既然你不吃素，那么你管它是荤菜，或者是素菜？"

凤姑已知鸳鸯女侠缠到牛角弯中，一时不明白她自己的意思，忍不住哧地一笑。这一笑，笑得鸳鸯女侠尤其莫知其所以然了，连问："笑些什么，笑些什么？快快说给我听。如果不干脆地说明白了，不要惹得发火，把你这小鬼打一顿。再是吞吞吐吐的，我快要被你闷死，死了之后，还要向你讨命呢！"

鸳鸯女侠说着，便似怨非怨、似恨非恨地向凤姑瞟了一眼。

凤姑听了鸳鸯女侠竟说出像孩子般的话，也盈盈地笑答道："你不怪自己是个笨东西，反而说人家要把你闷死了，而且又是这样的

26

猴急，倒也是少见得很。现在说给你听了吧，否则又要惹你说什么急惊疯碰着慢郎中的话。我的意思，以为和尚是不应该吃荤的，现应拿出素菜来。而今他们拿来的都是荤菜，想来他们也都在吃荤，难道为了我们特地烧荤菜给我们吃的吗？你想，和尚吃荤是应该的吗？和尚既然不吃素，想来一定也不念经了，你怎么七搭八搭地说什么初一、月半，吃素不吃素呢？"

鸳鸯女侠听得凤姑如今说了个明白，才始恍然大悟道："唉！亏你怎么也会说出这种话来，还要说人家笨。你不想想，自己才是天字第一号的笨人呢！岂有你还不知道吗？他们为什么要把你罩在铁笼里，也把我用机关套住？他们唯一的目的是什么？像这种和尚，妇女都要强奸，还要吃什么素、念什么经？老实说了吧，吃的是不算数，念的是膀牵筋。"

凤姑被鸳鸯女侠说得无言可答。

张士杰一人，只见呆呆地坐着，洗耳恭听两个侠女你一句、我一句地辩驳，直到这时，才埋怨他的妹妹凤姑道："你唠唠叨叨地说了一大堆废话，不是在和人家开玩笑吗？"

凤姑也不理睬她的哥哥，好像没有听见的样子一般。这时你说一句，我说一句地，以致几样菜放在面前，大家都没有动筷。

鸳鸯女侠便提着筷，笑着对凤姑和张士杰兄妹二人道："闲话少说了，我们且吃些东西再说吧！"

凤姑先点了点头，举起酒杯到嘴边，待要喝酒，忽然又将杯子放下。鸳鸯女侠和张士杰也正要呷酒，突见凤姑把酒杯放下，二人也不约而同地各将酒杯放了下来。

鸳鸯女侠便开口问凤姑道："怎么，怎么，难道又有什么新奇的花样儿吗？"

凤姑满脸庄严，像煞有介事，一本正经地说道："你们怎么这样疏忽大意？竟鲁莽得这个地步！"

张士杰便质问他的妹妹道："什么事，又要值得这等大惊小怪的？"

凤姑狠狠地望了她哥哥一眼道："这倒是十分正经的事，你不明所以地瞎埋怨人家。"

鸳鸯女侠见她神气十分郑重，便道："你说你说。"

凤姑望着鸳鸯女侠，好像无意看她哥哥一眼地道："小秃驴送进来的菜表面上看看很清洁可口，与平常的食品没有迥异。但不知他们是恶意或是善意，我们不得而知。然而依我想来，居恶意的多数，那么难保这酒菜之中放有毒药，这一点怎么可以疏忽不小心注意呢？"

鸳鸯女侠不及凤姑说完，便嫣然笑道："你真是个痴丫头，管他是否恶意，有否毒药，善意也好，恶意也好，有毒药也好，没毒药也好，横竖我们是难以逃生，大概死多生少。如果酒菜之中果然放有毒药，我倒乐意吃它。并不是我贪嘴不留穷性命，倒是吃了毒药而死，可以保个全尸，比压成一团肉饼似乎强得多。如果你不愿意中毒而死，只要用根银针一试便知。假使银针上黑的，是有毒，否则无毒。"

凤姑听了鸳鸯女侠的话很有道理，真的难免一死，能得全尸，当然比惨死好得多了。所以也不用银针试验，三人便举杯痛饮。居然一时觥筹交错，把所有的菜一阵狼吞虎咽，吃得津津有味，十分鲜美可口。把所有的酒菜和白饭一时吃个干净，突然三个人都觉得一阵头昏脑涨，有点儿糊里糊涂，这种现象，似乎中毒一般。

欲知三人性命如何，请看下回分解。

第五回

似有似无佳人先恍惚
忽隐忽现贼秃也迷离

却说鸳鸯女侠和凤姑、张士杰等三人把和尚送进来的酒菜以及白饭，一阵狼吞虎咽，吃了个干干净净，倒觉得非常鲜美可口，居然觥筹交错，放量痛饮，尽一时之乐。待至统统吃无，鸳鸯女侠和凤姑兄妹三人忽然觉得一阵头昏脑涨，连眼皮也都抬不起来，脑中感到火辣辣的，像在蒸笼中一般闷热。但觉很不舒服，像这种现象，犹如中毒似的，头脑中昏昏沉沉的，迷迷蒙蒙的，似睡非睡，似梦非梦的，只见眼前忽多了一个人。在鸳鸯女侠的眼中看来，凭空多了一个凤姑；在凤姑的眼中，同时却有两个哥哥；在张士杰的眼中，变成了同式同样的两个鸳鸯女侠，各人见了，哪得不要奇怪？便你指着我、我指着你地都异口同声道："怎么会多了一个人？怎样会多了一个人？"

各人忙把眼睛擦了一擦，振作一振作精神，而后再定睛仔细一看，哪里多一个人呢？仍旧不是好好的三个人吗？怎有如此的一件怪事。

鸳鸯女侠显得万分诧异地，第一个开口对凤姑发出疑问道："说出来真是奇怪得很，方才我不知怎么的，同时看见有两个你，完全是一式一样，丝毫没有差异，连一举一动都相像。我一定知道内中必有一个是假的，心中却十分清醒。待至把眼睛擦了一擦，就此不见了，你道怪事也不怪事？然而我明明是看得很清楚，不过照现在看来，是我的眼花了。可是我总觉有些不相信，我的眼睛竟会这样花得厉害。"

凤姑不待鸳鸯女侠说完，便也直跳起来道："是的，我的眼中看出来，也一式一样地多了一个哥哥，难道也是我的眼花吗？"

张士杰也连忙接口道："我也和你们同样地发生这么一件怪事，只把眼睛一眨，睁开眼睛，突然变成了两位吕小姐。待定神一看，也便不见了。"

鸳鸯女侠反问道："张士杰张先生，你也同时看见有两个我吗？"

张士杰连连点头道："是的呀！"

三人说完之后，各人的心中不觉都是一跳。

鸳鸯女侠便继续道："照这样说来，绝不是眼花了，如果只是一个人眼花，那是或者有的事，倒情有可原。而今我们三个人都发生同样的事件，岂有我们三个人同时都眼花吗？那实在很不近情理。这件怪事，很值得研究，我们一定是在闹鬼了。"

凤姑和张士杰兄妹二人也连连点头，说是在闹鬼了，闹鬼了。

正在这时，方才送菜进来的那个美貌的小和尚忽又走来，看见鸳鸯女侠等三人业已将酒菜吃完，他仍是笑容可掬地，只见他又用脚尖在起初那块卵形的石蛋上再是轻轻一踏。这个时候，鸳鸯女侠等三人正谈得起劲，还都坐在石凳上，虽然眼见这小和尚在用脚踏石卵，当然触动机关，可是谁都疏忽了，并没留心注意。倒说那小和尚只轻轻地将那石蛋一踏，所有的石桌和两条石凳突然陷落了有五寸，立刻如同雷电般飞也似的往石壁里缩了回去。鸳鸯女侠和他们兄妹二人全都措手不及，三人一个个都朝天跌了个筋斗，好像三只活元宝也似的。三人都羞得绯红了脸，急忙从地上爬将起来，心中又羞又恨。

那小和尚看见了这三人的一副窘相，拍掌哈哈大笑。

鸳鸯女侠心中早已十分明白，这回事定是小和尚故意和他们开的玩笑，捣的鬼，以做他的笑料为有趣。恨不得飞一剑过去，把他杀了为快。凤姑和张士杰也都如此怒形于色的，可是在这断命石室的笼内，一点儿也奈何他不得。

鸳鸯女侠气哄哄地道："我们真是倒霉得快要死了，现在又被这小秃驴来寻我们的开心，表面上看他很像是个好孩子，哪里料得到竟可恶到如此地步？真是做梦也做不到，谁都也意想不到的，所以古老人说，老鸦窝里不会出凤凰，这句话，真说得一点儿也不会错。方才又闹了一阵子的鬼，我们三个人今天定然要死的了。"

凤姑和张士杰二人微微地叹了口气，摇了几摇头，除此之外，也没有别的办法。三个人用眼恨恨地死盯着那小和尚，看他笑嘻嘻地把从地下托出来的盘，蹲下身躯，用双手将盘捧起，站起身来，待要返身便走。只见他忽然把身子东摇西摆地向左右晃了几晃，又向前后摆了摆，好像酒醉似的摇摆，就此和盘一跤跌倒地下，随即发出一阵子叮叮当当声，盘子里的碗打了个粉碎，变成了几千百块，却没有一只完好。

三人见了，十分痛快，你要和人家开玩笑，现在也会天报应。

正在这时候，三个人都觉得眼前一阵眼花缭乱，又像起初一样，抬不起眼皮，似乎要沉沉欲睡的样子。连忙振作精神，拼命抬起头来，睁开眼睛，忽见一个二十左右、年轻美貌的女子，虽娇艳秀丽，望去却又觉得非常端整庄严，俨然是个大家闺秀的小姐，和蔼可亲。鸳鸯女侠等的脑筋异常清醒，见了这位小姐是平生素不相识，不是好好的三个人，怎样一瞬之间，多了一个，变成四个？倒又是一件怪事。既不是从天上掉下来的，更不是由地下长起来的，栅栏之中又断断挤不进来，那么到底从何而来的呢？岂不是又在闹鬼了吗？不错不错，这女子一定是鬼无疑了。

鸳鸯女侠正想要开口问她的当儿，尚不及开口发问，忽然又是一阵天昏地黑，耳边只听得如同狂风暴雨，飞沙走石一般，暗得宛似黑漆一般。睁开眼来，伸手难见五指，唯有紧闭了双目，两手抱着头。

过了相当的时间，耳边的风声也没有了，耳边的雨声也没有了，三人睁开眼来一看，那位小姐依然仍在，向着他们盈盈而笑，显出一种有说不出的幽娴静致，一举一动，一颦一笑，所有一切的一切，总觉得她温柔可亲，的确惹人爱慕。

鸳鸯女侠和凤姑、张士杰等三人本视她是个素不相识的陌生人，正待要问她一个仔细，忽闻到一阵幽香的微风，三人的心目之中，认为虽不知她的姓名，却感到十分面熟，一时想不起来，好像是多年的老友，各人都似有千言万语，一时不知从何说起，以致反而连一句话也说不出来了。又似和她感情极好，非常亲爱，虽然彼此谁都也没有说一句话，早已明白了她的来意是友爱的，丝毫也没有恶意，对于他们是有益的。

鸳鸯女侠、凤姑和张士杰三人昏迷也似的身不由主，一切都随着这位小姐做主，看她的行动，仙子也似的飘然，见她慢慢地往外便走。鸳鸯女侠见了，觉得很是奇怪："外边不是有栅栏拦住着吗？怎么走得出去呢？"

鸳鸯女侠心中很是明白，料得不能走出。但转眼之间，那小姐早已在栅栏的外面了，回头向他们一望，虽然并没说一句话，三人都知道了她的意思，便在后相随，竟莫名其妙地也出了栅栏。这坚固的栅栏，仿佛虚设一般，毫不阻挡，自己也正是奇怪。

这时候，忽又是一阵香风芬芳馨郁，脑筋因之突然一醒，定睛细看，那小姐早已不知去向，无影无踪了。彼此你望着我，我望着你，三个人异口同声地一齐说道："又在闹鬼了，又在闹鬼了，方才又多了一个素不相识的女子，现在又不见了。我们到底是在做梦呢，还是醒着呀！"说到这儿，略停了一停，各人都露出惊奇的神色，不知如何措置。

鸳鸯女侠便开口道："我们是否在做梦与否，这倒容易辨别，问题不难解决，我们只要咬一咬自己的指头，便可辨别。假使咬在指头上不觉得痛，那必然是在做梦无疑，否则要是咬上去感到疼痛的话，自然不是做梦了。要解决这个问题，岂不是很容易办的吗？一点儿也没有难处，你们以为对吗？"

凤姑和张士杰连点其头，大赞道："不错，不错，果然是又简便又明了，是个绝妙绝妙的妙法。"

于是各人都将食指伸到口中，用牙齿只轻轻咬了一口，都说："痛，痛，痛！并不是在做梦。"

凤姑便有些疑问道："照这样说来，我们既不是在做梦，那么我们已经逃出了这个断命的牢笼了！"

鸳鸯女侠点点头道："我们真的已逃出了牢笼了，确是件很可庆幸的大喜事呢！"

张士杰也说道："我们逃虽逃出了牢笼，但是出来得连自己也莫名其妙，只看见一个素不认得的少女，见她走出来，我便糊里糊涂地跟她出来，实在是不近情理。可是事实偏这样，叫人怎么弄得明白呢？"

鸳鸯女侠接道："别的没有什么可以理解，唯有说是吉人天相而已。"

三个人如同小鸟脱笼，一时欢喜得像麻雀般跳跃个不住，真所谓死里逃生。

凤姑回头一看，见那个小和尚还是昏昏沉沉地倒卧在地上，一堆碎碗尚在他的身旁。凤姑陡然想起："方才这小秃驴故意开我们的玩笑。"愈想愈气，便提了刀，直奔过去，一手将刀高高举起，待要劈将下去，预备结果他的性命，以泄心头之恨。

鸳鸯女侠见了，急忙也奔将过去，一面大喊道"刀下留人"，一面将自己的剑，把凤姑的挡住，使她劈不下去。

凤姑听这"刀下留人"的四个字，不觉扑哧一笑，便将自己的刀随手收回，笑向鸳鸯女侠道："怎么唱起戏来了？"

鸳鸯女侠想想这句话，连自己也很觉得可笑："实在是因为我一时性急，随便就说了这么一句。"

凤姑又问道："我要杀了这小秃驴，你为什么要阻止我呢？不知你怀着什么理由，倒也要请教，希望你告诉我。不然，我还是要杀了这可恶可恨的小贼秃驴。"

张士杰也提着刀，慢慢地踱了过来，但并不参加任何意见，笑嘻嘻地，一望而知，他心中十分满意。两只眼睛时常望着鸳鸯女侠，再望着她的妹妹。

鸳鸯女侠便埋怨凤姑道："你这个人，怎么会粗鲁得这个样子呢？几乎误了大事！"

凤姑听得鸳鸯女侠一阵子责备她的粗鲁，心中大为不平，便直跳起来道："怎么又是我的粗鲁呢？如是说来，我更要请教了。"说着，一双活泼的眸子死望着鸳鸯女侠，表示出要她立时答复的神气。

鸳鸯女侠笑道："这个小秃驴，现在我们暂时不可杀他。"

凤姑不待鸳鸯女侠说完，很不服气地反问道："怎么不可杀他呢？便宜了他，我却不甘心。"

鸳鸯女侠很郑重地道："你莫性急，待我说给你听呀，我们决不便宜他，不过暂时不杀他罢了，结果还是要杀他的，唯有现在却不可。你不要性急，待我说理由给你听，你要知道，我们在这寺里，吃了他们许许多多的亏，总要想法子报仇，以泄心头的积恨，还是就此这样便算了事了？"

凤姑很爽快地答道："自然要报仇，怎么可以就这样了事呢？"

鸳鸯女侠听了此话，便又笑着道："既然要想报仇，那么我们现在就不可以杀这小贼秃，否则便难以报仇了……"

鸳鸯女侠才说到这里，还没有说完，正想还要往下说，霍地凤姑恍然大悟似的大声说道："知道了，知道了，真的暂时不可杀他。否则便没有了引线，找不到他们的巢穴，凡事有诸多不便。姊姊，你所要说的是不是这个道理？"

鸳鸯女侠也便笑着道："对啊！对啊！如何竟会被你想出来的

呢？现在你该服软了吧？"

凤姑只笑了笑。张士杰也笑着不说话。

三个人都默然了一会儿，大概都在理想着如何押着这小和尚，要他指点出秘密的机关。找到了机关，又如何的发现了那个杀不可恕、淫恶的慈云，待至发现了慈云，又如何的一把将他揪住，一把刀架在他的颈上，劈下去，头和颈立时脱离了关系。到了这个时候，是何等痛快。三个人都幻想得迷了，好像身历其境，真的事实一般，快乐得手舞足蹈。

鸳鸯女侠第一个发现了是在梦想法，便又笑着道："又在做梦了，又在做梦了！"

凤姑和张士杰兄妹二人听了鸳鸯女侠的话，才从梦中提醒，禁不住三个人都笑了起来，笑的是各人自己都太迷了。

凤姑突然又想到一件事，十分郑重地问道："小秃驴还在昏迷着，总要弄醒他才可作为引线。"

张士杰淡淡地答道："只要用冷水在他的额上一喷，便醒了。"

鸳鸯女侠也淡淡地道："大概用冷水一喷便醒，但是在这里要一碗冷水，倒也是件难事，到哪里去寻呢？"

鸳鸯女侠此话不说，也便罢了，一说，就把张士杰提醒，在这里到何处去找冷水呢？于是三人分头去寻，居然找到一口井，但是没有吊桶，也是没用。鸳鸯女侠一看盛饭的那个饭桶是木制的，并没有打碎，于是就从身上解下了一条带，系在桶上，放下井去，把木桶翻了几个身，便即吊起一桶清水，十分冰冷。三人见了大喜，连忙用手捧住，来到昏在地上和尚的身边。张士杰便含了一口冷水，向小和尚的头上，像喷水筒般地喷将过去。凤姑见了，将桶夺了过来，一股脑儿地倒在和尚的头上。

欲知后事如何，且看下回分解。

第六回

倾冷水手下救残生
接飞镖门前施绝技

却说张士杰含了一口冷水，喷水壶般喷出去，像落毛毛雨似的潇潇洒洒。凤姑霍地把她哥哥捧着的水桶夺了过来，随手把水统统倒在和尚的头上，水溜下去，弄得他上下一身衣服都湿透了，以泄胸中之恨。暗想："你方才故意开玩笑，害得我们三人跌个全数满堂红，这水浇在身上，将衣服湿透了，也够你的受用。"

再说这小和尚，也因为无缘无故地只觉一阵头昏，便倒下地去了。如今突然受到了冷，尤其是井水，特别的冷，和尚受了刺激，头脑便立时清醒了，觉得身上穿着的衣裳很不舒适，好像豆腐衣包肉似的。睁开眼睛一看，第一眼便看见鸳鸯女侠和凤姑、张士杰等三个人站在他的身边，各执着雪也似发光的刀剑。和尚一见大惊，连忙爬起身来，待要奔逃。

鸳鸯女侠即将剑架在他的颈上，冷笑道："你想逃吗？用不到逃，待我来做个好事，送你上西天去！"

鸳鸯女侠说着，便把剑重又举起，特地做出像要杀下去的样子。

和尚知道事情不对，不由得心惊胆战，即将双膝屈下，跪在地上，哭丧着脸地哀求道："求求侠士，饶了我的狗命吧！"

凤姑便插嘴道："要饶你这条狗命，并不为难，容易得很，只要问你的话老实说出来，不隐瞒，便饶了你的狗命。要是不然，只要说一句虚言伪语，到了那时，哼！还是饶不了你的狗命！"

风姑回头对鸳鸯女侠笑道："姊姊，请暂时饶恕了他吧，只要他老实说出那老贼秃驴在什么地方便是了。"

鸳鸯女侠便点头道："可以，可要他老实指点给我们知道，饶他这条狗命，未为不可。"

鸳鸯女侠说到这里，将剑向小和尚指道："问你那老贼秃在什么地方，领我们去看，须要老老实实的。如果有半句谎，嘿嘿！"又将剑向小和尚的光头点了点道，"还是要当心你的脑袋要发生动摇，危险得很，要有些靠不住。"

小和尚听了这话，叩头如捣蒜地连连哀求道："不是我不肯说，实在这寺里的机关太多了，连我都不能完全知道，所以现在师父到底藏躲在什么地方，我也不能够晓得。因为他没有一定的地方，一忽儿东、一忽儿西地秘密得很。像我这样的一个小和尚，真是起码得很，哪里会给我知道呢？知道师父行踪的，都是些头等角儿的和尚们才明白，就是二三等角儿的和尚都不知道，哪里轮得到像我末等角儿的和尚会知道呢？只要除此事之外，我无不遵命。"说着，又叩了几个响头。

张士杰在旁听了，也发怒道："这个小秃驴竟看不出他如此放刁，只有这么一件十分容易的事，他就办不到。照这样看起来，他的脑袋一定留不到傍晚了。晓事的，快说了，否则……"

张士杰咬着牙关，狠狠地举着刀，像要斩下去的样子。

小和尚一看其势凶猛，路道大不对，急忙将双手抱住了那个脑袋，连连道："晓事的，晓事的，我说我说！"

张士杰又将刀按下道："那么你快说！"

鸳鸯女侠想："这和尚到底还是个年轻的孩子，要是专用武力威胁他，逼得他没有法子，或者欺骗了我们一下子，一时不察，竟至上了他的当，那又岂不是自己反害了自己？这也不是良善的好办法。看他年纪小，倒不如好好地和他说，拍几句马屁，或者能骗他说出来，那才是个妙法。"于是便满脸堆着微微的笑容，很温和地柔声柔气地道："你不要害怕，我看你是个好青年，住在这寺里做和尚，似乎很不值得，埋没了许多幸福。倒不如还俗了吧，好好地娶一房媳妇，做些正经的事业，才是道理。只要你说出那老贼住在哪里，我们把他杀了，报报仇，便带你一同出去，非但不为难你，而且还要帮你的忙。你自己想想，住在这寺里，有什么意思呢？真可惜！你好好地老实说出来吧，是不会吃亏而便宜的。不然，你的头便要靠不住了呢！"

小和尚看见鸳鸯女侠这等和气温柔，觉得非常奇怪。就是凤姑和张士杰兄妹二人，也觉得十分可怪：鸳鸯女侠何必和他这等温柔客气，说了这许多好话？很可以不必，是的便是，不是的一刀把他杀了便算了，难道这小和尚长得年轻美丽一点儿，便看中了他不成吗？然而仔细想想，是绝不会这样的。既不是如此，那么是什么理由呢？实在是想不清这个所以然了。

兄妹二人正待要向她问个明白，鸳鸯女侠早已明白了他们二人的意思，急忙向他们瞟了一眼。凤姑和张士杰会意，便不再开口问了。

唯有这小尚低着头，跪在地上，没有知道，心中以为："鸳鸯女侠是容易说话的好人，只要苦苦地哀求她，一定能饶我的性命。"便显得十分诚恳地道："女侠的话虽然说得不错，但我生的是个和尚命，所以只有配做和尚，哪里能享世间的幸福呢？不然，也是要死的。女侠劝我还俗，这种美意，我非常感激得很。至于要问我师父躲藏的地方，我实实在在是一点儿也不知道，怎么叫我指点得出来呢？硬要我指点出来，一定是错误的，仍旧找寻不到，那不是反而欺骗了侠士们吗？要知道我是个老实人，不会说一句假话给你们上当。"

鸳鸯女侠听了这小和尚的话，倒是个老口硬也不来，软也不来，总不肯露出一些口风，真的也奈何他不得。既然软不来，还是非用硬的手段不可，便怒骂道："你这个小秃驴，如此不识抬举、不知好歹的东西，看来非请你吃刀不可。现在最后警告你，还是要死呢，还是要活？要死的，不必说，如果是要活的，快说了出来，要是说个不字，我虽肯留情恕你，可是我的剑却不肯留情，也不肯恕你的了。说与不说，就是你的生死之关。现在给你三分钟的考虑，不要误入歧途，连懊悔都不能懊悔。"

小和尚心中暗想："事到这个地步，愈逼愈紧了，万万不能不说，要是咬定不说，那我可必然没了性命。听她口气，这等决裂，难能推延的了。若固执不说，她一剑下来，头颈脱离关系，那不是玩的。"

正在这时，忽然想到："前面有个非常隐蔽的警铃，只要一揿，那边听得警铃响了，自然会有人前来救我。现在只要和他们挨延时间便了。"

小和尚想到这里，好像已经有了救星，胸中的一块石头早已落地，便随便敷衍道："那么我便详详细细地说了出来，你们听明白了，自己去办吧！"

鸳鸯女侠和凤姑、张士杰三个人听了小和尚的话，也是一个兴奋，连连异口同声地道："可以可以，你且详细说来我听。"

小和尚一看那个警铃离他跪着的地方只有三尺，便故意指手画脚地胡说道："由此地向西，沿着走廊过去，再向北，约有一箭之地的地方，便有一道门，就从这门中进去，再向西，相距十多个门面，有两扇钉着狮头铜环的门紧闭着，只要轻轻地推进去，过了一个天井，有一所很考究的房间，我师父时常在里面。"

小和尚一面胡说，一面慢慢地把两膝盖向警铃的那边移，偷偷地想去按揿。

三个人听得出神，一时都没有注意。张士杰无意中偶然看见，知他必有用意，便将刀在小和尚的面前一晃，大声喝道："不准动！"

小和尚听了，固然吓得连忙停止前进，不敢稍动。就是鸳鸯女侠和凤姑二人，突如其来地也被张士杰吓了一跳，忙问："何事，何事！"

张士杰得意扬扬地道："你们都没有留心到吗？这个小秃驴在膝行，一定要去触动机关，对我们当然是有不利。"

鸳鸯女侠和凤姑留心仔细一看，真的自己在不知不觉中，跟小和尚走了一步了。凤姑大怒，一手将小和尚拎了起来，将刀在他那白白的光头上摩擦了两下，当他的头好像是块磨刀砖，冷笑道："真好思想，好计策，可惜而今看破，不能达到你的目的。现在你到底肯领导还是不肯领导？爽爽快快，干脆些，不再由你推三阻四了。"

小和尚眼见得被他们识破秘密，情形是急不容缓，实在是没法可想，便战战兢兢地道："如果真的能饶得我的性命，现在便愿意做你们的领导了，只要能饶我性命的这句话不是骗我说着玩的。"

鸳鸯女侠道："哪个对你说是说着玩的？哪个说是骗你的？"

小和尚怕触怒了他们，连连叫饶道："但愿如此便是了。"

鸳鸯女侠喝道："不要多说，快在前做领导。"

小和尚没法，只得在前作为领导。

鸳鸯女侠仗着剑，在背后押着，又说道："你尽管领我们到错误的地方去，可小心着你的脑袋便是了。"

小和尚也不作声。凤姑和张士杰兄妹二人都随在鸳鸯女侠的背后，一字儿地鱼贯而去。小和尚领着他们三人，仍向左边走了过去。便有一条花石砌成的甬道，两旁细草满地，好像是花园里的花径一般美丽，照样大得很，更有花木鸟兽，哪里像是什么地道？经过了紫藤架，又穿过了葡萄棚，便有一座屋子，不大也不小，盖造得非常考究，湖色的栏杆，花架上有好几盆盆景，连花的名字都叫不出。小和尚便在门口站住了，不肯领导进去，叫他们三人自己推门进去便了。

鸳鸯女侠心中暗自称奇："这小秃驴既不肯进去，内中定然自有道理，否则绝不会死活不肯进去。"

鸳鸯女侠便乘其不意，随手用力把小和尚向门里一推，好像顺手推舟一般，势如破竹。鸳鸯女侠的气力大，膂力好，小和尚像只鸡也似的，被鸳鸯女侠这样一推，立足不住，把两扇关得紧紧的门立时连人带门，撞将进去。说时迟，那时快，但是那小和尚跌进了门去，上面如电一般快地罩下一个铁笼，可以将小和尚牢牢罩住。三人看得明白，各人心中暗暗地在私下庆幸："险些又要误入机关！"

张士杰轻轻地说道："好危险呀！这寺中到处密布着机关，眼见得我们三个人都不中用，难捉这个老贼，以报我们的冤仇。英雄不吃眼前亏，我们且走吧，好好地计较，请了有本领的人，再来报仇未迟。"

鸳鸯女侠便点头低声道："所说极是，我有好几个小姊妹，一个个都有了不得的本领，只要去请她们来帮忙，一定可以破这个寺。"

凤姑也点头赞成道："那么我们赶快出了这寺吧，去干我报仇的事，倒是正经。不杀这个贼秃，不报这个仇，我就是死了，也不瞑目的。现在我们快走吧！"

三个人正待返身要走的时候，半空中忽听得嗖的一声，其势疾如闪电。鸳鸯女侠是个何等灵活的人？转头一看，只见一条银蛇也似的物件飞来，鸳鸯女侠连忙用手接住，却是一镖，向四处一望，一个人也没有。鸳鸯女侠便急通知凤姑和张士杰，叫他们须要当心冷箭，一面即将这镖向铁笼中一掷，可巧打中小和尚的脑袋，只见他立时流下鲜血，在笼中一阵乱跳，便死了。

鸳鸯女侠急道："我们快走吧，快走吧，这里有人暗卫着那老贼秃驴，在我们是防不胜防的。不过我们从哪一条路出去呢？"

张士杰道："出路，唯有我知道得最详细。"说着，返身便走。鸳鸯女侠和凤姑跟在后面。

三个人走了一程，只见四通八达的门很多很多，鸳鸯女侠见了，心中暗自称奇："怎么不向这种门里出去呢？"虽在奇怪，却不便问，明白内中必有道理，否则绝不这等呆笨。

又走过一段，便见有道门，十分黑暗，隐约有盏小小的红灯，一熄一亮，道路又很狭小，只能容得一人出入，看起来是条小路，难通大道，是条断头路，或者进去，便是厕所。倒说张士杰望着这道门里进去。

凤姑便叫道："像这样的小道，可以出地道的吗？不要走错了路，那有性命的关系，可不是玩的。"

张士杰道："你懂得些什么？跟我跑就是了。"

凤姑便不作声。鸳鸯女侠也在后跟着，不过时常小心注意着有否和尚施放冷箭。

进了这黑暗而又狭小的门，一路上更黑更小。大约摸索了有七八分钟之后，忽然大亮，道路也宽阔清洁了，走上几层石级，钻出一个洞，抬头看见青天，知已出了地道。四面一望，却是一座大花园。园中种着许多奇花异草，一个人也没有，四面有二丈多的高墙。

鸳鸯女侠道："我们在这里干吗？快出去吧！"

凤姑和张士杰虽不回话，只点了点头，表示赞成的意思。

鸳鸯女侠背了剑，第一个扑地从地下飞身上墙，玲珑活泼，轻捷得好像一只燕子一般，毫不费力。站在墙上向他兄妹二人招了招手。凤姑和张士杰亦藏了刀，相继飞身纵上。三个人一齐轻轻地又从墙上跳下，安然到地，沿着园墙，转了个弯，便到了庆福寺的前面。

张士杰忽然想起一事，恨恨地说道："我们在寺里，三个人都中了机关，几乎送了我们的性命，这都是寺前茶店里的那个柳氏给我们上的当，我须要前去和她算账，倒要请问，看她如何答复。"

鸳鸯女侠和凤姑拦阻不住，只得三人一同进去。

欲知后事如何，且看下回分解。

第七回

因疑生恨质问负心时
受宠若惊机关随口泄

却说张士杰忽然想起一事，心中十分大怒："我们这次进庆福寺，中机关，三个人几乎都送了性命，都是寺前茶店里柳氏的一片胡说。我听了她的话，信以为真，虽然有一二个机关和她所说的相符合，没有差，就是我们三人得能出来，也是她所指示的，否则还逃不出这个地道。但是也中了很危险可以送命的机关，这些惨恶可怕的机关，她都不肯说，一定是严守着秘密，不宣布、不泄漏、不指点一个详细明白，蓄意令人中她的计、上她的当，存心害我们，叫我哪里知道呢？她做作得如此诚实，谁都也不会知道她用的是这种阴险而欺骗的手段，以致我们三人的性命险些都害在她的手中。幸亏蒙上苍拯助，那真是吉人天机，也可说是命不该绝，否则死得毫无价值。外人没有一个人能知道，倒也尚在其次，且不必说它。而且连各人的尸骨都并作一团，分不出彼此。这种危险，都是柳氏一人所赐，世界上的人类中，怎么竟有像她这样狠毒的妇人？我非要去和她算账不行。"

鸳鸯女侠和凤姑竭力拦阻，劝他："凡事总要息事宁人，多一事不如少一事，能够可免的，便免了吧！况且像这种妇人，有什么道理？全没资格，想必不是存心故意要害我们。因前生无冤，今世无仇，或者也是出于无心，以致没有详细说明，也未可知。"

43

张士杰道："这妇人私通和尚，不见得是个好人，否则如果真的是良家妇女，绝不会认识这等万恶的淫僧。我定要去和她算清这一笔账，非责备问个明白不可，究是如何存心蓄意。要是说得中听合理，也就罢了，并不和她为难，连一根毫毛也都决不损伤了她。不然的话，嘿嘿！不给她一些的颜色看看，不认识我张士杰手段的厉害了。要知道我不是个好惹的人，能容受得她的欺骗吗？若有一点儿使吾怄恼，不杀了这个残婢淫妇，也要叫她饱饱地受我一顿好拳头。"

鸳鸯女侠和凤姑二人道："算了吧，只要我们蒙老天的相助，总算没有白白冤枉地送了命，也算是一天之喜，何必还要多事？就是要责问她，待我们去请了能手，先报却大仇，杀了淫僧，也可为一方除害，而后再去责问，并不为迟。要弄得打草惊蛇，反而不妙。"

张士杰握紧了斗大的双拳，咬牙切齿、恨恨地道："我实在是按不下这口愤怒之气，我的意志早已坚决，非一办不行，请不要再相劝了。"

鸳鸯女侠和凤姑二人实在是再也没法拦阻，只得随了张士杰。沿着园墙，转了一个弯，便在寺前。穿过了街，已到茶店门前。

柳氏正坐在内堂账台里面，低着头，一心一意地正在缝一件孩子的小衣服。鸳鸯女侠一看，便知她定是柳氏，只见她穿着一身黑绸衣，裁剪得非常配身合度，胸前突起一对乳峰，格外显得她的腰肢很苗条，一头乌油油的秀发，梳得很光润，差不多可以照得见人，耳朵边插着一朵香喷喷的大红小鲜花，脸上薄薄地施了层脂粉，弯弯的柳眉，配着对凤眼，挺挺的鼻梁，配着个樱桃般的小嘴唇，一笑，便露出两行整齐洁白的浩齿，更显出一对儿动人怜爱的酒窝儿。尤其是一双俏眼，笑起来的时候，只要是一瞟，一个媚眼，定会令人心醉神迷，把你的魂灵也勾引去了。

这柳氏是个徐娘半老的俏佳人，约有三十来岁年纪，着实很有几分姿色。柳氏的这种装束和打扮，一望而知是个妖娆淫荡的尤物，当然是个不规的妇人。

张士杰一眼看见了，便踏步跨进了店堂。鸳鸯女侠和凤姑二人也只得跟了进去，直走近账台的跟前。

柳氏抬头看见了张士杰等三人，连忙把正在手里缝的孩子的衣服放下，站起身来，把上下的衣裙略整了整，仍坐下去。满脸堆着盈盈可掬的笑容，先向张士杰瞟了一眼道："我道是谁？原来是张先生。"

柳氏说到这里，便略等了一等，转过头来，向鸳鸯女侠和凤姑二人的身上，上上下下地打量一会儿，用纤纤如春笋般的玉手指着凤姑，又继续笑着对张士杰道："这位可是令妹？不是刚才从寺里救了出来的吗？兄妹俩的面架儿一式一样，像一个印版里出来的。"

回头又对鸳鸯女侠和凤姑道："两位小姐，请随便坐一忽儿吧！不过脏得很。只因为是开店的人家，哪里能收拾得清洁呢？"

回头对张士杰又嫣然地一笑道："张先生，你为什么老是这样站着？也坐坐吧，就和我合坐一条凳。"说着，将自己坐着的那条长凳用手轻轻地拍了拍，意思是叫张士杰坐下来。

柳氏对张士杰的态度十分亲热，好像是多年的老相识，一点儿也不害羞，一点儿也不怕生，一点儿也不避人的耳目，俨然是贤妻对待丈夫的样子。

鸳鸯女侠和凤姑二人看在眼里，暗暗好笑，表面上装出没有注意的样子。三个人都默然不语，简直也使他们没有插嘴开口说的机会。

柳氏见他们三人仍旧立着，再三诚恳地招呼着他们暂坐片刻，三人只得坐下。鸳鸯女侠和凤姑两人合坐了一条板凳，是在妇女坐的那张账台的前面。本来张士杰是有一肚子的怒火，恨不得把柳氏就是一刀，斩成了个两段，现在经不得她这等殷勤亲热，肚子里的一腔怒火早已减去了大半，意志有些软化起来。但柳氏要和他两人同坐在一条板凳上，当着鸳鸯女侠和自己妹妹的面前，着实很有些难乎为情，面皮一时竟老不出来。但她如此殷勤，不可太辜负了她的美意，只得在账台右手旁边的一条板凳上坐下。

才坐定了身，待要说话，尚不及开口，连一个字也还没有说出口来，柳氏早已斜过身子，和张士杰面对面地将大半个身体斜倚在台上，恨不得两个人头对头地凑在一处。总之，做出能够愈近一些愈好一些的样子，先用活泼的眸子一瞟，便给张士杰送了个勾魂荡魄、意醉神迷的俏媚眼，微微地浅笑道："真要给张先生道喜呢，现在不是完全达到张先生意想之中的目的了？竟居然救了令妹出得这座如同虎穴也似的庆福寺，是件不很容易的大难事。寺中的机关真多得好像蜘蛛丝网一样，到处都布置着，哪里一处会没有呢？幸亏遇到我这样热心的一个好人，略微告诉了些，你才能达了你的目的，救出了令妹。要不然，没知道这些机关，无论如何，凭你有钻天入地的大本领，也免不了要误入机关，非但救不得你令妹出此龙潭虎穴的险地，说不定恐怕连你自己的性命也葬送在里面，自己逃不出来，哪里还能够救令妹呢？而今能如愿以偿，不全是听从了我的指点吗？我是你们兄妹二人的大恩人，现在你们到这里来，当然一定是来向我谢恩的，那倒也不必。可是你自己亲口说的那话，还没曾隔得一两天，想必在脑筋里还清楚得很呢！就是健忘的人，只要一提醒，便记起来了，不要说你是一个好记性，隔得没有多少时候，一定记得很清楚。现在正可以履行了。"

柳氏说到这里，先将头一扭，慢慢地低垂到胸前，面色微微地有些酡红，好像很怕羞的样子，偷偷地向张士杰望了一眼，又连忙将视线收了回来。一双白嫩细腻如玉、十指尖尖的纤手，很难为情、不好意思地卷弄着衣角，又将香帕按着小口，态度是这样旖旎风流、妖艳妩媚，令人见了可爱。

张士杰受到这种生平从没尝试过的味儿和这种待遇，很觉得有点儿受宠若惊，意志也变化了，很有些难以形容。他那一股英雄刚强之气，早已受了酸素作用，连一身的筋骨也软化了。起初要想责问柳氏，将她恨入骨髓，要给她看的颜色、厉害和手段，全都没有了，就是连要她知道不是好惹的、容不得欺骗的人，现在也已变成了好惹的和容得欺骗的人了，竟至不忍发作。只经她如此诱惑，禁不住动了情，很有些爱她。但当着鸳鸯女侠和他妹妹凤姑的面，不便有所表示，怕着羞耻，不忍再和柳氏为难了，这就叫作"英雄难逃美人关，自古英雄都爱色"。这两句话，便应在张士杰的身上了。但他心头上只觉得像小鹿一阵乱撞，便开口怪柳氏道："还说是你指点了我的，详细说明了些什么机关，才救出舍妹，你还在说这风凉话，讨什么功劳，都是你一人欺骗了我们，几乎又送了我们的性命，岂不是你蓄意要害死我们？但依我自己想来，和你是无冤无仇，倒不知你为何要害我们呢！因此特来向你问个明白，是什么道理，要请教了！"

柳氏一听张士杰的语调，很有些质问的口气，不觉一怔，心中暗想："像这种没天良的人，世界上怎么也竟有的？我好意将简单而明白的重要机关告诉他知道，那时他如何样地对待我，和我那么的要好，一言一笑是亲热的，我当他是个有情的人物，谁知现在救了妹子出寺，来到这里，非但对我毫不感激，竟来与我寻仇，这又是什么道理？一个人的心理，如何变迁得这等快呢？岂不令人可气？"

柳氏自知存心不坏，确是一片挚诚美意，哪里容得张士杰的责问？一时将满脸的笑容即刻敛去，连忙抬起头来，睁圆着一双俏眼，十分惊疑地道："怎么，怎么？难道我告诉了你机关，救出了令妹，还是我的不是吗？还说我欺骗了你，有意要害你们的性命，这话不知如何说起，这话不知是何道理，这话更不知如何解释？你反来请教我，我正要请教你呢！"

张士杰听了柳氏的语气之中，似乎并不是蓄意害他，定然是彼此误会。心中虽然已有些明白，但一时不肯示弱，下不得面去，仍旧带着质问的口气道："像你只说了这一些些的，济什么事？等于是和没有告诉我的一样，干脆地，还是不告诉给我知道的倒是好得多呢！听了你些皮毛，还信以为真，旁的地方就不十分留心注意了。要是我一点儿不知道的话，处处我自己会小心，不至于中机关，险些没了性命。”

张士杰的语调，似乎已和缓得多了，不像才进门的那股来势汹汹的样子了。

鸳鸯女侠和凤姑两个人静静地坐着，听他们两人你一句我一句地辩驳，从不开口参加自己的意思和劝阻。

柳氏也是一个多么聪明的妇人，听得出张士杰的口气很有些软化了，便故意装出撒娇和不服的样子道：“是的，是的，真是我害了你了。不过在我完全是一片好意，因此说些重要的机关给你知道，哪知你非但没得到一些好处，反而因此而几乎送了你那万金之躯的性命。幸亏侥天之幸，而今总算能够很安稳地出来了，否则万一有个三长两短，叫我怎么赔得起像这样大的损失呢？”

柳氏的讽刺的话中，更带着骨，说到这里，转变了愤怒的口吻道：“老实对你说了吧，假使你不知道我告诉你的这些机关，你非但救不出你令妹，就是再退一步说，就算你救得了令妹，一定逃不出这个地道，哪里还能够安安稳稳地出来，到这里来和我瞎缠？真是狗咬吕洞宾，不识好人心。那时你不是说只要救出了令妹便满足了，我便把出入的暗号、机关告诉了你，不是尽够了吗？绝不会中什么机关了。我一定猜到了你的心理，救了令妹之后，你一定又要报仇、杀和尚，被他们引诱了，那才上了当，中了机关。你老实说你的真心话，可是不是？本来我以为你只要救了令妹便了事了，哪个知道你还要这样多事呢？要是知道你要这样子的多事，我早就要拦阻住你了。因为寺里的机关真多得不可胜数，连我也只知道些像你所说的皮毛，一个大概，所有的机关，哪里肯完全给我知道呢？你自己不怪怪你自己，质问质问自己，倒来这里故意和我为难。世界上怎么会有像你这样没良心的人？太冤枉煞我这样的好人了。”

柳氏说了，将手帕掩着面孔，低了头，呜呜咽咽地哭起来了。

上半个身体扑在账台上，两肩抽动个不住。

张士杰见她哭了，心里觉得有些不忍，早已没有这个勇气发作，只呆呆地望着她，一句话也不说。空气顿时沉寂了，四个人都一声也不响。

柳氏忽又抬起头来，眼眶里还含着两颗水晶也似的泪珠，抽噎着似怨似恨地，又好像万分亲热有情地道："你这个好没有良心的人呀，你不知来感激我，反来给些气我受，怎么会有这样忍心的人呀？"

柳氏颤声着说，她哭了之后，两个眼皮上微微地有些发红，愈显得美丽，更妩媚，又更娇艳妖娆了，好像是一枝带雨的海棠花。就是铁石心肠的人见了，也是要动情的。

四个人又不作声了。忽然张士杰将桌子砰地一拍。

欲知后事如何，且看下回分解。

第八回

妇人称祸水柳氏又闹奇文
男子受牢笼张郎几乎上当

却说柳氏因为早已看中了张士杰，才肯真心地把寺中出入的机关和暗号，很详细地说给他听了，以博张士杰待救出了妹妹凤姑，便可和她履约相爱，成其一对野鸳鸯，因此倒的的确确是一片诚意好心。今见张士杰已救了妹妹，特地跑来，一定是向她道谢。柳氏的心中，正有一种说不出的欢喜，以为他来履行前约，能达她的目的，哪得不要满心欢喜？

至于张士杰因他救妹心切，所以对于柳氏不三不四的话，胡乱地含糊着默认下来，只要探得机关就是。哪知他在寺中受了许多危险困难，几几乎乎送了性命，还以为是柳氏存心害他，所以一口怨气，都结在她一人身上，此来要和她算账。

柳氏如何会知道，一片好心，反当她是恶意，把她说急了，柳氏便哭了起来。哭的是一半白白地受人冤枉，一半也为诱惑男子的一种手段。这一哭，更显得她有沉鱼落雁、闭月羞花的容貌，美丽得好像是一朵秋海棠，既娇且艳，妖娆得令人心醉神迷。

本来这一哭，早把张士杰哭得软化了，而且可说出缘故，证明她的好意。张士杰这才明白是自己的误会，实在是错怪了柳氏，以致害得她哭了，心中老大的不忍，害得人家无缘无故地受了不白之冤，世界上绝无这种不知好歹、没有良心的人，心中愈觉得对不起柳氏，自己便愈恨自己太粗莽了，怎么可以不分皂白地就一口咬煞人家？看见柳氏哭得如此的伤心，自己便愈觉怨恨自己了，突然将桌子砰地一拍，把鸳鸯女侠、凤姑和柳氏都吓了一跳。三个人不约而同地都抬起头来，六条视线一字儿地望着他，没有一个不弄得莫名其妙的，更没知道他这一拍桌子是什么理由。像这种出人意外的粗鲁的举动，令人少见，也令人费解，猜测不出他是什么用意。三个绝顶聪明的女子，一时都变作如牛一般的笨人了。

哪知张士杰自从将桌子砰的声响一拍，自己将耳光一阵子乱打，又用手紧紧地握着拳，在自己的胸前又是一阵子地乱捶。

柳氏见了张士杰自己打着自己，像这样子的大发脾气，还以为一定自己在什么地方有得罪了他的话，或是在言语之间触怒了他，因此便吓得连哭也都不敢再哭了，像木鸡也似的呆呆地站着，却不敢上前去阻止劝慰他。这时真把柳氏吓得花容失色，脸都变得发白了，心房像小鹿在一阵乱撞，真吓得她手脚都没有地方摆处，但不知如何措置才好。

鸳鸯女侠和凤姑见了，连忙奔上前去，一人一把地将他两手按住，十分奇怪地连连问道："怎么怎么？你不是在发痴发呆，不是是个疯子，不是是个呆子吗？发这种脾气，是什么理由？可不要吓死人吗？快不要自暴自弃，自己作贱了自己的身体，那是犯不着的。赶快不要再做出这种的举动。"

张士杰略镇静了一刻，微微叹了一口气道："唉！我这个人怎么这样地一点儿不知好歹呢？人家确然是一片真诚美意，我当她是欺骗、虚伪、要害我上当，这是应该的吗？我如何可以责备她，故意和她为难？而今我是明白了，心里觉得很对她不起，这便是自己责罚我自己，否则怎样表明我的心迹呢？这样我才稍稍安心。"说着，又握紧了双拳，待要再捶自己的胸膛。

二人连忙将他按住。

鸳鸯女侠便慰阻道："张先生这样聪明的一个人，怎么做出这样笨的事呢？何必自己摧残自己的身体呢？只要你自己的心中已经明白柳大嫂的好意，岂不也就了事了吗？我知道她绝不会怪你、故意和你为难，她一定知道你是误会，现在明白了，不是了事了？”

柳氏见张士杰的这种举动，自己用拳头捶着自己的胸膛，拍台拍凳的，起先不知道是什么道理，恐怕还要有更可怕的行为，因此把她吓呆了，不要说哭，连呜咽抽噎都不敢，很担忧地望着，还有什么新鲜的花样儿。现在听出张士杰的心中已经明白她的好意，柳氏倒禁不住又哭了起来，将身子仍扑在账台上，呜呜咽咽、抽抽噎噎地哭了个不止，好像是十分伤心的样子。

凤姑急忙上前，拍了拍柳氏的肩膀，很温和地劝慰道：“柳大嫂，请不要再这样的伤心了，我哥哥原是这样的脾气，是个草包，不论做什么事，都不知道思前想后地考虑一下，往往开口伤人，要得罪了人家。直到现在，他才知道大嫂是一片热心。不过我早已知道了你大嫂的好心，要不然，说不定我已死在寺里了，哪里还会这样的平安？心中真有说不出的要感激你。我哥哥方才的一番闹，乃是他一时糊涂。我和那位姊姊，说起来那位姊姊也是我的恩人，和我哥哥一同救我的，以致害得她吃了不少的苦，受了不少的危险和惊吓，心里也有说不出的感激，尤其是很对她不起。此恩此德，真不知如何报答才是呢！方才我就和她竭力劝阻我的哥哥，奈何一时竟劝他不醒。现在他自己在认罪了，请大嫂也不要再伤心了。”

柳氏经凤姑一劝，也就止了哭。

鸳鸯女侠也把张士杰劝好，幸亏这时天将傍晚，都在吃夜饭的时候，所以茶店中没有一个在喝茶的茶客，否则像这样大吵大闹、大哭大喊的，一定要引人围拢来看热闹。现在幸而没被一人看见，也没有被人笑话。

柳氏看看天色已晚，便点了灯。鸳鸯女侠、凤姑和张士杰等三人，因为才将事情说明，不便立刻就走。四个人胡乱地说了一会儿，都是些无关紧要的话。

在闲谈的时候，柳氏常常似恨非恨、似怨非怨，又像十分亲热、十分舍不得地偷眼望张士杰。鸳鸯女侠和凤姑暗暗地看在眼里，心中暗暗好笑，表面上做出没有看见的样子，不要使她难乎为情。

柳氏便要下厨房去弄几样菜，留他们三人吃饭。鸳鸯女侠便立刻站起身来，向凤姑看了一眼道："时候已经不早，我们回去吧！今天整整地辛苦了有一天工夫，很觉得疲倦，就是连手脚和腰肢都觉得有些酸痛了。早点儿回去休息吧，好好儿地养一养精神，明天还有我们明天的事来干，真多着呢！"

凤姑和张士杰兄妹二人听了鸳鸯女侠的话，真的一齐站起身来，待要告辞了便走。

柳氏看见他们三人真的像要走的样子，便挽留道："还早呢，不吃了饭去吗？只不过没有什么菜，恐怕不中你们吃。反正彼此都是自己人，用不到客气，在这里吃饭，有什么关系呢？"

凤姑听了，心中暗笑："谁和你是自己人？"

鸳鸯女侠心中也是在这么想，便笑答道："正为的我们都是自己人，后会的时日正多呢。今天我们是要回去休息了，明后天再来吃你的饭吧。今天是不必费事客气了。"

凤姑也笑着道："不错，我们明后天再来讨扰吧！"

柳氏再三留他们不住，忽然又想起一事，便又问道："你们现在住在什么地方？倒说给我听听。"

张士杰便把自己住着旅馆的名字和开在什么地方，都详细地说了。

柳氏听了，便一惊道："哎哟！你们仍住在城里，很不妥当。"

三个人听了柳氏的话，都觉得十分奇怪，不约而同地疑问道："何以见得不甚妥当呢？我们已住了有个把多月，一些没有什么意外的事发生过，都是平平安安的。店主是个诚实忠厚的老年人，来来往往的住客都是正当的客商，这旅馆又不是谋财害命的黑店，有什么不妥当，倒要请教了！"

柳氏便很得意地道："你们可不知道嘛，这庆福寺里的当家慈云长老，他是代皇出家做和尚的，所以势力大得很。这里的官府和绅士，哪一个不拍他的马屁？他说黄金是白的，没有一个人敢说是黄的，他说屁是香的，便没有一个人说屁是臭的，说一是一，说二是二，没有一个人敢不听从他的话，没有一个人敢反对他。你们在寺里杀斗过，又从寺里逃出来，慈云长老对于你们三个人是绝不会甘心的。现在你们住着的客店，又正是在城里，只要他通知一声官府，立时把四城门关起来，挨家搜查，凭你有多大的本领，还是要被他捉了去，岂不是白白地送死吗？"

张士杰一听大惊道："这话说得不差，我们倒不可不想个方法。"

柳氏便接口道："我看你们还是不如早早地出城的好，在城外胡乱地住一夜，到明天再作道理。"

鸳鸯女侠和凤姑、张士杰三个人都低着头，正在想如何才可避免的方法，所以三个人都默不作声地没有一个人答复她的话。

柳氏猛然想到："那话我怎么会这样一时说出来的呢？只要他们果真听了我的话，因此今天马上就出城住到城外去，明天就往别处去，叫我哪里知道他们到哪里去呢？这样便不能达到我心中的目的了，需要想个补救的法子。"动脑筋再三一想，陡然被她思得一条自以为妙计："只要恐吓得他厉害，叫他们千万不可住在客店，吓他们，假使仍归住在那客店里，那和尚一定是要报官的。官府又一定代和尚挨户严行搜查，一搜查，又一定被搜查到。凭你们有天大的本领，一定会被他们捉住，捉住了，自然把你们送到寺里，凭和尚的处置。这些话他们一定要害怕，如果他们要出城，那如何是好呢？也得说些谎话骗他们，只要这样地对他们说，如果你们要想立刻出城，现在他们早已派人看守在那里了，你们一跑到城门口，正是送上门去，一把便被他们捉住，性命就没有了。要达到我的目的，只要骗他们住到我这里来，他们知道我是认识和尚的，而且又深信我对待他们是好的，绝不会使他们上当，把他们送到和尚那里去。对他们说住在我的家里，和尚绝不来搜查，好像是保险的一般，如果他们相信了，住到了我的家里来，那便能达到我的目的了。他们假使答应住到我的家里，自然把两个女子住在一个房间里，让张士杰一个人住一间，到了半夜深更的时候，我便可偷偷地溜进他的房间，那时我不是能得到真个销魂吗？想他是绝不会拒绝的。"

柳氏打定主意，想想愈觉得意，便继续说道："你们住在城中是很危险的，要是出城去吧，又恐怕在城门口已派人守在那里了，所以出城也不很妥当。依我倒有一条很好的路，不知你们可赞成？"

鸳鸯女侠和凤姑、张士杰三人正在想不出好法子，听得柳氏说的，倒也很有一些理由，她既有好法子，且让她说来听听。

鸳鸯女侠便问道："既然有好的路，那么请指示我们吧！"

柳氏便先微微地笑了一笑道："只要你们都住在我的家里，便像保险了一般的，和尚绝不会来搜查。因为和尚当我是他的心腹，就是官府也知道，即使挨户搜查，也一定跳出我这份人家不进来，你们不是安安稳稳地躲在里面吗？保证绝不损伤你们一根毫毛。待至明天，你们自己再做计较吧！要是你们欢喜，住得惯，不妨多住几天，就是住他一年半载，只要你们不厌粗茶淡饭，我还可以招待你们。"

柳氏说着，两眼便很妩媚地向张士杰望了一眼。这眼光之中，有一种说不尽的深情热恋含蕴在里面。这种妖艳的娇态，是笔墨所难以形容的。

鸳鸯女侠和凤姑、张士杰三个人听了柳氏的这话，一时不能答复，猜测不透她是什么用意："怎么会这样好呢？她是好心呢，还是另有用意的？"三个人都猜想了一会儿。

张士杰的心中已经有些明白："这个妇人的生性很淫荡，她的确是和尚的心腹，我们决不可和她翻脸，否则万一得罪了她，弄得她恼羞成怒，她暗中去通知和尚，我们三个人便难于逃出她的手掌，只有骗她一骗。"一想自己的主意不差，便也向着柳氏微微地一笑：

"承蒙柳大嫂这样地热心好意，叫我张士杰怎样感激你才是呢？你叫我们暂避在府上，那是再好也没有的事了。不过又要费事你了。"说着，又是向柳氏一笑。

鸳鸯女侠和凤姑不知就里，便同声推辞道："不必不必，我们很感激柳大嫂的美意，但住在府上，诸多不便，我们自有方法出城，请放心吧！"

张士杰见二人反对，便向她们丢个眼色。鸳鸯女侠和凤姑会意，知他必有道理，也就不说了。

柳氏却没有看见，便挽留道："没有关系，没有关系。"

两个女侠便接口答道："既然如此，不过又要讨厌了。"

柳氏听得他们都答应了，满心欢喜，连说："不妨事，不妨事！"便连忙到厨房中烧饭弄菜。

张士杰便把自己的意思偷偷地对鸳鸯女侠和凤姑说了，两人都点头称妙。

欲知后事如何，且看下回分解。

第九回

玲珑手段乌龟笑
曲折心思黄鹤飞

却说柳氏听得他们三个人都答应今晚住在家中，心里有说不尽的欢喜，她心目中的人，唯有张士杰一人。至于鸳鸯女侠和凤姑两个女子，却不甚欢迎，走也罢，住也罢。但只留一个男子，嘴面上说不出来，似乎十分难乎为情，故而一股脑儿地都留着，才显得自己的美意。而且说出话来也很响亮，就是被人以后知道了，也不会笑话。自己想想自己的主意，愈觉巧妙，便一个人高高兴兴地到厨房中去，亲手烹调几样好菜，以博张士杰的欢心。

那边张士杰等三人眼见柳氏在厨房里，张士杰便把自己为何答应住在这里的意思说了个明白。

鸳鸯女侠和凤姑一听，都说他所虑的很有道理，又商量好了如何应付的办法。

约过了有半个时辰，柳氏将菜都已弄好，一样一样地搬了出来，端端整整地放在桌子上。

柳氏的丈夫柳大是个不中用的烂好人，见了妻子，最是害怕，凭你做什么不端的事，他一概不管，就是妇人偷汉子，一个也好，十个也好，全不在乎，好像不是他的老婆。这时柳氏便吩咐柳大，将牌门上了起来，一切叫他慢慢地收拾，自己和鸳鸯女侠，以及凤姑、张士杰等四个人，一齐坐下。柳氏捧着酒壶，在各人的面前满

57

满地斟了一杯，竭力地劝酒。鸳鸯女侠等人只得呷了一口酒，向桌子上一看，虽只四五样菜，也并不是什么山珍海味，不过是鱼肉之类，滋味倒十分鲜美可口，便显得烹调的手段很高明，各人都大大地夸赞了一番。柳氏听了，十分满意，劝酒劝菜是劝得格外勤了。四个人只喝了二斤酒，胡乱地吃了饭，草草而毕。

柳氏便吩咐柳大，将吃残的菜搬下厨房去自吃，吃完了洗涤碗箸。自己拿了灯，领鸳鸯女侠和凤姑、张士杰到自己的房中去。

张士杰因为男女嫌疑的关系，不肯进柳氏的卧室，便推辞道："你们三个妇女一块儿谈谈吧！我是个男子，挤在娘儿淘里，很觉得有诸多不便，尤其是怎么可以进大嫂的上房呢？我是疲倦得很了，请指个地方，我要去睡了。"

柳氏便笑着道："张先生，怎么这样的不大方？要睡还正早着呢！而且房间还没有收拾清洁，大家还可以谈谈，反正都是自己人，分什么男女，有什么嫌疑呢？"

张士杰被她说得无话可答，三个人只得都跟柳氏走进她的卧室。虽然并不十分大，收拾得却很清洁，一个衣橱旁，有三四只箱子，叠成一幢，向南的窗口，是一张方桌子和几张凳，床的旁边有一张梳妆台，上面都是些胭脂香粉等化妆品，一面大洋镜揩得雪亮，一切家器上，一点灰垢都没有，亮得竟可照人。床上挂着雪白的帐子，发出一阵一阵的幽香，铺着雪白的褥单，配着红绿两样被头，好像大家妇女的闺房，不像是个生意人家的卧房。

鸳鸯女侠和凤姑、张士杰等随便坐着，都谈了些今日在寺中所遇到的各种困难，以及佩服机关装置得如此巧妙。又说些平日所行武侠的事迹，柳氏听得津津有味。约谈了有个把时辰，又说些家常的琐事。

鸳鸯女侠便笑着对柳氏道："说句不怕大嫂动气的话，你的卧房收拾得这样的干净，好像是大家的闺阁。不过你丈夫身上穿的衣服不很整齐清洁，你不怕他弄脏了你的被褥吗？"

柳氏道："你道他睡在这房里吗？"

鸳鸯女侠便显得很诧异地道："他是你的丈夫，不睡在这房里，那么睡在什么地方呢？"

柳氏有意没意地答道："像他这样脏的人，配睡在这房里的吗？好在我们都是自己人，说说也没有关系。不怕你们笑话，他自有他睡的地方呢！"

柳氏的这句话很有些意思，里面还有骨子呢，她一半是故意说给张士杰听，意思之中，自己是独睡的，无论什么不端的事，都可以做。

柳氏还恐怕张士杰不懂她的意思，或者不完全十分明白，便又媚笑着继续道："他好像是我家养的一条狗，只要他吃饱饭，他什么事都不管。就是要想管，也管不了我，况且他不敢管。"

柳氏一面说，一面便一溜烟地到外面去了。

三人眼见柳氏走出卧室，但不知她去做什么，不便问她。回想她所说的话，都觉暗自好笑。

不久一会儿，柳氏又点了两盏灯进来，很温柔地，又很妖艳地笑着道："时候已经有一更了吧，辰光不早，我代你们已收拾了两间空屋子。"

柳氏说到这里，略停了停，回转头来向鸳鸯女侠和凤姑二人笑嘻嘻地道："本当你们两位和我一块儿住，奈何这房间实在是太小了，而且只有一张床，不得不另外收拾一间给你们住，千万不要多心，还当我对你们见外。"

柳氏是一个多么会说话的人，四面八方都招呼得这样周到。这房间虽然很小，但是她还有她的用意。

鸳鸯女侠和凤姑也连忙笑着答道："大嫂用不到这么客气，像这般亲热，怎会说你见外呢？你是好心留我们住，救我们的困难，我们感激你还来不及，怎么会怪你呢？一个人到底是有良心的。"

柳氏便把两盏灯一手一只，在前领导。鸳鸯女侠及他们兄妹二人，一字儿随在后面。柳氏才走出自己的房门，在右手又有一扇门，将膝盖撞开，柳氏便走了进去。三个人一齐跟入。

这间屋子的面积不很大，里面只有一张床、一张桌子和两把椅子，这床上也挂着雪白的帐子，和雪白的被褥，收拾得也十分清洁，一些灰尘都没有。

柳氏便把左手的灯放在桌子上，回头对张士杰道："这间屋子小得很，张先生，你一个人就睡在这里吧，一个人是很舒服的了！"

柳氏不待张士杰的答复，便又回头对鸳鸯女侠和凤姑道："你们两位住在另一间，那间比这间要好好的宽敞得多。"

鸳鸯女侠和凤姑、张士杰等三个人都异口同声地道："好极好极！"

柳氏道："两位，我领你们到那房里去吧！"

柳氏回头又对张士杰道："张先生，那么你便睡在这里吧，时候有一更多了，还是请快点儿安置吧！"

张士杰也笑着道："好的，好的，请你也早点儿安置。"

柳氏点了点头，往房门外走。

鸳鸯女侠和凤姑二人都走在前面，柳氏却在后面。走到房门首的时候，又回转头来，向张士杰很妖艳地微微一笑，又瞟了一眼，很巧妙地送了个媚眼，随手便将房门带上，领着鸳鸯女侠和凤姑，走过了一口天井。柳氏推开门，又是一间寝室，里面有一张方桌和一张梳妆台，还有一只半新不旧的大衣橱，以及三四张圆凳，安排着小小的两张床，一样是湖色夏布的帐子，四壁粉饰得雪白，虽然不用地板，却铺的是小方砖，也是收拾得很清洁，不容易找到一点儿灰尘。在东壁有两扇玻璃窗，揩得好像没有的一般。

柳氏便将灯放在梳妆台上面，笑着对鸳鸯女侠和凤姑道："这间不是比较大些吗？虽然离得远了点儿，但这里有两张床，一人睡一张，要舒服得多了。"

鸳鸯女侠也笑着道："真的使得大嫂费事了，为了我们，害得你忙个不休，叫我们如何安心呢？真不知如何感激才好。现在时候已经不早，也请大嫂早早安置吧！"

柳氏答应道："那么你们也请早点儿安置吧！"说着，返身便走，随手将房门带上了。

鸳鸯女侠向东边的窗外一望，天上的一轮明月很皎洁，光芒四射，亮得如同白昼一般，照得四野很清楚。窗外是一所小院落，鸳鸯女侠搬了两张凳子到梳妆台的旁边，对着灯，和凤姑一齐坐下。

鸳鸯女侠便开口对凤姑轻轻地道："这妇人妖娆淫荡得很，她是在看中了你的哥哥。"

凤姑笑着道："怎么不是呢！她确是看中了我的哥哥，不过她似乎的确很有些小势力，一时倒也不可触怒她。"

鸳鸯女侠点头道："不错，你哥哥就是这个意思，所以我们今晚都住在这里。"

两个人又闲谈了一会儿，便熄了灯，各自上床睡觉。

却说柳氏回到自己的卧室，将房门关上，闩了，一个人上床睡觉。把灯移在床边的梳妆台上，扑地将灯吹熄，哪知她翻来覆去地总是睡不着，要想闭紧了眼睛睡一会儿，哪知连眼皮睫毛都合不拢来。听听隔壁张士杰的卧室里，一点儿声音也没有。柳氏翻了几个身，还是不曾睡着，只得重又坐了起来，再将灯点亮，一个人坐在被窝儿里胡思乱想。想道："张士杰这样的年轻力壮，身体又生得这等强健，而且如此美貌，若和他上了手，一定能得到许多说不尽的闺房之中的幸福。我故意地把两个女子计她们睡得远一点儿，令他住在隔壁，这正是我的用意。"

柳氏愈想，愈觉得精神百倍，一时哪里还睡得着？睡魔早已逃得不知去向了。精神愈好，脑海里不断地思念着张士杰这个人，想到他这样的年轻，相貌又是这样的标致好看，身体更是这样的强壮魁梧，她的脑筋里川流不息地都是这些念头。总而言之，脱不了闺房之乐，禁不住欲火上升，很有些忍耐不住。

正在这个时候，忽然听得隔房张士杰微微咳嗽的声音。柳氏听了，不觉心中一跳，暗自想道："他一定也正在睡不着，一定也在思念着我呢！恐怕希望我进他的房里去，不错，像我自己和他，真是一对儿郎才女貌。"

忽又听得张士杰在那里翻身，床便吱吱咯咯的。柳氏听了这声音，淫心便大动起来，自己觉得面上像火烧一般的发热，随手在梳妆台上拿过了面镜子来照照，面孔红得像桃花也似的，眼眶里水汪汪的，愈显得万分娇艳。待要溜到隔壁张士杰的房中，回思一想，却很有些不好意思："如果他也有这种意思的话，他自会溜到我的房里来。假使我过去，到底是怪难为情，万一他推却，真要叫我无地自容呢！"

柳氏再倾耳仔细听听，又没有一些声音了，便慢慢地下床来，将门闩吧嗒的一声拉开了，又听得张士杰吱吱咯咯地翻了一个身。柳氏真的要忍耐不住了，但又不敢过去，只得重又爬上床，也轻轻地咳了一声嗽，心房不住地乱跳，觉得十分难受，便自言自语地道："真奇怪，今晚怎么会睡不着起来了？"说着，又听得张士杰在咳嗽。

柳氏的心又是不觉一跳，便开口轻轻地问道："张先生，我听你也是翻来覆去地睡不着嘛！"

张士杰在隔壁也回答过来道："不知是什么道理，今天忙了一天，反而睡不着了。"

柳氏一听这话里，很含着些意思："大概他也正胆小，不敢过来，恐怕我不情愿，以致大叫起来。我很应该给他知道，我正和他一样的情愿呢。"便又问道："你一个人睡着，不觉得很寂寞吗？"

柳氏说了这话，很希望在他的回答之中，能得些口气。哪知等了有许多时候，却没有给她回答。再倾耳细听，只听得微微地有些鼾声，原来他已睡着了。

柳氏好是一盆冷水浇背："难道他竟如此无情吗？"但又转念一想："他是不见得的，他正和我一样的多情呢！也许现在的时候太早吧，还可以晚些呢！或者他今天是太辛苦了，正需要休养休养精神。到了半夜深更，才是办事的时候。"

柳氏想到这里，淫心和欲火都淡了许多，钻下被窝儿，闭着眼睛，不知不觉地便沉沉地睡着了。

待至一觉醒来，隐隐地听见正是三更，抬头一看，南面的玻璃窗外，一轮皎洁的明月挂在空中，亮得如同白昼，照得地面上清清楚楚。柳氏细听隔壁，没有一些声音，心中暗想："现在正是半夜时分，人都睡着了，是时候了，是时候了！"

柳氏一面想，一面幻想着和张士杰的闺房之乐，淫心一动，欲火立刻旺炽起来，一时竟又忍耐不住，心中觉得十分难过，马上从被窝儿里钻出来，下了床，便轻轻地溜出门，向隔壁的房门一推，便推了进去一看，里面黑得如同漆一般。柳氏摸索了半天，一时摸不到那张床，心中十分焦急，心房又像千百只大鹿在乱撞，急得有些忍耐不住了。

柳氏连忙返身待要到自己的房中去拿灯，又是摸索了半天，那房门又摸不着了。却把个柳氏急得只是乱跳，直摸了一阵才摸到。进了自己的卧室，拿了灯，又到张士杰的卧室里，向床上一看，哪里有什么张士杰？不知道在什么时候，早已不知去向了。

柳氏不觉一惊，立时呆住了，像只木鸡也似的，弄得她莫名其妙，如同吃了杯冰水，淫心和欲火也全都消灭了。一时不明白张士杰到底到哪儿去了，以前的一切都成了幻想，便没精打采地拿了灯，慢慢地走过了那口天井，走到鸳鸯女侠和凤姑住的卧室。推开房门，进去一看，里面也是黑暗暗的。走进房门仔细地一看，两张床上，帐子仍旧是挂得好好的，拉开帐门一看，没有人睡着。再到那边的床前，拉开一看，也是没有人。料得他们三人都逃了，把柳氏气得目定口呆。

欲知后事如何，且看下回分解。

第十回

仙人赐药暮岁得文郎
狐狸避雷深宵来美女

却说柳氏不见张士杰，再到鸳鸯女侠和凤姑两人睡的房内，亦不看见，这一下子，竟把她呆住了，好像一只木鸡也似的，淫心和欲火也如吃了一杯冰水一般，消灭了个干净。料得他们三人业已在她不知的时候便溜走了，柳氏的满怀热望都已成为泡影，只有没精打采地拿了灯，仍回自己的卧室。

这一夜，她哪里还睡熟呢？在床上翻来覆去地，心中十分恨张士杰这人，竟如此无情无义，愈想愈觉恼怒。她恨自己没有法术，如果有法术的话，她一定施展法术，把张士杰摄了回来："若他再不肯答应，如我的心愿时，可以将他一刀杀死，以泄心头之恨。"柳氏的精神愈觉兴奋，连眼皮和睫毛一些也不合拢来，两眼只直挺挺地直望到天明，才始略睡了一会儿。这也不必说她，丢过一旁，不再提起。

却说鸳鸯女侠等三人到底何处去了？原来张士杰早看出柳氏的心意，而且又知她姘着和尚，以致的确很有一些小小的势力，官府也都知道她，很在她的跟前拍马讨好。所以张士杰不敢得罪了她，一切都胡乱敷衍。

这晚，张士杰睡在柳氏的隔壁，起初听见柳氏翻来覆去的，又在言语之间说些风流的话诱惑他。张士杰假装睡着，其实哪里睡得着呢？直待至二更多天气，听得柳氏却已睡着。张士杰便偷偷地溜出房门，走到那口天井中，学了一声猫叫。鸳鸯女侠和凤姑因为随时留心，在睡梦之中听得暗号，立即惊醒，马上从床上跳起身来，好在窗外的月色甚好，亮得如同白昼，照得室内清清楚楚。两个人便也出了房门，溜到天井里，看见张士杰一个人早已站在那儿，鸳鸯女侠和凤姑二人也走了上去。

三个人你望着我，我望着你地望了一会儿，鸳鸯女侠第一个开口道："我们可走了？"

兄妹二人点了点头，但并不说话。

鸳鸯女侠便举眼向四面望了一望，只见空中挂着一轮明月，微微地有一些风，万籁俱寂，一点儿也没有声音，料得四邻的人全都睡在梦乡之中。鸳鸯女侠一看，四周的屋子都不甚高。

凤姑也说道："那么我们该走，早一点儿，还在这里等什么？"

鸳鸯女侠不说话，第一个扑的一声，早已轻轻地纵身上屋。凤姑和张士杰兄妹二人也随着飞身而上，再向四面一看，三面都是些矮屋子，唯有北面是庆福寺，比众高了许多。鸳鸯女侠一看，那庆福寺大殿的顶上，似乎有两条黑影，仔细一看，映着月光，有两道白光，闪闪烁烁。鸳鸯女侠见了，心中早已明白，这一定是寺中的放哨，保护着那老贼秃慈云长老无疑，连忙通知凤姑和张士杰，三个人便弯了身，缩小目标，轻轻地翻过了几家屋脊，已到了一条偏僻的小巷，一看，且无半个人来往。三个人便又轻轻地跳了下去，望着小巷的北面走去，预备从北门逃出城外。这条小巷虽很狭窄，但却极长，从头至底，约有二里光景。三个人穿过了两条大街，将要近北门，还有百十来个门面的时候，前面远远地有两个人走来，各人提着一盏灯笼，背着朴刀，一个人的手里拿着一面锣，一个人的手里拿着一个竹筒，"咚咚砰，咚咚砰"地一边走，一边敲着，却是两个更夫。

鸳鸯女侠等三个人虽不惧那两个更夫，恐被他们看见了，总觉得诸多不便，当然多一事不如少一事的好。鸳鸯女侠向两边一看，一面是座高墙，约有四五丈高，一面却是所后园，园墙上都是绿油油的碧梧。

鸳鸯女侠用手在凤姑的衣襟上轻轻一拉，一句话也不说，一个人便先跳进墙去。跳进了墙一看，原来是所废园，满地都是野草，已有一人多高了，虽也有假山荷池，以及一个八角凉亭，但全都坍毁了，树也枯了，花也没了，好像荒废已久，不成个样子。

凤姑和张士杰随着也跳过了墙，三个人便在野草丛中站着，动也不动，但恐发出声音。三个人静静地听着那两个更夫渐渐地由远而近，不多一会儿，已在他们的墙外，只隔一墙，总算没被他们看见。再听这两个更夫，又渐渐地由近而远。三个人便逐一跳出墙外，往北再走。

将近北门，一眼望去，城门当然早已坚闭着牢牢地关了，但在城门畔有五六个官兵，手中都拿着雪亮的刀，有的站着，有的坐着，有的在那儿踱来踱去。

鸳鸯女侠便连忙站住了，不再往前，轻轻道："现在是三更天气，城门关了，原是意中的事。但城门畔的五六个兵，平日却是没有的，恐怕那贼秃驴已报了官府，这几个兵守在这里，正是要捉拿我们的吧！"

凤姑点头称是。张士杰亦以为然，但不知从何处出城呢。

凤姑道："横竖城门是关着，走不出去。要出去，总要跳墙，否则还是不能出去。一样是要跳墙，为什么一定要从这里跳出去呢？不如走过这儿，见没人的地方，岂不就行了吗？"

鸳鸯女侠道："对了，就是这样吧！"

三个人便折回来，再向西穿入小巷，走近城墙边，果然没有一个人，城墙上也没有巡逻的来往。三个人便一齐跳上城墙，又跳下，便已出了城。心中很是欢喜，总算很安稳地出了城，便在一条大路上向南而去。约走了四里光景，四面都是田了，好在月光很佳。

66

又走了四五里，前面有一个村庄，村庄的旁边有一座小小的五通庙。走近村前，冷不防跳出两只黑狗，汪汪汪地一阵乱吠，三个人没留心，无意之中都被吓了一跳。

鸳鸯女侠道："我们不要再进去了，狗这样的狂吠，不要惊醒了村人。他们出来看见我们，又是多事。我们不如就在这庙里住一夜吧！"

凤姑和张士杰都说有理。三个人便一齐走进小庙，在蒲团上坐下，胡乱睡了一觉。到天色将明之前，便出了庙门，依然往南走去。天气晨凉得很，村中的炊烟缕缕，路旁的草上都是昨夜露水。

鸳鸯女侠便道："我们总要去请人再来收拾那个老贼，你们现在打算到什么地方去呢？"

张士杰答道："我有个师叔，听说现在孝慈县里的陈大户家当教授，我想到那儿去请他相助。不知你想到哪儿去呢？"

鸳鸯女侠道："我要请的人真多呢，你说到孝慈县去，很好，近那儿我也有几个相知的朋友，相离不远，那么我们一块儿走吧，彼此热闹得多。"

凤姑听得鸳鸯女侠和他们同行，这一喜，把个凤姑欢喜得直跳起来，于是鸳鸯女侠和凤姑、张士杰三人同往孝慈县。一路上暮宿晨行，披星戴月，非止一日。

再说那天，鸳鸯女侠和张士杰二人救出了凤姑，后到柳氏家中，挽留着定要他们三人过夜，三人只得依从。到了半夜，才溜了出来，一直出城不回。三个人住着客店，本来三个人都没有什么行李，也不再去取，虽然欠了几天房金，但房中还留着几两银子，足够相抵，恐怕还有余多，不足为念，店主绝不吃亏，就此了事。那么鸳鸯女侠等三个人身边没有分文留在口袋里，这样说来，难道他们吃的是西北风，还是饿着肚子不成？那绝不至于如此，吃还是要吃的，用还是要用的，依然如故。那么他们吃的用的，钱是从哪里来的呢？他们自有来处。

原来他们都是行侠的人，一路上打听得如有贪官污吏，以及土豪劣绅，都是些不义之财，被鸳鸯女侠和凤姑、张士杰等三人之中一人知道了，便去借来用用，所以他们也不愁没银子用，倒也用得非常舒服。一路上慢慢地走，好像旅行一样，游山玩水，很是快乐。因为向那贼秃报仇，到底不是急不待缓的事。

　　那日，三个人已经到了孝慈县，进得城去，找到了陈大户的家，张士杰一问，他的师叔早已不在他家当教授了，已去了有八个多月之久，不知到哪里去的。

　　张士杰等三人都觉得十分扫兴。鸳鸯女侠一想，这里孝慈县到苏州，只不过二三百里左右，并不十分远，只要四五天必能到了。但是一看天色已晚，就是马上动身，也走不了多少路，而且连日走了许多路，不免辛苦，不如今天就在这儿住他一晚，明日再走，也不为迟。凤姑兄妹二人也极赞成，就在大街上找到一家客店，三人便租了两个房间，一大一小，小的是张士杰一人住，大的自然是鸳鸯女侠和凤姑二人同住。各人洗了面，喝了杯茶，又吃了些点心。因为没事，三个人便一同出外到街上去闲逛。

　　走到一所空场的墙壁上，贴着一张告示，有许多人都挤着看。鸳鸯女侠等为好奇心所动，想要也挤上去看他一个明白，实在是人太多了，一时挤不进去。这不是他们真的挤不进去，如果他们用出本领来挤进去，恐怕一不小心，伤了人，又要害得多事，所以也不再挤。

　　张士杰便向旁边的一个人问道："这许多人看着这一张告示也似的，到底是为了什么事？"

　　那人便说了个仔细。原来这里有一位骆富翁，年已将近八十左右了，他家不知有多少万贯的家财，妻妾满堂，五十多岁，膝下空虚，深以为愁，要想得个一男半女，各庙许愿烧香，修桥补路，救济贫民，不知做了多少良善好事，大概是德感苍天。有一年，突然来一个衣衫褴褛的和尚，到他家化斋。可巧骆富翁送客出门，看见这个和尚瘦得害怕，好像饿了几天没有吃的样子，看看将要死了，骆富翁见他可怜，便吩咐书童，领和尚到厨房里，烧些素斋给他饱饱吃一顿。从此，和尚天天来，来则必饱餐一顿。

一天，和尚感骆富翁的德，便从腰间摸出一颗金丸，据说服了之后，可以受孕。骆富翁本来思子心切，得了这颗金丸，大喜，便又给了和尚五两银子。和尚从此便不来了。

骆富翁的太太当然也有些岁数，不能生育，便将这颗金丸给最宠爱的十一姨太太服了，不到两个月，果然怀孕。这一喜，把骆富翁喜得难以形容，从此愈要做他的好事。待十月满足生下来，果是一位公子，取名宏才，长得又肥又胖，真是活泼可爱，便雇乳母好好地服侍。

到了七八岁，便请了一位老夫子到家来教这位宏才公子，读书识字，十分聪明，两老和几位姨娘都爱得如同掌上之珠一般。

到了十三岁，便中秀才，阖家尤其欢喜。

直到十七岁，还没有订婚，因为一时没有合意的小姐，所以婚姻便一时搁起。

有一次，在宏才公子十五岁的那年，一天，忽然雷雨交作，因为一只天狐，做差一些事，玉帝命雷公打它，这天狐到处逃避雷声，实在被逼得无处可避。这时，骆富翁可巧在书房中看书，天狐一看他，便知是大善人，便立即躲在他所坐的椅子下，雷公因之打不着它。待至过了时辰，风消云散，天气也晴朗了，天狐才得避过雷击，救了它的性命。虽和骆富翁拜了三拜便走了，心中万分感激，有机会的时候，总要报此大恩。

过了两年，一天的晚上，宏才公子正在书房里独自坐着温习功课，口里渴得很，而且肚子也有点儿饥了，正想要吩咐书童去叫丫头倒茶进来和弄些点心，喊喊隔房睡着的书童，一个也都叫不醒来。宏才公子正在十分饥渴的时候，忽然推门进来，却是一个美貌的女郎，双手捧着一个银盘，银盘之中，正是一盏茶和一盘点心。宏才公子见了，十分大喜，但是心中很觉得有些奇怪："这个女子怎么长得如此美丽？我家丫头虽多，但我个个都认识，唯有她，我却从未见过，绝不是我家的丫头了。但她既不是我家的丫头，她如何会到这里来的呢？而且她又怎么知道我正在饥渴，要喝茶、要吃点心呢？我又没有告诉她，连睡在我隔壁房里的书童都还没有知道，她怎么竟会知道的呢？真的太觉奇怪了，倒很值得研究。"

宏才公子回头看那女子，只微微地向他笑，虽然是这样的娇艳妩媚，一句话也不说，但在眉目之间，却显得她十分庄重，没有一些轻浮之相，令人见了，可爱亦复可敬。看她的态度，一点儿也没有丝毫恶意。

宏才公子正当饥渴，便也顾不得许多，便将银盘里的茶端在手中，喝了一口，觉得清香馨郁，满口生津。这个茶的味儿，他觉得从未吃过，一口气连喝了只有四五口，便将一盏茶喝了个干干净净，满口有说不出来的清香。又忙着伸手过去，再把银盘里的那盘点心也取了过来，一看，却不识得这到底是什么点心，是用什么做的，全不知道，连看都也没有看见过，一块块的都是玫瑰色的。拿了一块，送到嘴里，觉得这个味儿又是从未吃过。不消一刻，早将一盘点心又是吃了个干干净净。

宏才公子觉得口也不渴了，肚子也不饥了。再回头看那女子，仍站着不动，只是盈盈地向他微笑，总觉得她庄敬可爱，好像神圣不可侵犯的样子。心中料得她必不是家中的丫头，此时正可问她一个仔细。

欲知后事如何，请看下回分解。

第十一回

随母上天庭泪珠似雨
代郎寻继室碧玉如花

却说宏才公子在半夜正当饥渴的时候，忽然有一个美貌的女子闯了进来，公子一看，并不认识她。因他正在饥渴，所以把少女捧了的银盘里的茶和点心统统吃了个干净。到了口中，觉得异常芬芳鲜美，这味儿，从未尝过。

公子将送进来的东西吃完之后，回头把那少女的上身下身细细地打量了一会儿，只见她盈盈而笑，从进来到现在，一句话也不曾说，已显得她千娇百媚的，令人万分见爱。看她的年龄，大约在十六七岁，正与公子相仿，一头细而且长的秀发和漆一般黑，鬓旁戴着一朵绯色美丽的小鲜花。两条弯弯的细眉，与柳叶儿也似的，配着一对儿黑白分明的凤眼。像这样的玲珑活泼可爱，虽然不开口，连眼睛里也会说话的样子，可见她是个绝顶聪明的少女了。长长的睫毛能显得她是个多情的种子，挺直的鼻梁，樱桃也似的小口，露着两行洁白的皓齿，整齐得好像珍珠一般。那小口的两旁，有一对小小酒窝儿，只要微微地一笑，便更显得娇艳妩媚，会引人迷醉。鹅蛋般的脸庞，细腻的肤色，只薄薄地略施了些脂粉，已显得红中泛白，又从白里泛红，好像一只苹果也似的。双手似雨后春笋般的纤细如玉，胸前微微地隆起一对乳峰，却不甚高耸，可见得她还是一个尊贵的处女。如柳条般的腰肢，和红菱似的金莲，走起路来，

71

袅袅娜娜地，像弱不禁风的样子。总之一切的一切，都是美丽可爱的。

公子将她的上下身看了一个仔细，那少女的双腮变成了玫瑰色，将银盘放在公子的桌上，低着头，直垂到胸前，好似万分羞涩的样子。用有幽香的手帕按着小口，却愈觉令人可爱。

公子的心也有些为这美色迷醉了，心房跳动个不住，自己觉得自己的面在微微地发热，大概也在绯红起来了吧！待要开口问她，却又觉得一时无从说起，两眼只不住地盯着她细看。就这样你望着我，我望着你的，有什么意思呢？

公子先在肚子里起了个腹稿，而后鼓足了十二万分的勇气，才微笑着问道："你这位小姐，我从未见过，以致难于认识。学生斗胆，不敢动问小姐的芳名，更不知小姐如何会知道我正在饥渴，便送香茗、点心进来，赐我解渴得饱。"

那少女听公子问她，使她羞得将头直往下垂，忸忸怩怩地说不出话来。

公子见了这等艳态，也觉得心醉神迷，恨不得将她抱在怀中，亲热温存一回，却又不敢。只不断地向她追问。

少女被逼得没法可想，微微地抬起头来，忽然将脸又是一红，再把头低垂了下去，先向公子很妩媚地偷望了一眼，微微地一笑，轻声说道："小女名叫翠娜，因为我和你有夫妻的姻缘，所以含羞夜奔到此。"

翠娜说到这里，羞得将话又打断了，不肯往下再说。脸红得像玫瑰一样的可爱，羞耻得好像无地自容的样子。

公子听得翠娜说和他有夫妻的姻缘，心房也是不由自主地一跳，私心暗自窃喜："如果真的能和这样天仙也似的美人有夫妻的姻缘，也不辜负了我骆宏才了。"公子便大胆地伸手过去，将翠娜搂在怀中。翠娜也不甚拒绝，只低着头，将身子投在公子的怀中，很不好意思地用双手卷弄着衣角。

公子道："既然你和我有夫妻的姻缘，那么何必要如此害羞呢？但我觉得十分奇怪而不能解释的，就是你怎么会知道我正在饥渴，你便送东西进来，何以竟至这么巧呢？还有，现在已经是半夜了，在此深更人静的时候，你一个人到我这儿来，不觉得害怕吗？而且这时候，我家前前后后的各门都已关门上闩已久，你怎么进来，你从何处进来的呢？难道你是从天上飞下来的不成？"

这话一时竟把翠娜问倒了，片刻之间，却不能立即回答。默然了一些时候，翠娜便立刻敛去了满面的笑容，十分庄严地说道："已到了这个时候，不得不如此，只有说出来了。但说给你听了，请你切不可惊奇害怕才是。你以为我是人吗？不，不，我不欺骗你，我却不是人。"

公子听得翠娜自己说并不是人，不禁愕然，吓得一时说不出话来，胸中不住地乱跳。略停了片刻，稍微镇定了一些，便抖凛凛地问道："你……你……你不是人，难道竟是鬼魅妖精不成？"

公子显出很有些退避三舍的样子。

翠娜站起身来整容道："公子，请你不要见我害怕，我不是鬼魅，也不是妖精，老实对你说了吧，我实在是天狐，我早对你说我俩有夫妻的缘分，决不忍心害你，我对于你，决不欺骗，非但丝毫无损，一定有益。现在索性都说给你听了吧，姻缘是没有这么的简单，这次我是特地来报恩的。两年前，家慈办差事，犯了天条，要遭雷击，知道令尊是个大善人，便躲在他的椅子下，以致差过了时辰，便避去了雷击。家慈感令尊大人的德，所以特令小女前来报恩。在姻缘簿上一查，而且与你有一段夫妻的姻缘，于你绝不有害，请尽量地放心吧！不要怀疑。"

公子看翠娜的一举一动、一颦一笑，都是善意的，料得她全无恶意，便慢慢地并不觉得她害怕了。公子请她坐下，两个人面对面地坐着，谈谈说说地，谈得十分投机，因此知道她非但琴棋书画件件皆能，诗词歌赋无一不精。

起初两人着了一盘棋，公子将负的时候，翠娜便把棋盘一阵乱摸，笑着道："绞脑汁的玩意儿，谁耐烦干？"

把棋子捣乱了，便分不出谁胜谁负。公子正在大窘的当儿，这样便不致无地自容了。如此看来，可见得翠娜是个聪明玲珑的人了。两人又吟诗作对，便见得她的学问极好。公子大喜，也不以她为异类相视，便渐渐地亲昵起来。

公子紧握着她的手，乘势将她搂在怀中。两人温存缠绵了一会儿，在不知不觉无意中，竟渐入了爱情之境。忽然听得外面已在打三更了，公子便拉着翠娜的手，两人都含羞着登床，免不得要颠鸾倒凤。待至一度春风、雨收云散之后，公子向他怀里的翠娜一看，脸儿酡红，好像是一枝雨后的桃花，万分娇艳，那种沐阳初罢的姿态，秀发蓬松，更觉得格外的妖媚。

两个人紧偎着温柔了一会儿，真是你恩我爱，不觉互抱着沉沉睡去。待至一觉醒来，已是晨鸡初唱，天色将要黎明。

翠娜连忙披衣起身，下床欲去，却又回转头来，公子很觉得依依难舍，翠娜也去而复返者再，一时不忍离去。但眼看天色已慢慢地在变成鱼肚色了，不久即将大明，翠娜咬一咬牙关，狠一狠心，头也不敢回地便走了。

公子待翠娜走后，也即起身，开了门。书童便取水进来，服侍公子梳洗完毕。公子看看书童的脸色，好像没事人般的一些没有失常的举动，昨夜的事，料得他们全不知道，公子也便放心了。

这天，公子虽然仍在书房中，和平日一样勤读，但是心中不免常要想念翠娜，然而在表面上不敢露出丝毫形迹，所以也看不出来，便也没人知道。就是父母，也被瞒在鼓中。

待至下午散学，吃过了晚饭，公子便将两个书童打发到隔房去，不呼唤不准进来，自己即将门闩上。手里虽拿了一本书在灯下看，但是心里总念念不忘地挂记着翠娜，哪里还看得下书到脑筋里去呢？独自一个人很觉得寂寞无聊，然而也是没法可想。直待至初更时分，背上突觉得有人轻轻一拍，鼻孔同时觉得一阵幽香，如同鲜花一样芬芳馥郁，真觉耐人寻味。公子回头一看，不是别人，却正是他意想中的人物翠娜。这一喜，那还了得？只见她盈盈浅笑，穿着一身银色的晚装，闪闪发光，比昨晚更觉娇艳妩媚得多了。公子一见，神智也都早已昏迷了，一时竟说不出话来。两人相对默视了一会儿，才牵着手，拉她一同坐下。慢慢地再谈情说爱，不觉已入深更半夜，两个人便一同解衣登床，又是一度春风。二人的情爱，真的是如胶投漆。

待至天明，翠娜即去。

从此以后，翠娜便早去夜来。阖府的人，上至父母，下至仆婢，没有一个人知道这件绝顶风流的秘密事。就是连专门服侍公子的贴身书童，一点儿也不知道。

公子和翠娜俩陈仓暗度，岂止一日，约有将近二年光景。公子不但身体依然十分健康，而且读书比以前更勤，倒也成例，日以为常。公子本来是个非常聪明的人，现在连自己也觉得比从前更聪明，脑筋也更其活泼。老夫子每出一个题目，公子便不假思索地一挥而就，所作文章，非但通畅达理，真的如同锦绣一般。老夫子看了，也觉得难以下笔增减，不要说修改一句，连一个字都动不得，似乎非此不可，非此不通。老夫子也弄得莫名其妙，自己的学生怎么进步得这样快？如此看来，学生的学问和先生的学问已经是并驾齐驱，以后怎么可以再做公子的先生呢？但是这位老夫子总觉得满心欢喜，在骆富翁的跟前，大大地称赞公子的进步，真有一日千里之势。骆富翁听得先生当面称美儿子的学问，自然也是满心有说不出的欢喜。笑得张大了口，一时合不拢来，一面拜谢先生，说他是教导有方。宾东二人，大家都谦逊了一会儿，要知道公子虽然是个绝顶聪明的人，但到底总属有限，他现在的学问，原来是翠娜每夜在床头枕畔教他的，这也不必细说。

父母眼看得儿子这样的聪明，而且又肯勤读奋斗，当然爱得如同掌上之珠。骆富翁又是老来得子，看看自己的年纪已高了，满望弄孙之乐，就是公子也已成人长大，很想物色一位贤淑的小姐，给儿子娶房媳妇，那么便能达到弄孙之乐的目的了。每次提及，总被婉言拒绝，说现在年轻，正是读书的时候，如果娶了媳妇之后，不免要分心，对于前程，有极大的关系，却是一片大道理。父母听了，颇以为然，因为又是爱子，所以也不勉强他的婚姻大事，暂且搁起不谈，将来待他自己选择，才得称心满意。

公子因与翠娜十分恩爱，所以婚姻的事，也并不放在心中。只要能和翠娜二人了此一生，也是满足的了，哪知好事偏偏不能永久。

有一天的晚上，翠娜来时的神色不比往常那般活泼，脸上笼罩着郁郁之色，似乎心中很忧愁的样子，显露于形色之间。来了便在凳上呆呆地坐着，不言也不笑。公子虽百般温存亲昵，但她总是冷冷地如冰似雪，胡乱敷衍而已。

公子见了她这种若即若离的样子，心中哪得不要好生奇怪？便问她："今天为什么这样呢？"要请她说个明白，才好使他放心。

翠娜听了公子的话，不禁流下泪来，立时把头垂了下去，一阵伤心，抽抽噎噎地哭个不了，好像十分凄惨的样子。

公子尤其莫名其妙，弄得呆若木鸡，很关切地追问她："为什么要值得这般伤心呢？"

翠娜被逼不过，先微微地叹了一口气道："咳！你我的姻缘，到今天是满了。今夜来了，以后便不能再到此地，哪得不要伤心呢？"

公子听了这句话，好像是晴天一个霹雳，向后倒退了三步，连气都喘不过来，哪里还说得出话来呢？也是一屁股坐在凳上，低头垂气地好像一头丧家之犬。

翠娜见公子这等模样，便站起身来，走到公子的身畔，一手架在公子的肩上，很温柔地安慰道："这是注定了的，谁也不能逆天行事。现在因为玉帝下旨，宣我母亲上天供职，一家迁移，因此我便不能从此再来。总之是姻缘满了，人力不能挽回，请你不要因我而伤心。我去之后，如同我在一样，每日依然要发奋勤读，否则便对不起我。你我分离的消息，我直到今天才知道，我实在是舍不得你，真真地爱你。可惜不能把我的心挖出来给你看，但我相信你一定能够相信我，我为了你我的永别而伤心，我又为了你的婚姻而担心。现在我已代你觅到一位贤淑的小姐，虽然是小家碧玉，却不是大家闺秀，但比我更觉美丽。你和那位小姐倒是个美满的姻缘，可以白头偕老，虽有小小的风波，并没有大碍。你娶了她做媳妇，如同娶我一般，但只我孤零零地，再也没人伴我了。"说着，不禁又哭了起来。

公子将她抱住，搂在怀中，两人不免又伤心一场。两人上床解衣而睡，这夜的恩爱，不容说是倍于往常。

待至天明，翠娜便披衣起身。公子也急忙将衣服穿好，二人双双下床，因为无法可想，绝没有挽回的事，两人只得各道珍重，挥泪而别。

自从翠娜去后，把个公子哭得死去活来，足足有三天不饮不食，滴水不进，读书当然是不必说了。父母不知就里，把个骆富翁急得手足无措。

欲知后事如何，且看下回分解。

第十二回

老农家中来上客
鬼侠梦里示良缘

却说自从翠娜一去之后，把个宏才公子哭得和泪人儿一般，足足有三天不饮不食。把个骆富翁急得手足无措，不知怎样才好。只得请了位有名的大夫，按了公子的脉，大夫觉得很是奇怪，到大厅上，便对骆富翁道："老朽自从悬壶至今，屈指也已有三四十年之久，经手诊断的病人，不下千万。只有今天令郎的贵恙，老朽一时却难以断定。照脉上看来，和常人不差分毫，好像并没有病。但依实际的情形看来，确然有病。大概是老朽的医术浅薄，不敢下方，还是另请高明为妙。"说完，拱了一拱手，返身便走。

骆富翁一听这话不对，心中万分焦急，连忙将他的手一把拉住道："先生慢走，小儿的病虽奇怪，据这样说，好像是已成不治之症了？但总要请你尽心挽救的了。"

那大夫看见骆富翁如此恳求，便站住了，低着头，思索了有好一会儿工夫之后才说道："依我看来，令郎并没其他的贵恙，只是积郁成病，似乎倒是心病。就是我开方吃药，也是没有什么用处的，只要叫他散心一法，不吃药，病自然而然地也会痊愈。除此之外，别无他法。"说着，又是一拱手，头也不回地返身便走。

骆富翁虽向公子百般盘问，到底为着什么正事，以致积郁成疾，但总探不出一些口气。骆富翁真的没法可想，只得暗中叮嘱两个心腹的家人，日夜陪伴服侍公子，他要什么便是什么，一切都依从他，总要使公子散心为目的，将来重重有赏。两个家人领命，服侍得个公子体贴周到是不必说了，因之渐渐地略有起色，每餐居然也能够吃一碗粥或半碗饭了。父母知道了，觉得也很安慰。

一日，正是春三二月的时候，天气很好，温和的微风吹上身来，满体舒适。一个家人便对公子道："今天这样的好天气，我们一同下乡去踏青，倒是个极好的玩意儿。"

公子听了，也很赞成，一时雅兴勃发，立刻三个人骑了三匹马，一字儿穿过大街，从西门出得城来，三骑马望乡奔去。一路上桃红柳绿，满地细菌也似的小草，有说不尽的许多天然美景。微微的风扑面吹来，带着芬芳馨郁，令人舒适爽快，精神为之一振。两旁的田里，都是些绿油油的麦管和黄金般的菜花，蝴蝶和蜜蜂十分忙碌地往来于花丛之间，非常的快乐，都有一种怡然自得的样子。树枝上双双作对的好鸟齐鸣，正在唱着春来了的歌曲，声音是这样清脆婉转，像黄莺那么的耐人动听。

公子和两个家人眼看着美景，耳听音乐，真的一时乐而忘返。在不知不觉之间，三个人已近一座村庄，向在田里工作的农夫一问，原来是梅村。公子听得梅村二字，心中不觉一动，便骑着马，慢慢地踱了进去。

行不到一箭之地，前面突有一条小河拦住了去路，东面有座小石桥。在桥畔，有棵柳树，树干约有灯笼那么粗细，因为是在春天，正当在抽嫩芽的时候，倒垂着的柳条，很温柔地在微风中飘荡。这柳树的底下，有一个年轻的少女蹲在河边淘米洗青菜，河里的水虽然并不十分大，但是本来清得很，现在因为那少女正在洗菜，旁边又有几只鸭，以致把水弄得不很清澈了。

公子见了这少女，勒着马，不觉呆住了。心中暗想："天下怎么会有这样美的女子呢？真的可称为倾国倾城的美女。书本上所说西施和昭君的沉鱼落雁之容，以及貂蝉和杨贵妃的闭月羞花之貌，也不过如此而已。"

只见她不过穿着一身粗布的衣服，却掩不没她的娇艳妩媚。她低垂着头，一心在那儿洗菜。完全是天然的肤色，一点儿也不涂铅垩，已觉得如同面若敷粉，唇若点朱一般。偶然抬起头来，看见一个陌生的富家公子痴痴呆呆地定着眼睛望着她，不觉又垂下头去。这种含羞的姿态，多么的令人可爱，是笔墨所难以形容的。

公子猛然想起："那晚和翠娜分别的时候，她不是对我说的吗？就在这梅村之中，有一个李姓的老农，他有一个女儿，长得如同天仙也似的，却和我有夫妻的姻缘。难道和我有夫妻姻缘的，莫非就是这位小姐不成？本来生长在乡村之中的姑娘，要俊俏的是很少很少，像这位小姐的美貌，可以说是出类拔萃的了。要是她果然和我有姻缘的话，事情也可说巧了，那真所谓有缘千里来相会，无缘对面不相逢，我就这般呆呆地望着她，也是徒然无益的事。"而且骑在马背上，很觉得有些腰骨酸痛，便带着家人，慢慢地走过了那座小桥。

公子因为久病初愈，感得有些头昏脑涨，将要不能支持的样子。但见前面有一份农家，四面都围着矮篱，两旁都是翠竹。公子带着两个家人，慢慢地走进了竹篱。在篱畔种着几棵桃树，满树都是娇红艳丽的桃花。更有几棵才抽芽的柳树，映着阳光，红绿相间，十分好看。地上种着一畦畦的油菜，叶儿是绿油油的，上面开着黄金也似的花，一只大水牛正在一棵大树下吃草。

家人王五连忙跳下马背，伺候公子下马。还有一个家人赵四，也随着下马，把三匹马都系在一棵大树干上，让它自己慢慢地自由吃草。

三个人来到那农家的屋前站住了，恰巧有个五十左右的老农夫，衔着烟管，一面走，一面吸烟，态度是那么的自由自在、自得其乐的样子，正从那面慢慢地踱将出来。

王五连忙走上前去，便很谦恭地对那老农道："我家公子今天下乡游春，来到此地。因为在家是娇生惯养的，骑马走了这么许多路，很觉得辛苦了。不知能到你家中略坐坐，休息休息?"

那老农向公子的上下身打量了一会儿，微微地点了点头道:"可以可以，怎么会不可以呢? 不过我家脏得很，恐怕你家公子走不进来。"

王五连连微笑道:"笑话笑话，说哪里话?"

王五说着，回头便对公子道:"那么到里面去坐一忽儿，休息休息吧!"于是三个人便一齐走了进去。

老农连忙搬了一张竹椅子，请公子坐下。那王五和赵四两个家人，自在一条长凳上坐下谈天。那老农便在公子对面的门槛上坐下，嘴里仍旧慢慢地吸着旱烟。公子是个城里住惯了的人，今天是初次下乡，因此所看见的一切，简直是平生都没有看见过，于是和老农两个人你问我答地闲谈起来。谈谈说说地倒也觉得十分投机，便知道老农叫李全生。

正在这个时候，方才在河畔淘米洗菜的那个美貌的女郎从外走来。公子见了，心中不知不觉地又是一跳，和老农的谈话无意地中断，两眼不瞬地望着她出神了。

那少女看见公子忽然坐在家里，又目不转睛地死望着她，红了面，低着头，一溜烟地走进厨房去了。

公子看不见那少女，还在那儿出神，连自己也莫名其妙。

李全生默然地吸着烟，又咳了一声嗽，才把如痴的公子似从梦中惊醒过来，便笑着对李全生问道:"方才到厨房里去的这位小姐，可是令爱吗?"

李全生再深深地吸了一口烟，淡淡地答道:"正是小女。"

这时，李全生的老妻方氏，听得有陌生人的口音，到门首探头一看，见是个贵家的公子，连忙倒了三盏马尿也似的冷茶送出来。

李全生便埋怨方氏道:"公子在城里是娇生惯养的，平时吃得好，喝得好，这样脏的茶，他们会要喝吗?"

方氏听得丈夫的话，倒也真的说得不差，默不作声地又把这三盏茶拿进去。

不多一会儿工夫，又拿了三盏热气腾腾的开水出来，放在旁边的桌子上，笑盈盈道："请公子胡乱喝一口解解渴，在穷乡僻壤，因为没有较好的茶叶，倒不如是开水比较清洁得多了。"

公子连忙站起身来笑着道："好极好极，不过又害得妈妈费事了。"

李全生便拉着公子坐下道："好说。"

回头埋怨他的老妻方氏道："既然有开水，方才为什么不早拿出来呢？起先为何偏要拿马尿也似的茶出来呢？这是什么意思，我倒有些不明白是什么道理。"

方氏道："你懂得些什么事？方才哪里来的开水？如果有了，早就拿出来了。老实说了吧，这开水是我们的女儿看见外面有客人，马上赶着烧起来的呢！"说着，返身便又进厨房去了。

公子又对李全生道："老伯今年高寿几何了？有几位令郎和小姐？"

李全生道："老朽夫妻俩半百开外的年纪，只生得这样的一个女儿，今年已十八岁了。"

公子擎起杯子，呷了一口开水道："二位原来只有这么一位小姐。"

李全生仍抽着烟，只点了点头。

公子又继续道："小姐可订婚了没有？"

李全生淡淡地答道："还没有呢！"

公子听得说还没有订婚，心中不知所以地一乐，颇有希望似的道："小姐长得这么天仙也似的，将来不愁嫁一位王孙公子，却是你的好福气。"

李全生微微地摇头道："那些所谓有钱的公子王孙们，见我女儿略有些姿色，来求婚的不知凡几。但我看他们都是些轻薄的纨绔子弟，没有一个能看得上眼的，就是我女儿也不愿意。穷的呢，我却又不肯配给他们，所以直搁到现在，还没有许配给人家。我们两老为着她的婚姻，正在愁着没有相当的人家。"说着，微微地又在摇头。

公子问道："不敢请问令爱的芳名，未知可以见示吗？不过是太觉得冒昧了。"

李全生将烟斗中的烟灰随手在门槛上轻轻地敲去后，才答道："我女儿的名字叫雪梅，乡下人，取不出什么好名字，怪不好听的。"

公子听得雪梅两个字，心中不觉又是一跳，暗自想道："那晚翠娜不是说的吗？梅村中的雪梅和我有夫妇的姻缘，如是说来，莫非就是她吗？"

公子一面心中暗想，一面道："好得很，好得很。"

正在这个时候，方氏又从厨房里搬出四碗点心来，每人一碗。公子一看，不是别的东西，原来是酒酿滚鸡蛋。

公子连连道："我们略坐坐休息，害得你们费事，又是点心，何必要这样客气呢？叫我们如何安心呢？"

李全生也道："哪里话，哪里话，这是我女儿亲手煮的，恐怕不中吃罢了。"

公子也不十分虚伪地客气，便把这碗酒酿滚鸡蛋吃下，觉得又甜又嫩，滋味倒很美。

二人又随便谈了些乡村风光，心中却思念着雪梅，很想再见她一面。但不便说出口来，实在是无法可想。单是这般和一个老头儿坐着闲谈，很觉没有意思，也是徒然无益，公子便起身告辞。

李全生苦留不住，只得送出门外。

三个人一同走到篱边，在树上解了马，公子和王五附耳轻轻地说了几句话，王五只是点头，说"知道了，知道了"，便一个人折回进去，办理嘱咐他的事。公子和赵四两人各自跨上马，一路回家。

骆富翁看见儿子欢喜回来，因此心中也觉十分快乐。

这天，公子直等到上灯时分，才看见王五笑容可掬地进来，料得他一定达到目的，心中也自高兴。便忙不迭地问道："怎么，怎么？事情办妥了没有？"

王五跑得上气不接下气地道："一切都满意，不过说出来事情是很觉奇怪的。"

公子听得奇怪两个字，就为奇怪所动，便问道："既然事情是都满意了，那么还有什么奇怪呢？"

王五道："公子吩咐我的话，转告那李全生。谁知他不能做主，还是要征求他女儿的同意之后，才可以答应，便进去了好些时候，笑着走出来。他告诉我，他的女儿非但答应这段姻缘，而且又说了这么一段奇怪的事。昨晚，他的女儿还没有睡熟，似梦非梦中，看是一个素不相识的女子，才进房门时的面孔是那么的可怕，只在转瞬之间，倏地变得千娇百媚的艳丽，就是她说出和公子有一段美满的姻缘。这事奇怪也不奇怪？"

公子听了这话，疑心这个女子便是翠娜，一问她的面貌，却又不相符合，也是觉得万分奇怪。这个哑谜，一时竟不能打破，暂且搁下不提。

公子自从听得李全生老农的女儿雪梅已经答应了他的求婚，自然满心有说不尽的快乐欢喜，便把这事当晚说给父母听了。

骆富翁因为是爱如掌珠的独生子，而且此事也极正当，娶个媳妇，正中下怀，所以也便一口答应。于是即日下定，不到几个月，便迎娶进门。

雪梅虽然是个乡下的姑娘，却也读过几年书，识得不少字，也懂得三从四德，所以非但夫妻恩爱，翁姑婆媳之间，孝顺慈爱，一家过着快乐的日子，也不必细说。就是邻里之间，都说雪梅确是个贤惠的媳妇，个个称她贤淑，倒也相安无事。

不觉过了两年，直到今年的八月，城隍生日出会，倒是个热闹的季节，阖城的人家都去看会，公子和雪梅小夫妻俩当然不能例外，一家都去赶此热闹。哪知也是合该有事，本城知县毛文的儿子又文，带着八九个家人，也来看会，突然见雪梅长得标致，一时怀了不良之心。

欲知后事如何，且看下回分解。

第十三回

恶作剧官府臀流红
大倒霉法师面急白

却说那年的八月中旬，本县的城隍诞辰，照例行香赛会，因为是一年一度，盛极一时，本城附近的村镇，也都赶来看热闹。公子和雪梅一对儿小夫妻也不能例外，挤在人丛之中看会。

这日也是合该有事，本城知县毛文的儿子又文，也带着八九个家人，在人丛中挤来挤去，突见雪梅长得这等美丽，惊为绝色，一时起了不良之意，要想设法占为己有。本来这又文是个极安分守己的人，从未凭着父亲的势力，以致做出横行不法的事。平常的时候，没道理的事也没曾做过，所以倒是个好衙内。谁知那天毛又文见了雪梅长得这般倾国倾城，惊为当代绝色的美妇，连自己也不明白，只觉忍不住的一阵心醉神迷似的不能自主，一时糊涂，不怀好意。又文心中暗想："像这样美貌的少妇，世上简直难得少有，我却从未见过如此绝色的好妇女，不知是谁家的媳妇，享受这份艳福无穷的闺房之乐，祖上不知有了多少的阴功积德。我家的老婆人称她也是美女，没比较的，确够称美了，但一比较，哪里够称得上美？简直是蒲柳之姿，丑极了。如果我和这样美貌的少妇得能一亲肌肤，就是身首异处的死，也瞑目的了。"

毛又文一时为美色所迷，心猿意马地不能自主，暗暗吩咐家人，将雪梅不管三七二十一地强行抢回衙门。

85

雪梅大声叫喊强盗。公子眼见八九个家人将他的爱妻强行抢去，一阵乱跳乱叫救命，要想前去劫夺回来。奈何他是个读书人，手无缚鸡之力，走上前去，被一个家人随手只轻轻地一推，公子一个站足不稳，就是朝天一跤，跌在地上，竟爬不起来。待至慢慢地从地上爬起身来，看雪梅早已抢得不知去向了，急得他一阵大哭大喊，在地上不住地乱跳。

骆富翁也早已知道了媳妇被人抢去的消息，只是唉声叹气地乱摇其头，也是没法可想，徒呼负负而已。但只怕急坏了儿子，马上派家人前去寻回家来，用好言相慰，劝他切不可因此着急，总要设法使雪梅安然回来。

公子恐怕伤了老父的心，而且这也是没法的事，只得忍着不哭。骆富翁见儿子居然听话，就此不大哭大叫，心中便安慰了许多，于是便连忙派人四处出外打听消息，而后再做道理。

那毛又文一声吩咐家人，把雪梅抢了便跑。雪梅虽然大叫强盗，大叫救命，哪知看会的众人，看见强抢妇女的，却是本县知县的家人，谁敢说个不字？没有一个人敢上前去拦住，全都纷纷逃避。这样一来，八九个家人抢着雪梅，如入无人之境，一溜烟似的如飞而去了，把雪梅直抢到毛又文的私宅之内。

又文的妻子洪氏是个最贤淑的妇人，是位孝廉的小姐，这天看见丈夫抢了位美貌的女子进来，料得此事不妙，便竭力百般相劝。哪知又文已为美色所迷，真是良药苦口，忠言逆耳，哪里还肯听她的好话？洪氏劝他不醒，只得缩口不谈，一切由他去吧，再也不管。

这天把个毛又文乐得无以复加，把雪梅关在一间房里，叫两个心腹的丫头好好服侍，自己和几个好友谈笑喝酒。直到二更过后，几个朋友陆续散去，又文已有八九分醉意，酡红着脸，东歪西斜地慢慢地走上楼来，走进房门，便叫两个丫头自去睡觉，待至明天领赏，随手便将房门闩上。

这时，雪梅早已哭得如同泪人儿似的，每要自尽，被两个丫头严密监视，以致没有机会，只得一个人躺在床上，暗自伤心流泪，哭得几乎透不过气来。

又文看见雪梅在哭时一副娇艳妩媚的姿态，尤胜平时，引得又文神荡心迷，再也忍耐不住，便带着酒意，嬉皮笑脸地走上前去，伸出了双手，待要拥抱雪梅，低下头去，要在她的樱唇上亲亲热热地接一个甜蜜的吻。谁知雪梅抽手狠命地将又文啪啪地两记耳光，真打得又松又脆又响亮。又文一个措手不及，也是出于意外，料想不到地被雪梅拍了两记耳光之后，便是恼羞成怒，两手捧着面孔，气得他怒发冲冠，向后倒退了三步，勒起衣袖，握紧双拳，待要奉敬雪梅几下，就是把她打死了，可泄心头之恨，也所不惜。

雪梅是个何等机警的人？眼见又文来势凶猛，知事不妙，急忙翻身下床，说时迟，那时快，又文已在跟前。雪梅恐饱受老拳，吃此眼前之亏，总要设法阻挡。四面一看，不见有什么东西，右边的桌了上，只有一个花瓶。雪梅忙不迭地抢在手里，对着又文狠命掷去。

事有凑巧，不偏不正地恰掷在又文的脑袋上，虽没有头破血流，只觉得眼前红红绿绿的一阵金星缭乱，砰的一声响，四脚朝天地一跤倒在地上，动也不能一动。把个花瓶掉在地板上，打成七八块。楼下的人还没有睡觉，突然听得楼上一声巨响，一定发生了什么意外之事，连忙赶上楼来。

雪梅将花瓶掷在又文的脑袋上，本不存心下此毒手。今见他动也不动地死在地上，已知难逃杀人之罪，便从另一张桌子上取了把剪刀在手，待要刺自己的咽喉自尽。只听得门外砰砰砰砰地一阵拳敲足踢地已将房门打开，便有十几个男男女女，蜂拥而入，见小主人死在地上，又见雪梅正要自杀，便将剪刀夺去，七手八脚地把雪梅用绳索牢牢捆住，说她谋杀他们小主人的性命，一面急忙飞报主人。

毛文为官尚好，并不十分剥削良民，五十多年纪，只有这么的一个儿子，和三岁的一个孙子，所以爱如掌珠一般。今忽然听得家人来报，儿子已经被人谋死，哪得不要大惊失色？便立即升堂，把雪梅带上县堂，详细审问。另派人去检验他儿子的尸体，回报说并未真死，但脑部已受了重伤，晕了过去，从此不醒，也是意中的事。

毛文听得儿子虽没有死，但和死了一般，可是不能定雪梅抵命的罪。要是从轻发落，却于心不甘，便用大刑拷打雪梅。哪知打断了五块板子，雪梅没事人般的，好像并不打在她的身上。毛文见了，心中暗自十分奇怪："我做官二十余年，凭你是个什么江洋大盗，上了大刑，没有一个不如同杀猪也似的大叫。今天这女子，看她如此娇怯，好像弱不禁风的样子，怎么经得起这等大刑？"看她非但不痛，竟如若无其事一般，便大喝道："与我快快重打。"

这时，毛文忽觉自己的臀部有些湿淋淋也似的有点儿微疼，伸手摸来一看，却是殷红的鲜血，而且起先略痛了些，心知不妙，内中必有缘故。连忙退堂，将雪梅暂且打入大牢，看儿子的性命到底是生是死之后，再做计较。雪梅被打入大牢之中，自不必说。

那知县毛文退堂之后，走不到五步，两股痛得如同刀割一般，鲜血淋漓地从裤管中流出来，一步也不能走动，望地上蹲了下去，那才真的像杀猪般的呻吟叫喊。家人便将毛文扶至上房，使他好好地躺在床上。太太将他的裤子退下一看，屁股上的皮都一点儿也没有了，好像受过大毛竹板子的一般，鲜血如潮水似的涌着，流个不住。太太见了，好不心痛，用绫绢揩去鲜血。毛文还痛得像杀猪似的叫喊，连忙用衙门中秘制的伤药敷上，也不甚见效。直要过半个多月，方始渐渐地痊愈，并无性命之虞。

只有毛文的儿子又文，一连有整整的三日三夜，没有醒来，说他是已经死了，却并没有死，胸前和心口总有些微温，不忍买棺殓，把一家的人哭得个死去活来。

雪梅也被关在监里，不能判她抵命的死罪，她在大堂受刑，打断了五块板子，而毫不受伤，这事监牢中的人也全都知道了，没有一个不觉得奇怪，说她暗中一定有鬼神相助，因此没一个人欺侮她的，倒也相安无事。只急煞了个宏才公子。

那日派去探听消息的家人回来，把毛又文见了奶奶长得美丽，便吩咐家人抢回家去，又文逼奸，被花瓶掷中脑袋而死，一直说到现在监中待判。

骆富翁得了这个消息，愿意倾家荡产地定要保全儿媳的性命，便四处求人托保。公子在家中也哭得个死去活来，次日便派了个心腹的丫头前去探监。回来说："奶奶没有受苦，也没被欺侮。"公子听了，才觉得稍稍安慰。

从此以后，公子便不再到自己的房中，因为看见了一切，便要反而引起伤心。每晚就睡在书房中，免得睹物思人，分外伤悲。

在书房一连住了三夜，倒也相安无事。到第四天晚上，约在三更时分，公子一个人坐在灯下看书，还没有睡，但哪里看得进去？一心只思念着雪梅，禁不得泪流满面，暗暗伤心。正在这个时候，侯从门外进来一个美貌的女子，步履飘然若仙，妖媚地盈盈而笑。公子起先一愕，待至定眼细看，不是别人，正是翠娜。

公子急忙站起身来，迎了上去，很惊疑地问道："翠娜，你不是随着令堂因供天职而远迁了吗？怎么今晚你又来了呢？"

翠娜立将笑容敛去，两眼望着公子道："我来了便来了，难道你厌恶我的来不成吗？"说时，返身便要走的样子。

公子见她欲去，一手将她拉住道："我因听得你那晚曾说过，此去即成永别，再无相会之期，不能复得一见。今晚忽而又来，我因觉得奇怪，所以问问而已，并非是厌恶你，请不要误会。"

翠娜听了公子的这话，方始站住了，迷人地笑道："不要害怕，你的心，我岂有不知道的？有意吓你罢了，谁知竟急得你这个样子。"

公子才得放心。二人整整地有两年不见，久别相逢，倍觉恩爱。二人一同双双坐下，畅叙旧情。公子忽又想起雪梅现在牢中受罪，一阵心酸，不禁掉下泪来，不断地频频叹气。

翠娜便取出一方幽香的手帕，代公子拭去了脸上的泪痕，也深深地叹了口气，安慰公子道："这事我早已知道，但也是没法可想的事，可是绝无大碍。这是她的命中注定，今年有牢狱之灾，无论如何，不能避免。待过此关之后，必可安然而返，请你放心便了，切不可因此而急坏了自己的身体。"

公子亦以此事没法奈何，就是急死，自知也是徒然无益。

这晚，他们二人是远离初会，各道相思之苦，不免重叙旧欢，便一同解衣登床，再度春风。二人是如鱼得水，爱胜初会。事毕之后，相拥而眠。待至天明，翠娜便悄然而去。从此之后，又是早去晚来地每日无间。

公子自翠娜来后，并不遗忘雪梅。知翠娜是狐女，定然神通广大，恳她代为设法营救。哪知翠娜总是推三阻四地说雪梅命中注定，一片敷衍。公子也信以为真。

翠娜不断地来了有两个多月，公子仍将此事瞒得没有一人知道。但是从此之后，公子渐渐地瘦削了，非但精神不佳，而且饮食不振，每餐不能吃半碗的饭，瘦骨如柴，皮包着骨，脸上黄纸般的一些没有血色，慢慢地久咳成痨。

翠娜每夜频频不断地要求，一而再、再而三地没有一个止境。就是公子虽然一身无力，但却十分冲动，因此渐渐地痰中带血，不能起床了。

公子到了这个时候，心中才有些明白过来，从前和翠娜来往有两年之久，身体的康健依然如故，此次才及两月，一病不能起床，眼见得临死不远，心疑内中定然另有缘故。

父母见公子一天瘦似一天，终日相伴，要探问他是何缘故，岂非因为雪梅？公子自知再也不能隐瞒，只得将前前后后的事一股脑儿地和盘说出。

骆富翁到底是个年高有经验的人，一听公子所说，又想起几年之前，确有一狐曾在他的椅子之下躲避雷击。第一来者，实是报恩；第二来者，却是冒牌，必定是什么妖魔鬼怪之类，却是来采补的。便派着年壮力强的家人，日夜轮流陪伴，谁知也是无济于事。房中的灯烛虽点得如同白昼，家人坐着相伴，待至公子合了眼，又见那个女子来了。起初还变成翠娜的模样，而今竟化成本来的面目了，却另样一个美貌的女子。后来非但在白天自由出入，连一家的人都没有一个不看见的。

起初请医诊治，当然是罔不见效，请了附近邻县有名的道士、法师前来设坛请神召将地除妖捉怪，不但擒不着妖、捉不着怪，法师往往被打得抱头鼠窜而逃，一时竟谁都奈何不得。

只把个骆富翁急得没地洞可钻，八十左右的年纪，唯有这么一个宝贝的儿子，娶了一房媳妇，方期弄孙之乐，哪知出此意外，一个贤淑的媳妇，今在囹圄，一个儿子，为妖所迷，成为色痨，眼见得死期未远。聚集了亲友商议，只有出一张告示，如有人能除此妖精，而救治他儿子的性命，就是倾家荡产，亦所不惜。

鸳鸯女侠和凤姑、张士杰三人听了，也觉奇怪，不觉为好奇所动，定要去除此妖精为快。

欲知后事如何，且看下回分解。

第十四回

床中跃下裸体佳人
窗外飞来黑丑女子

却说鸳鸯女侠和凤姑、张士杰三人，听说骆富翁的儿子宏才公子害了狐病，十分危重，已成色痨，躺在床上，从此不能起身，眼看得死期不远。

鸳鸯女侠心中暗想："这个骆富翁是个良善的好人，只生得这么的一个儿子，如何可以为妖狐所害死呢？须要前去救他的性命，使骆富翁不致绝嗣，倒也是一件好事。"

便和凤姑、张士杰商议，哪知他们兄妹二人也为好奇心所动，正亦欲征求鸳鸯女侠的同意。今则说了出来，三人都觉非常兴奋，于是便一同挤出人群，望骆富翁的家中奔去。

到了门上，说明了来意，由门公通报进去。隔不多时，便有一位八十左右的老翁出来相迎，鸳鸯女侠一看他的举止和打扮，知他定是骆富翁其人了，三人一同上前施礼，并再说明来意。

骆富翁一看这两女一男都是侠士的装束，又听得是特来捉狐救他儿子的性命，连忙恭而敬之地迎了进去，各各寒暄了几句，分宾主坐下。

鸳鸯女侠问："贵公子如何起病？现在的状况又如何？"

骆富翁便详详细细地说了个明白。三人听了，都觉奇怪。

张士杰道："情形我们已知道了些大概，现在不知可否去看一看令郎呢？让我们也知道病得到底如何程度。"

鸳鸯女侠和凤姑也点头赞成道："不错，我们确然要明白令郎的近况。"

骆富翁连连点头道："应该应该，如何会不可以呢？"说着，便站起身来，在前作为向导。

到了公子的书房中，里面有五六个壮年的家人伴着。公子躺在床上，面色好像一张黄纸一般，瘦得已不成样子，皮包着骨，如同一只哈士蟆也似的。两只眼睛陷在眼眶里，望去已像死人，只多了一口气罢了，奄奄但留一息而已。却不见那狐狸。

三个人将情形看了个明白，便又一同退出。

骆富翁看见鸳鸯女侠和凤姑是妇女，便叫自己的妻妾相伴。

鸳鸯女侠道："不必劳太太们的驾，我们为侠义的人，男女相杂一处，没有什么关系，谚语坐得正，立得正，不怕和尚、尼姑和板凳。我们就是这样，只要心地正直，彼此不怀歹意，男女大被同枕也没有什么了不得的事。"

骆富翁听了，也深以为然，便用上等的筵席款待三个侠士。待至酒过三巡，一面喝酒，一面商议，才得决定办法。

直到二更时分，各人都有些酒意，鸳鸯女侠道："现在时候已经不早了，我们不如看看令郎吧，而今到底如何，那妖怪究竟有了没有？"

凤姑和张士杰也点头道："不错，不错，我们该去看看。"

骆富翁当然是十分赞成，可去救他的儿子，于是便各自离席。

张士杰回头对骆富翁道："时候不早，你老人家虽然精神很好，但这样晚了，也该是休息的时期了，而且令郎的卧处，我们全都熟识。"

骆富翁再三要伴着他们三人，三个人竭力推辞，并且解释道："简直你是不必去，因为我们如果遇到了妖怪，难免要动武，而且据情形推度，那妖精的神通一定十分广大。当我们在用武的时候，你却是个没武艺的人，总免不得要吃眼前亏。万一有个意外，那岂不是太不值得吗？所以请你尽不必自以主人的地位，定要来陪伴着我们，反而弄巧成拙，还是请你自去休养的为妙。"

骆富翁听了他们这样的解释，才始明白，便表示恳切地感激了一番，又问鸳鸯女侠等捉妖，需要点儿什么东西，和要多少人帮忙。

鸳鸯女侠答称道："用不到什么人来帮忙，要么留一二个在外面静悄悄地守着，如果我们用得着他们的时候，自会呼唤他们。"

骆富翁连连地点头答应，急忙派人吩咐明白，一面又对鸳鸯女侠和凤姑、张士杰等三人恳切地拜托了之后，方才自回卧室而去。

却说鸳鸯女侠等三人，眼见骆富翁进了卧室去睡觉，三个人离了酒席，望公子睡着的书房中走去，一路上各处都满点着灯烛。走到书房的门外，只见里面也点得灯烛辉煌，亮得如同白昼一般。书房的门并不关上，只虚掩着。鸳鸯女侠第一个人走在前面，便随手推开，跨进门去一看，满房里有七八个年轻的家人，一个个在那儿坐在凳上打瞌睡，左摇右摆的好像睡得正酣。鸳鸯女侠和凤姑兄妹见了，都觉得十分奇怪，心中暗想："像这样年轻的家人，托他们只要陪伴着公子，这等容易的事，还竟靠不住，贪睡得如此地步。"

三个人走上前去，预备将他们一个个唤醒之后，叫他尽可自去睡觉。谁知都像喝了迷魂汤也似的一个也呼唤不醒。

正在这个时候，忽然听得公子睡着的那张床，一阵阵微微地在那儿作响。三个人不约而同地都回过头去，那床上好好地挂着帐子，却微微地一动一动地在那儿动。三个人起初见了，还以为是公子翻身，以致如此，哪知望了有一些时候，床声响了一阵，又是一阵，帐子动了一阵，又是一阵。

鸳鸯女侠便对凤姑附耳轻轻地说道："你听得吗？你看见吗？怎么那床响个不住？那帐子又是动个不停？内中定然有个道理，难道公子岂有这样不息地翻身的吗？"

凤姑点着头，也以为然。

94

张士杰插口也参加意见道："情形的确有些诧异得很，定然有缘故的。但这几个人坐在这儿打瞌睡，呼唤不醒他们，总觉得有点儿不妥当。我们要设法弄醒，让他们回到自己的房里去睡吧！"

鸳鸯女侠很赞成地说道："是呀，他们像木偶也似的坐在这儿，倒弄得碍手碍脚的，反而要感得诸多不便，万一在紧要关头的时候，如果一刀劈去，中着了这几个人之中的一个，岂不是要伤了性命？否则便难达目的，倒是两难得很。我们还是只有用冷水喷醒他们的一法。"

于是三个人又一同出了书房，到外边，可巧遇到一个仆人，便叫他取了一盆冷水，拿到书房里，如下雨般地在各人的脸上乱喷了一阵。不多一刻工夫，只见这七八个家人一个个打着哈欠，醒了转来。便质问他们为何全都睡熟了，一个也不知经心，所管何事。

这七八个家人一时都呆若木鸡般地一时说不出来，待稍过一会儿之后，才慢慢地说道："起初的时候，我们都好好地醒着，互相谈天，忽见那个狐狸精从门外推进来，我们正要站起来提刀杀她，谁知她张开了嘴，在我们的面上各吹了一口冷气，从此就渐渐地失了知觉，连自己也不晓得怎样地会睡着了。直到现在，额角头上觉得有些冷冰冰地才清醒过来了。"

鸳鸯女侠和凤姑、张士杰等三人听得家人们这样说，心中明白，一定是那个狐狸精所施的妖法，用吹冷气的方法，将他们几个人迷住了，便可由她任所欲为，如入无人之境一般地自由。

鸳鸯女侠道："照这样说起来，那么这个狐狸精一定是来过了，想必还是在这房里，不过怎么在眼前不见呢？可是能断定绝不曾去。"

鸳鸯女侠说着，回过头去对那七八个家人道："我们在这里，你们各自回去睡觉吧，不需要你们再在这里了。"

七八个家人听得叫他们去睡，当然十分高兴，便都出了书房，自去睡觉，不必细叙。

再说鸳鸯女侠和凤姑兄妹，眼看七八个家人去了之后，只留他们三人，呆呆地立在地中央，一时都想不出说一句话，好像守候着什么似的。

　　鸳鸯女侠偶然回过头去，又望着公子睡的床，挂着的帐子，还是微微地在动荡。凤姑和张士杰兄妹二人在无意之中，也不知不觉地把视线移到公子的床上，同样地看见这些情形。三个人你望着我，我望着你，显出莫名其妙的神情。

　　正在这个时候，忽然从帐子里轻轻地传出一阵淫荡的艳笑，完全是由一个年轻美貌的少女的口中发出来的。听这浪声，必然是男女交媾时感到极度快乐的媚笑。鸳鸯女侠以及他们兄妹二人听得都很清晰。

　　鸳鸯女侠听了这女子浪漫的笑声，表示觉得有一种不安，心中早已猜度得十分明白，料得内中定有缘故。要是飞步上前，拉开帐子，看个仔细，很觉得诸多不便，因此十分不安，两眼望望帐子，又望望张士杰。

　　张士杰也早已看出鸳鸯女侠的内心，急忙一个箭步，已到床前，随手拉开帐子，往里一看，只见公子和一个年轻美貌的女子，赤露露地躺在一头，互相偎抱着，显得万般亲热。张士杰一眼见了，心中自然明白，知道这个女子，不言而喻，一定是那个狐狸精了，便举起朴刀，待要对准了劈将过去。说时迟，那时快，床上的少女也已看得分明，便如同飞也似的从床中跳到地上，随手在床旁取了一柄宝剑，望张士杰的后脑狠命劈去。

　　这时，鸳鸯女侠和凤姑二人突然看见从床上飞出一个上下身一丝不挂、赤露露的年轻美貌的少女，倒把她们羞得满脸绯红。今见她举剑直取张士杰，因素知张士杰的武艺平平，不过如此而已，和妖精抵敌，深恐他一时有失，于是便也顾不得羞耻，一同抢步上前相助。

　　那张士杰起先拉开帐子，即见一个赤身露体的少女从床里跳出来，恐怕失手误杀了公子，所以便在中间擎住，没有劈了下去。正在此时，背后忽觉得有一阵寒风，心知不妙，急忙反过身来，可巧鸳鸯女侠的剑挡住了那少女的剑，剑碰着剑，各人的眼前只觉得金星四射，照得眼睛发花，几乎看不出来。幸而鸳鸯女侠的双目是锻炼过了的，眼前只略觉失常而已。今见凤姑兄妹二人却站着不动，鸳鸯女侠见了，心中惊慌，老是这样站着，岂不要被那少女所害？连忙和她敌住了，觉得她的剑术也很不差。

那么凤姑兄妹二人为何这样呆呆地站着不动呢？因为鸳鸯女侠的剑和那少女的剑碰得金星四射，竟把他们兄妹二人的眼睛都照花了，以致眼前一时看不清楚，只得如瞎眼一般地站着不动。

鸳鸯女侠和少女打了有十几个回合之后，一时难分胜负。凤姑和张士杰的眼前也已清楚，一同加入阵线，围攻着少女。见她并不觉得慌忙，武艺超群，自然是可想而知的了。

本来这少女赤身露体，一丝不挂地从床上跳下来的，而今不知在什么时候穿戴了的，早已衣冠楚楚的十分整齐。三个人见了，也是莫名其妙。在这个非常紧急的当口，真的是无暇顾及。三人合战一人，而且各人都用尽了各人的平生技术，而她却不慌不忙地气不喘鬓不乱。在书房中约战了有一二百个回合，仍旧是分不出你胜我负。

公子睡在床上，只见满室刀光闪闪，剑影重重，却不见一人，竟把他吓得连动都不敢一动。外面的家人听得书房中有刀剑之声，心知一定是在和妖精开战，都躲在窗外，偷眼从窗格子里望进去。只见一团一团的白光，分不出哪个是妖精，哪个是侠客，吓得他们四散奔逃。

鸳鸯女侠和凤姑、张士杰三个人又和那少女打了有几十个回合，三个人都觉得精疲力尽，面红耳赤。尤其是凤姑，香汗淋漓。奇怪的那少女愈战愈有精神，一把剑使得龙也似的活泼。

鸳鸯女侠的心中很有些着急，知这妖精十分厉害，就和她这样平平而战，一定难以取胜，须要另用别法，才可一鼓而擒之。鸳鸯女侠打定主意，将剑使了个破绽，跳出圈外。

凤姑和张士杰兄妹二人看见鸳鸯女侠突然跳出圈外，知她必有缘故，二人再振作精神，竭力抵住少女。

那鸳鸯女侠跳出了圈外之后，待要用飞剑斩这妖精。哪知道少女似乎早有准备了的一般，在鸳鸯女侠之前，只把口一张，吐出一道黑气。鸳鸯女侠还不及吐出飞剑，三个人闻到了这道黑气，好像中了迷药一般，竟被迷住了，动弹不得，如同一个木偶也似的，直挺挺地站着，但各人的头脑之中，却觉得十分清楚，一点儿也不模糊。只见那少女向着他们微微地笑着，表示自己用了妖法，十分得意，把提着的剑看了又看，举在手中，意思要结果他们三人的性命。

鸳鸯女侠见了，心中好不觉得害怕，待要也提剑和她再战，谁知手足又酸又软，宛似在生大病，一点儿也没有力气。眼看得要被她一剑劈成两段，连动也不能动得，今日必死无疑。

正在此十分危急的时候，忽然从窗外飞进一条黑影。鸳鸯女侠等三人定睛仔细一看，却也是一个女子，面目生得好不丑陋，肤色既粗且黑，哪里像个人形？如同一段黑炭也似的。飞进窗来，便和那个少女战了起来。并没有几个回合，那少女便显得不能支持，剑法也乱了，只向地下一钻，便不知去向。地上只留着一堆衣服而已。把个狐狸打败，那个丑女子也是吹了一口冷气，鸳鸯女侠等三人全都醒了。丑黑的女子忽又不见。

欲知后事如何，且看下回分解。

第十五回

妖道留丹陡消疾病
夜深人静准进监牢

却说鸳鸯女侠和凤姑、张士杰等三人被妖狐口中吐出来的一圈儿黑气迷住，性命即在转瞬之间。正在这千钧一发十分危急的时候，忽然从窗外飞进一个黑面丑陋的女子，非但战败妖狐，又救醒了三人。鸳鸯女侠和他们兄妹二人清醒过来，恢复了原状之后，好像漏网之鱼，死里逃生的一般，哪有不喜出望外？待要拜谢这丑黑女子的救命之恩，却又不知去向了。不知她从什么地方去的，好不十分奇怪。此恩此德，没处申谢，只得铭诸五衷罢了。

三个人明知这个狐狸精已经被她逃遁得无影无踪，总觉得不能满意，然而也是无法奈何的事，对于骆富翁十分抱歉，实在是辜负了他的美意，更使他失望，于心很是不安。弄了半天，还是捉不住妖精。如今妖狐虽逃，隔几天说不定还要来采取相迷，仍旧救不得公子的性命，哪有什么法子可想呢？三个人都没了主意。

鸳鸯女侠向地上一看，那妖狐逃遁时留下的衣服的旁边，有一粒珠子也似的东西，既圆且滑，光泽得可以照人。鸳鸯女侠见了，不识这是什么东西，但知它必定十分珍贵，蹲身下去，拾在手中，和凤姑兄妹二人细看研究，推想这一粒定是那妖狐所修炼的金丹。

鸳鸯女侠取在手中，再细细一看，果然不错，心中好不欢喜，便很高兴地对凤姑和张士杰道："现在得了这件东西，公子的性命可保无虑。"

于是张士杰先走近床前，看了看公子，见他蒙了被头睡着，料得不曾把他吓坏了，心中又安慰了许多，又唤家人进来伴着公子。三个人都欢天喜地地要去见骆富翁。哪知早有家人得了这个消息，已去通报了。

骆富翁正待要来问个仔细，可巧在客堂厅上遇到。

鸳鸯女侠开口便说道："这个妖狐好不十分厉害，我们几乎都送了性命。现在被她逃了，却没有捉住。"

骆富翁听了这话，真正出于意外，不觉一愣，向后倒退了几步，十分着急地道："哎哟，那怎么好呢？现在没有捉住，一定已触怒她了，将来报复，如何是好？我倾家荡产，在所不惜，可是我唯一的儿子，没有性命的了！"

骆富翁说着，不住顿足叹气，急得险些掉下老泪来。

鸳鸯女侠和凤姑、张士杰三人连忙安慰道："令郎公子的性命，非但可得无愁，而且可以霍然而愈。"

鸳鸯女侠便取出那粒金丹给骆富翁看。骆富翁取在手中，看了又看却不识这是什么东西。

鸳鸯女侠便解释道："这金丹丸是稀世之宝，狐狸一生几千百年的修炼，就是修炼这么的一粒东西。令郎公子如果服了此丹，疾病便能够霍然而愈。"

于是又把这狐狸的妖法如何如何的厉害，以及被她迷住，几断送了性命，又忽然怎样地从窗外飞进一个丑黑的女子，战败妖狐，又救醒他们三人的性命。正待要向她致谢的时候，倏忽之间，突又不见，在地上拾起这粒金丹。从头至尾地说了个仔细，一点儿也不隐瞒。

骆富翁听到惊奇的地方，吓得目定口呆，代为着急；听得打败妖狐，喜欢得手舞足蹈。忽又想起儿子的病重如山，不免忧愁起来。

张士杰便连忙安慰道："现在且将这粒金丹给令郎公子服下之

后，看他如何。"

骆富翁以为除此之外，别无他法，只得如此。但是心中还不甚深信，像这样小小的一粒金丹，有如此的效力。可是又想起来，服了之后，最多没有功效而已，绝不会有害的吧，因此便也绝口赞成。于是一同又到书房中，看看公子，虽然已经醒了，但一丁点儿没有精神。方才书房中侠客和妖狐的一场恶战，幸而没有把公子吓坏。

骆富翁看见儿子的病势这等沉重，未免觉得伤感。

公子看见父亲这等样子，不禁流下泪来道："儿子的病，眼见得无法挽救的了，死期想不甚远，自此不能承欢膝下，难能尽孝了。"说着，抽噎个不住。

鸳鸯女侠在旁看见他们如此伤心，便用好言劝慰道："你们父子两位，不要这样的伤心。公子的病，其势虽然十分危险，但是现在已得了这粒金丹，真是千难万难的，一定是天见可怜，也可说是命不该绝。公子服下之后，保管立时而愈，那是没有疑义的。"

骆富翁道："但愿如此，那么不知如何服法呢？"

凤姑道："一定是用开水吞下。"

鸳鸯女侠接口道："对了，只要用开水吞下便行了。"

于是吩咐家人，取了一杯开水，将金丹给公子服下。不到几分钟，果然有些精神，坐了起来，连肚子也觉得饥了。把个骆富翁喜得说不出话来，忙不迭地吩咐家人："快快去煎参汤！"

没有多少时候，参汤便煎好了，公子喝了之后，立时精神焕发，便起身下床。

骆富翁看见儿子的疾病真的霍然而愈，哪有不喜出望外之理？心中暗暗感激鸳鸯女侠和凤姑、张士杰三人，虽然他们没有直接战败妖狐，但总是由他们来此之后，才救了公子的性命。便对三个人打躬作揖地谢了又谢。

鸳鸯女侠等见骆富翁这样的感谢，便显得很不自然、很不好意思地道："我们真是惭愧得很，救令郎公子性命的，并不是我们，我们的武艺实在是太不行了，而那个妖狐也真的太厉害，我们都被迷住了。突然从天上飞来了一个女子，救了我们，也是意外的事。这一定是府上是份积善之家，感动上苍。我们不但没直接救令郎，反而叨了光，真的觉得十分惭愧。"

骆富翁听了，连说："哪里的话，哪里的话。"

公子的病一旦而愈，阖府上上下下的人知道了，哪有个不十分欢喜？都前来瞧看公子。虽然比在未病之前当然憔悴了些，但是精神却很好，全没有一些病后的状态，行动的步履也很轻健。

这时，天将黎明，鸳鸯女侠等三人看见公子的病已痊愈了，以为没有什么另外的事了，于是便要告辞。再赶一天的路程，仍去请人报庆福寺的仇。

骆富翁坚决挽留，哪里肯放呢？便道："三位侠士辛苦了一夜，连眼毛都没有合过，正应该休息。就是在这里住几天，未为不可，只有招待不周罢了。"

公子也是竭力挽留。

鸳鸯女侠和凤姑、张士杰一时倒也没了主意，心中暗想："我们的事还多得很呢，一夜没睡，有什么要紧呢？还要到各处去请人报仇，应该马上告辞动身赶路，才是正经。现在他们这样的殷勤挽留，似乎不应辜负了他们的美意，莫要太扫了他们的兴，一点儿不受人抬举。"于是倒真的很有些两难，一时不能解决。三个人商量到底怎样。

公子望着他们三人，满望在这里住几天，也可结交像这样有本领的武艺朋友，静心等待着他们商量后在答复。忽然想起一事，脸便显得呆住了，几乎要掉下泪来。

骆富翁见了，难免觉得奇怪，不知为了何事，又这样悲伤起来，很有些莫名其妙地不懂了，便问他："又为了什么事呢？"

公子和骆富翁父子两人耳语了几句，骆富翁一听了，便连连点头道："不错不错，我险些忘了。现在且问问，不知能为我们一办吗？"

骆富翁便转过头来，走近鸳鸯女侠和凤姑、张士杰三人的中间，苦笑着道："三位今天且休息休息精神，不要走了，小儿的性命，承蒙三位救的，感激得很。不过现在还有一件事，尚要借重大力，自知很是不情，而且又是极难办的事，成否没有问题，但不知能代为一办吗？倘然能够如愿以偿，当然最好；假使说不能达到所希望的目的，可是总尽了力，我们也是十分感激的。"

鸳鸯女侠和凤姑两个姑娘性急得连忙同声问道："到底是什么事？且说来我们听听，要是能力所办得到的事，无有不尽力代办之理；如果没有这个能力，我们也没有办法，但是我们于心是安了。"

骆富翁似乎很不好意思地道："小儿的性命，承三位的大力，可保无愁了。但是我还有一个媳妇，现在牢狱之中，倒有性命的危险。不知三位侠士能相助一臂之力吗？可否救她出狱？"

鸳鸯女侠等听了此话，都觉十分奇怪，便问道："我们真有些不懂起来了，像府上如此声价的人，令媳为了何事，以致入狱？要请明白示知，也可使我们晓得个仔细，以便代为着手进行。"

骆富翁听了三个人的话，料得他们只要能力所办得到的事情，一定可以相助帮忙，心里已是高兴。一眼见儿子站着，因为久病初愈，恐怕精神不继，于身体有害，便叫公子还是躺着。回头便把怎样看会，遇见本县知县的儿子毛又文，看见媳妇长得美丽，吩咐家人抢回家中，醉后相逼时，被媳妇用花瓶掷中脑袋，至今不死不活地晕了过去。知县代儿子报仇，要想将他媳妇偿命。从头至尾，一情一节，一字不漏地说了个详详细细。

张士杰不待听完，早已暴跳如雷地大叫道："反了反了，世界上怎会有像这样的人呢？自为本地的父母官，竟致如此放任儿子，强抢良家妇女，王法也都没有了。如果这个小畜生真的死了，那是千万百个应该，这便叫作咎由自取，还可怪得别人吗？现在且让我一个人前去索还令媳，如果是个晓事的人，平平安安地放她出来，否

103

则便索性结果这个老畜生的性命。"

张士杰一边说，一边要拔脚往外便走。

骆富翁见了他这种盛怒的神气，一把将他拉住，十分着急地道："这……这……这断断乎使不得的，如果前去杀了那个老糊涂，我们一家人还可以得到安稳吗？倾家荡产是意中之事，假使一定要办我们唆使杀人之罪，那简直是害了我们了。"

凤姑也将张士杰一把拉住了，埋怨道："哥哥，你怎么又要这样的鲁莽呢？像你的办法，并不是上策。"

鸳鸯女侠接口道："这件事情，算来要说是难，并不很难，要是说容易呢，倒也并不十分容易。但总会有一个办法，我们今日且在这里多住一天，大家商议商议，一定要达到目的为止。但像张先生的计划，似乎不甚妥当。"张士杰听了他们的话，自己一个人在心里暗中想想，也觉得不大妥当。兄妹二人听了鸳鸯女侠的话，十分赞成，决定今天不动身，在这里，以便大家好好商议。

骆富翁听得三人都答应今天留着，自然肯相助设法救媳妇出狱，哪有不喜出望外？救媳妇出狱，如同极有把握似的，好像只要待他们从监中带领出来，一点儿也没有什么困难的样子。

天色已明，便吩咐厨房准备精美早餐。

这时，公子听得他们答应救自己的妻子出狱，心中自然一喜，早已像没病过的人一般，肚子也会觉得饥了，便和鸳鸯女侠、凤姑、张士杰，以及骆富翁等一共五人，一同进了早餐。公子病了几个月，今天才第一次吃东西，觉得滋味特别的鲜美。

用毕早膳，又一同进书房坐下，丫头献上香茗，鸳鸯女侠忽然想到一个办法，便说给骆富翁父子，以及凤姑兄妹。四人听了都非常赞成，尤其是喜得公子手舞足蹈，计划是有十二分的把握。现在雪梅仍旧在狱中受罪，只要等到时候，就可去领她出来，立即觉得精神万倍，脸上也是喜形于色。

鸳鸯女侠忽然对骆富翁道："老伯！"

凤姑、张士杰，以及公子听了，以为鸳鸯女侠又想到什么事，大家鸦雀无声地都不响了。

骆富翁连忙谦逊道："不敢，有什么事指教？"

鸳鸯女侠道："昨晚老伯也是一夜没睡，年纪大了，深恐精神来不及。现在没事，不如自请进去休息一会儿吧！"

凤姑兄妹二人也道："不错不错，我们全都忘了，请老伯尽可自去休养休养精神。"

骆富翁连连道："没有关系，没有关系。"

经鸳鸯女侠等再三相劝之后，骆富翁方才点头答应。临走的时候道："那么要失陪了，三位昨晚也是一夜没睡，也请休息一会儿吧！可令丫头伴你们到休息的处所。"

骆富翁又吩咐了丫头之后，又道声失陪，便自去休息了。

鸳鸯女侠和凤姑、张士杰等人虽然一夜未睡，当然不成问题，就是十夜不睡，精神也不过如此而已。和公子谈谈说说，很觉投机，讲了些公子闻所未闻、见所未见的武侠故事。公子听到危险的事，代为着急；惊奇的地方，目定口呆；大快人心之处，便拍案叫绝，连自己也不能做主。

鸳鸯女侠和凤姑二人又和骆富翁的几位如夫人彼此见面之后，也是相敬相爱，亲热得很，却恨相见之晚。

一日容易过去，直至傍晚，用过晚膳，又谈说了许多的时候，已近二更时分。

鸳鸯女侠道："时候快要到了，我们应该准备一切。"

骆富翁和公子，父子二人不明白他们到底怎样办理，但也不便问。凤姑兄妹二人也是点头称是，于是提笔预写了一张字条。

已近三更，三个人同声对骆富翁父子道："我们要去干事了。"说着，一个个飞身上屋，早已不见。骆富翁父子见了，目定口呆。

欲知后事如何，且看下回分解。

第十六回

衙内投书肩头救女犯
梦中指示树底有孩尸

却说鸳鸯女侠和凤姑、张士杰三人，预先写了一张条子，各自背了刀剑，飞身上屋，抬头一望，满天浮云，也没有星光，月色不甚明朗。三个人在屋面上连跳带纵地不到一刻工夫，业已到了知县衙门。

鸳鸯女侠等三人在屋面上东听西望地要探得知县现在什么地方，在屋上四面仔细一看，全衙门之中，一共有三处灯光，点得十分明亮。

鸳鸯女侠便轻轻地对凤姑和张士杰兄妹二人道："这狗官一定在灯光点得很亮的这三处，但不知到底在哪一间里。我们三个人各去看一处，哪个看见了，便招呼没有看见的两个人，这样的分工合作，为事当然会迅速得多了。"

凤姑和张士杰都点首称是，三个人便各自去探望知县。

鸳鸯女侠到了所指定的灯光之处，在屋上往下一看，只见灯光从窗扉中射出来，除此而外，却一些也都不见什么。鸳鸯女侠便用一个飞燕穿帘式，将双脚钩住屋檐，把身体垂下，重又抬起头来，窗外可巧挂着一个珠帘，外面望进去，可以看得清清楚楚，在里面的却看她不出。鸳鸯女侠朝里一望，只见三十左右的半老徐娘，怀中抱着一个三四岁的孩子，口中哼着催眠的歌。看她的装束，虽不富丽，只穿着一身的布衣，既清洁又整齐，裁剪得式样很新颖，尺寸不长也不短，十分有样合度。脸上薄薄地略施了一些脂粉，显得格外的妩媚娟秀，正是个半老俊俏的佳人，一双水汪汪而活泼的秋波，生成是对儿惑人的桃花眼，一望而知是个不很规矩的妇人。看这妇人，定然是奶娘，这孩子，必是又文的儿子。

鸳鸯女侠一看，不见知县，便用个鲤鱼跳龙门的格式，两手拉住屋檐，翻身上屋，举头向还有两处的灯光一看，只见凤姑伏在瓦上，正在那儿看得有劲，在她的身旁，射出一道明亮的灯光。鸳鸯女侠心中自己暗想："知县一定在那儿了，所以她看得如此出神，否则早来看我或她的哥哥了。"

于是鸳鸯女侠急不待缓地也不及再去招呼士杰，忙不迭地轻轻地走到凤姑的身旁，拍拍她的肩膀，将头凑在耳边，低声问道："那狗官可在这里吗?"

凤姑正看得出神的时候，突然背后被人轻轻地拍着，不觉一跳，待至听得声音很是耳熟，回头见是鸳鸯女侠，方始舒了一口气，似怨非怨地道："我道是谁? 原来是你，几乎吓得我胆都要被你吓破了。那狗官在哪一处，你看见了没有?"

鸳鸯女侠一听凤姑的话，才知自己的猜测错了，她并不在看知县，一定又有什么奇怪的事了。便道："我正要问你，见着糊涂的知县了吗，你却也问我，如此说来，并不在这里。那么你伏着，到底在看些什么呢?"

凤姑便一把拉着，轻轻地道："你看你看!"

于是鸳鸯女侠也蹲下身去，伏在瓦上一看，原来屋面上有块玻璃的天窗，里面的灯光点得雪亮，一举一动都是看得十分清楚。这屋子里的陈设非常富丽堂皇，完全是间卧室的样子，面南的一张大床上，挂着白罗的蚊帐，红红绿绿的几条美丽的被头。床沿上坐着一男一女，男的是个十六七岁书童打扮的青年只是垂着头，从脸上流露出一种害怕畏惧的神色。那女的是个二十多岁异常俊俏的美妇，两眼非常灵活可爱，穿着一身绯色的睡衣，束着一条带，腰肢便格外地显得苗条，袒露着胸脯，高高地耸起一对乳峰，只手架在少年的肩上，只手又握着少年的手，浅浅地正在微笑，将脸贴在少年的脸上。

鸳鸯女侠一看之后，这个少年定是书童无疑，这个美妇必然是这狗官的妻妾。见了这种情形，心中早已明白，便推推凤姑，轻轻地道："这种没有意思的，看他做什么？我们且到令兄那里去看，狗官是否在那儿。"

凤姑只点了点头，并没有作声，二人便一同站起身来，翻过一个屋脊。只见张士杰正向着她们两人招手。

鸳鸯女侠和凤姑急忙过去，同声问道："你看见了没有？"

张士杰先点了点头，一手指着灯光处道："恰巧在那儿呢！"

二人听了，如获珍珠般的十分欢喜，便连忙过去，灯光从窗里射出来，三个人逐一飞身落地。鸳鸯女侠用舌尖舔破窗，闭了一只左眼，眯着右眼，从纸孔中望进去，只见那知县毛文，和一个与他相仿年龄的师爷，同坐着翻阅书籍，但听得那师爷道："令郎公子有几天不省人事，依然在晕迷的状态中，未脱危险，太令人不懂了。就是医书上，也没有可以急救的方法。"

毛文听了，一言不发，只是摇头，不住地频频叹气。突然将桌子一拍，咬牙切齿、恨恨地道："这个淫妇，好不把我恨死，非将她用绳索绞死不可，否则难出我的心头之恨！"

鸳鸯女侠听到毛文口中的淫妇，一定是指骆富翁的媳妇雪梅了，便拉了拉张士杰的袖口，附着他的耳朵，轻轻地说道："我和令妹去救雪梅，这里的事情由你担任。"

张士杰点了点头，于是鸳鸯女侠便拉着凤姑，两个人又像燕子也似的耸身上屋，在屋面上走，连一些声息也没有，真的神不知、鬼不觉地已经到了那大监的门首。一看那牢门紧紧地锁着，鸳鸯女侠便用退锁法，将锁簧退开。那牢门这般笨重，推进去，一定要发出巨大的声音，如果惊醒了狱卒之后，觉得诸多不便。凤姑向四面一看，在墙边有只缸，缸中有半缸清水。鸳鸯女侠和凤姑将半缸水都倒在两扇门臼上，轻轻地推了进去，一点儿也没有声音。两人慢慢地摸了进去，有一处发出灯光，三四个狱卒都扑在桌子上打瞌睡，经过身边，他们都没听见。两个人在各个号房里留心细看，这许多女犯，一个个睡得正浓，大概在做着她们的美梦，而面貌没有一个像所说相符合的。

两人一看犯人的号房已经走过了十之八九，还不见雪梅其人，心中不免有点儿着急起来，暗想道："难道不在这里吗？岂有还在比这里更苦楚的地方不成？叫她娇怯怯身体，如何忍受得住呢？"两人一面想，一面走，一面再留心细看，哪知已到尽端。鸳鸯女侠和凤姑禁不住心中一跳："完了完了，监中没有，叫我们到哪里去找呢？就是有天大的本领，也不能救她出狱，莫非已被害了性命？哪知这狗官如此心狠！"

突然见壁上还有一扇小门，鸳鸯女侠和凤姑见了，又觉尚存一线的希望，说不定就在这门的里面。于是仍用退锁之法，推门进去，忽然冲出一阵凛凛的阴风，令人毫毛直竖，里面一点儿没有火光，漆也似的墨黑。两人取出火种，点了火，一看，只有四五个犯人，那雪梅也在其中。只见她四肢钉着笨重的脚镣和手铐，还戴着一面大架，很不自然地睡在稻草上，蓬着头发，满面都是污泥，哪里还像是个人？

鸳鸯女侠便上前用手将她拍醒，连忙轻轻地对她道："你不要害怕，也不要声响，我们是特地来救你的。"

雪梅听得有人来救自己出狱，岂有不喜出望外？真的一声不响地由着她们两人摆布。

鸳鸯女侠和凤姑凿开了雪梅的脚镣手铐，开了架。凤姑便先一个人依原路出门，飞身上屋，搬开两楞瓦，折断椽子，使成一个大洞。鸳鸯女侠便背着雪梅，一跃而上。凤姑早已等着，四顾无人，急忙奔回骆家，仍从屋面上跳下。厅中点得灯烛辉煌，骆富翁父子二人尚在守着，看见鸳鸯女侠和凤姑救了雪梅回来，喜欢得哪不了得？

公子一见雪梅，雪梅一见公子，夫妻两人也顾不得厅上有人，相互抱头痛哭。经鸳鸯女侠和凤姑解劝之后，方始止住。骆富翁和公子、雪梅向二人千恩万谢，忙作一团。

鸳鸯女侠和凤姑四面一看，却不见士杰，连忙问："回来了没有？"

骆富翁不觉愕然道："张先生并没回来，难道你们不在一处的吗？"

凤姑着急地道："我哥哥的脾气很暴躁，现在他还不回来，说不定又要做意外的事。我要去追他回来。"

凤姑说着，正待要走，忽然从屋面上扑地跳下一个人来，大家一看，不是别人，正是张士杰回来了。

凤姑便埋怨她的哥哥说："我们又干了旁的事，已经回来了，你为什么直到现在才回来？还做了些什么事？闯了祸没有？"

张士杰显得很诧异地道："闯了些什么祸？我干了我的事，又去找你们不见，便也回来了。"

鸳鸯女侠恐怕他们兄妹二人吵嘴，便从中劝解。凤姑见士杰并没闯祸，也就罢了。三个人便各自洗了面。

雪梅早已由丫头扶进上房去香汤沐浴更衣。骆富翁早也办了一席慰劳酒，各人尽欢而散。

这夜，张士杰在书房另设了一张铺，和公子同睡，鸳鸯女侠和凤姑睡在雪梅的上房，三人坚决不肯。小夫妻俩多时不见，互谈衷曲，不应分床。公子和雪梅也是再三不肯。

要知道像骆富翁这样大的屋子，哪里没有空房间给他们三人住？当然多着呢！那么为什么偏要这样呢？内中自然有个道理，说了就能明白。这便是表示亲热。

这晚，鸳鸯女侠和凤姑二人闲谈之中，很觉得奇怪的，就是在庆福寺中遇到困难，正在千钧一发、十分危险的时候，忽然有一个莫名其妙的女子来相助，已有两三次了。非但凤姑觉得奇怪，就是鸳鸯女侠，也觉得诧异，不知这个女子到底是人还是鬼。雪梅听了，当然是闻所未闻、见所未见的事儿，尤其惊奇。一夜无事可叙，容易过去。

待至第二日天明，鸳鸯女侠和凤姑、张士杰等用过早膳，便要告辞。骆富翁一家的人都再三挽留："虽然已将雪梅救出了牢狱，深恐毛文派差役前来捉人，那便无法对付的了。只要他们今日不来，一定是害怕，以后再也不敢来了。救人索性救到了底吧！"

鸳鸯女侠等三人一听此话，倒也很有道理，心中虽然有着报仇大事，但迟了一二天，似乎没有什么关系，只得答应再住一天。

这日，骆府上的人还是提心吊胆地，直待至晚，县里并无一点儿动静，好像没事般的，并未派差役前来捉人。一家人方始放心。

翌日，鸳鸯女侠等三人便即告辞动身，这且按下不提。

却说那晚，毛文和绍兴师爷二人在书房中翻阅医书的当儿，突然眼前觉得有电闪般的一道银光从窗外飞了进来，定睛细看，只见一把利刀，带着一张字条，摇摇摆摆地插在桌子的上面，两人哪得不惊？将字条取在手中细看，只见上面写着数行小字道：

尔乃本县父母之官，理应为民除害，判断是非。讵料任子横暴，强抢良家妇女，皂白不分，王法安在？今将受冤人雪梅业已救出囹圄，念尔初次，并不重究，就此了事。尔亦就此了事，若不然，则自请小心，莫怪言之不预。

毛文和师爷两人见了，吓得抖了一晚，连睡也不敢熟睡。

待至天明，狱卒急得满头大汗地前来禀告，狱中突然逃脱了一个女犯，禀请老爷定夺。

111

毛文连连挥手，令狱卒退去，和师爷商议，便知定有能手，还是不追究的为妙。因之像并无其事的一般，不再究问，也不必细说。

却说那妖狐逃脱之后，虽失了丹，但总算保全了性命。当然把骆富翁家恨入骨髓，存心只要遇到机会，便要报仇。自从失了丹之后，便不能预料往事，未卜先知，但只能变得人形而已。

相隔了三天，正在荒山中行走，忽见一个同类，却睡在山旁，口中的丹在那儿吐出收进。妖狐偷偷地溜了过去，抢了丹，吞入口中。那狐醒来，待要抢回，已是不及。

妖狐自得了丹之后，十分欢喜，心中暗想："而今我又有报仇的能力了！"

这日，也是合该有事，毛文尚有一个孩儿，今年才只三岁，还雇着乳娘。那日天气十分晴朗，乳娘打扮得清清楚楚，脸上施了些脂粉，显得好不美丽，抱着孩子溜出后门，下乡去和她的情人李四幽会。两个人在桥畔可巧遇见了，乳娘即将孩子放在地上，由他走来走去，自和李四坐着谈情。这事毛文全不知道。

起先只不见孩子和乳娘而已，直到傍晚，还不见回来，未免着急起来。派人出外四处找寻，连踪迹一点儿都没有。一连寻了几天，都是没有着落。

一晚，毛文忽然做了一个梦，梦见他的父亲泪流满面的，好像十分伤悲的样子，哭着对毛文责骂道："你这该死的东西，怎么这样的不小心？我那可爱的曾孙，已被本城的骆富翁弄死了，尸首葬在他后园的一棵杨树底下。"

毛文听了，待要再问个仔细，被父亲拍了一记耳光。毛文一惊而醒，原来是南柯一梦。想起梦境，如在眼前一般的清楚。毛文本也把骆富翁恨入骨髓的，急忙令差役到骆富翁的后园，把杨树掘起，果然是那孩子的尸首。不由分说地，便将骆富翁一根铁索，捉将官去。

欲知后事如何，且看下回分解。

第十七回

手中落物狗遭殃
梦里显灵狐仗义

却说毛文自从失了孙子和乳娘之后，派人四处找寻，几天没有消息，正是十分着急。一夜，忽梦见他的亡父指说被骆富翁所害，尸首现在后园的杨树底下。毛文惊醒转来，才知原是南柯一梦，想起梦境中的事，历历如在眼前，很是清晰。毛文觉得好不十分奇怪，待至天明，便和师爷研究这个夜梦，到底有无理由。

师爷说："不妨到骆富翁家的后园去搜查搜查。"

毛文深以为然，本来心中十分痛恨着骆富翁，大儿子现在虽然好了，没有性命的危险，要想代孙子报复，又没有人去相助他们。并且自己想想，到底理屈，因之奈何他不得。而今如果能搜见真凭实据，那便可好好地和他算账了，如果再有什么侠客去救他们，到底也要讲个道理。毛文愈想愈是欢喜，于是忙不迭地派遣差役前去搜查。七八个差役拿了鸡毛当令箭，如狼似虎地到骆府门前，冲将进去。门公哪里抵挡得住？弄得骆富翁更是莫名其妙，不知犯了什么法。自己想想，并没有什么亏心的事情，要向他们盘问个明白。哪知给他个不理不睬，只见他们直望后园走去。

骆富翁和家人也在后跟随进去，但见七八个差役，狐假虎威地，一个个有的拿了锄头，有的拿了铁耙，在一棵大杨树底下一阵乱锄乱耙，把许多很好的花草都蹂躏了。

骆富翁眼看着他们疯狂也似的,不知在胡闹些什么,吩咐家人前去阻止,没一个敢上前。那七八个差役把泥土挖深了有二三尺光景,忽然发现一个衣冠非常整洁的小尸首。

骆富翁见了,尤其弄得莫名其妙,心中很有些着急起来,脸都吓得发白了,不知这尸首从何而来的呢?自知此事大为不妙,抖凛凛地道:"这……这……这尸首哪里来的呢?怎么会在我的园里的呢?"

一个差役冷冷地笑道:"嘿嘿!不要这样地假作痴呆了,用不到再假问是哪里来的,你做的事,还要问别人吗?嘿!你真做得好事。"说着,就有两个差役,不由分说地上前来,将一条铁链就套在骆富翁的项颈间,一面拉着往外便跑,一面嘴里还自言自语道:"做得好事,现在已搜得了真凭实据,还要这样装腔作势地要想抵赖吗?"

骆富翁好像晴天里打下一个霹雳,哪里还说得出一句话来?由着他们,如狼似虎地拉着便走。一路上看的人虽不能称人山人海,但也够称拥挤得很,听说骆富翁被差役锁着拉到衙门里,谁都要出来看他一看。众人之中,不免议论纷纷,没有一个不说像骆富翁这样良善好人,不知他犯了什么罪,以致要被捉将官去,没有一个人不觉得十分惊奇,也没一个人能明白这是什么道理。

骆富翁低垂着头,觉得非常的惭愧。众人虽都代他不平,同情于他,但也是徒然无益的事。稍有好奇心的人,都随在骆富翁的后面,倒要去探听一个究竟。

不多一刻工夫,已经到了衙门,传禀进去。毛文听得已将骆富翁捉到,料得必定搜到尸首,不免悲喜交集。悲的是,证实孩子已死;喜的是,确如所梦,捉住骆富翁,便可报仇泄恨。立即升堂,拷问骆富翁:"因为害死才只三岁的孩子,显然是和我有隐仇宿怨,以致下此毒手。而今孩子的乳娘也是不知去向,她确有几分姿色,不知藏在家中,抑或也被害死?推度起来,一定是爱上乳娘,害死孩子。"到底如何，要他从实招来。

骆富翁听得这狗屁也似的话，虽有千万只嘴，也是辩不明白，然而哪里肯招认呢？

毛文见他不肯承认，便将惊堂用力一拍，吩咐用大刑伺候，又将惊堂在案上连拍几声，大怒道："我劝你还是快快地从实供来，免得皮肉受苦，要是支吾抵赖，哼哼！当心你的老命！"

骆富翁自知年老，当然受不住这种严刑，要是胡乱一口招承，也是一个死。否则不招认，受此严刑，非但皮肉受苦，结果依然还是一个死。同样是拼这条老命，比较起来，还是招承了，免得眼前皮肉受苦，横竖总拼这条老命罢了，于是骆富翁便只得一口招认。毛文说怎样，骆富翁便承认怎样。总之，一切事，什么也都承认了。

毛文因之倒也不便动刑，只得把骆富翁打入大牢，于是立即退堂。

在外面听审的众人都为之打抱不平，但也是徒呼负负而已，爱莫能助，也叫是无法奈何。

骆家探得这个消息之后，一家上下老小，当然都是十分着急。骆富翁的性命很为可忧，知已打入大牢，恐怕他受狱卒的虐待，便连忙捧了几百两银子，进监去上上下下、大大小小地打点好了，才始答应代为照应骆富翁，绝不虐待，并为之排了一张高铺。狱卒得了骆府上的许多银子，人心到底也是肉做的，所谓得人钱财，代人消灾，因此格外地特别优待，总算未曾受苦。而那毛文，一心要害死骆富翁的性命，凭你托什么最有交情的人前来说情，就是金银堆满门，也不答应，一定要骆富翁的性命，不买交情，也不要金银。虽已呈文到上峰，须要待批准之后，再有公事下来，才可斩决。毛文要害骆富翁的心十分急切，恨不得马上搬下他的头来，所以等不及上峰的公事，便在私底下托了一个心腹的家人王伯，等在牢外，待骆府的家人送饭进来的时候，在菜中暗暗下了毒药，药死了骆富翁，岂不干脆痛快？

那王伯奉了毛文的命令，果然守候在监外，直到将近傍晚的时候，见骆府的家人送饭进来，便假痴假呆地上前和他搭讪道："老兄是送饭给骆富翁的吗？"

那家人只点了点头。

王伯便假意做出打抱不平的神色道："你家主人真是冤枉的，但总有水落石出的一日。"

王伯说着，便随手揭开饭篮盖一看，只见里面倒有四样很精美的菜肴。王伯便连忙将预备好了的砒霜从怀中摸出，一股脑儿倒在一碗肉中。好在这时天色已晚，骆府的家人一点儿也没曾看出破绽。

王伯心中十分欣慰，便自言自语地道："这几样菜的味儿，看起来是一定很鲜美的。"说着，仍将篮盖盖好。

骆府的家人也没注意，以为他只看看而已。提进篮去，一样样地搬放在桌子上。哪知也是骆富翁的命不该绝，搬到这只肉碗，突然一个不小心，将一碗肉扑地都翻在地上，旁边却有一只狱卒养着的狗，把翻在地上的肉一阵狼吞虎咽地都吃了个干干净净。

骆富翁和家人因为翻了肉，又碎了碗，认为不利，心中正在不乐。谁知那狗吃了肉，不到一刻，在地上只是一阵乱转，便死了。

骆富翁和家人看在眼里，都觉十分惊奇，知道里面一定有毒，但家中绝不下此毒药。骆富翁惊定之后，十分大怒，便即责问家人，因何下此毒药，意欲害死主人，一定是得了人家的贿赂。家人自然不肯承认，忽然想起在监门外碰着的人，曾打开篮盖看过，或者就是他下的毒药。便把这事从头至尾地说了个仔细。

骆富翁这才明白，从此以后，家人每次送饭都是十分小心，在牢中倒也相安无事。可是把家中的人急坏了，一家的人，每天到了深晚，焚香祝祷，求天保佑。哪知一天一天地过去，不觉已有半月之久。

一日，上峰忽然送下公文，依着借债还钱，杀人偿命的道理，当然批准，明日便要斩决。这晚，骆府的人又是焚香点烛地向天祝告，但是很有一些怨恨，怎么连苍天都没有眼睛，这样地冤枉煞人？也是毫无动情，认为骆富翁必死无疑的了。一家上下的人全都痛哭，花了许多运动费，结果还是要这样。

唯有那毛文一个人却十分欢喜，这晚，便欢天喜地，不到深夜便睡觉了，准备明日早早起身，以便坐了大轿到校场上去监斩。爬上了床，才合上了眼，似梦非梦、似睡非睡地，连自己也不明白到底是睡着，还是醒着。

只见乳娘将孩子放在床上，自己打了一盆脸水，梳头洗脸，把头发梳得光光的，脸上薄薄地施了些脂粉，嘴唇点得如同樱桃也似的，又画着弯弯的柳眉，在镜子里照了又照，打扮得好像一朵雨后的桃花般的娇艳美丽，自己看了看，也显得十分满意。再换上了袭新衣，确是个半老徐娘的俏佳人，把孩子抱在怀中，偷偷地溜出了衙门，望着乡村走去，完全是一片农村的景色。

在田垄间，忽然遇到一个少年，在乳娘的态度，是显得十分亲昵。两人并着肩，走过了一座桥，两人在桥畔坐下，乳娘将孩子放在地上，由他独个人玩着，他们两人低着头，唧唧哝哝地在那儿谈情，把孩子抛在一旁不顾。

那孩子在田垄间走来走去地，走到了河边，一个不小心，咚的一声，失足掉在河里了。二人回头一看，但见孩子已掉在河中，两人像木偶般地站在岸上，呆呆地望着。只见孩子冒了几冒，便溺死在水中了。

乳娘眼见孩子死在水里，两人你望着我，我望着你地，彼此互相望了一会儿。乳娘急得花容失色，显得孩子已溺死了，如何可以回去呢？老爷和太太如果盘问起来，拿什么话回答呢？

那少年安慰她，并和她交头接耳地密语了一阵。奶娘只点了点头，两人向四野一望无人，便一溜烟地逃进另一个乡村中。

这时的河水没有波，也没有浪，好像白缎子也似的光滑，微微地有一些风吹着柳树，很有诗意地飘着。忽然有一个尸首浮上水面。

毛文定睛一看，便是自己的孙子，然而并不觉得有痛惜和悲哀的感觉。

正在这时，突从田垄间奔出了一只狐狸，摇着条大尾巴，尖角棕般的头，配着一对狡狯的眼，只在地上一滚，转瞬便变成一个倾国倾城绝色的美女。看见水面上浮着孩子的尸首，先低头思索了一会儿之后，便显得十分得意的样子，用指头将孩子的尸首一指，竟会悬挂在空中了。随着再望南一指，孩子的尸首便在半空中飞去了。毛文一看，却落在骆富翁后园的杨树下。又见那狐狸变成了他亡父的形状。那晚的梦又重温了一番。

而后，又见另有一个面貌十分庄严的女子向毛文下一个严厉的警告，令他释放骆富翁，因他实在是受了冤枉。毛文不肯，只见那女子忽变成了狰狞的面目，拔出利刃，一刀刺来。毛文一惊而醒，只觉得满头冷汗，却原来是南柯一梦。

这时，天色已明，连忙起身，梳洗完毕，想起梦境，倒很觉得有些害怕，心中也有几分明白，杀死孙子的，绝不是骆富翁。但和他有些宿怨，而且又在他家的后园搜出，以此为凭，以便报仇。如果就这样释放了他，于心很觉得有些不甘。

毛文再思一想，以为是日所思，夜所梦，此梦不作为凭。打定主意，绝不因此梦而释放了骆富翁。用了早膳，不必细叙闲文，待至到了时候，毛文坐了大轿，前去监斩。哪知才抬到校场，哗的一声巨响，一条轿杠折成两段。毛文从轿子里一个元宝翻身，跌了出来，引得众人大笑。

毛文哪得不要大怒？把几个轿夫各人打了三十大板，但已无轿可坐，只得步行。到了校场，便坐在大伞之下，专待到了午时三刻，便可开刀斩了。

骆富翁是被反缚了手，插着斩条，早已经押赴刑场。家有百万的财产、须眉皆白的骆富翁，哪里想得到今日要身首异处？不免老泪横弹。家人备了一席祭菜，老老小小，抱头痛哭，眼见得时候快要到了，相差不到一刻工夫，骆富翁的几位妻妾，以及公子和雪梅，更有那忠心的家人、丫头，都哭得震天动地。看斩的围成一个大圈子，真是人山人海，拥挤得水泄不通。眼见骆富翁将要被刑，阖家悲凄痛哭，害得众人也悲伤起来。很有许多人陪着流泪，都说骆富翁是受了冤枉。众人的心中虽然都十分明白，但也是无济于事，没有一个不把毛文恨入骨髓，又怨恨苍天没有眼睛，像骆富翁这样良善之人，谁也料不到结果竟如此惨苦。

时间愈逼愈近了，那毛文坐在大伞底下，两旁的差役一字儿地站着，显得十分威武，摇头摆尾地非常得意，竟有说不出来的快乐。时常东张西望地，一心等待着时候的到临，眼见斩了骆富翁之后，心中为快。等了一会儿，还是没有到，脸上便显得十分焦急的样子，大有怎么还没有到呢的神色，真的很有一些坐立不安起来了。

忽然金钟一声，报道时候到了。毛文听得时候已到，满心有说不出来的欢喜。那刽子手把着雪亮的刀，驱散骆府众人，待要一刀斩下。只听得远远的一声大喊道："刀下留人！"

那刽子手只得将刀收回，不敢就此一刀斩将下去。毛文听了，心中不觉一跳，谁敢大喊刀下留人，内中定有来历，也是弄得莫名其妙。听得远处有一阵马铃，由远而近，也是一个公差打扮，背着一角公文而来。

欲知后事如何，且看下回分解。

第十八回

者番托梦为申冤
久别重逢允雪恨

却说好几个差役如狼似虎地逐散骆富翁的妻妾儿媳和家人，因为该斩的刑期已经到了，毛文是扬扬得意，那刽子手举起了雪亮的刀，待要一刀斩下去，眼见得骆富翁今日要做刀下之鬼，性命十分危急。

正在此千钧一发之际，忽听得远处传来一声大喊道："刀下留人！"

刽子手听得一个清楚仔细，只得将刀收了回来。

那毛文听了，也自觉奇怪，不知这一声大喊，从何而来的呢？很是莫名其妙，把头向四面一看，只见前面有一匹快风驰电的马疾驰而来。马后是如云似雾般的一片尘土，马上坐着一个差役打扮的人，背着一角公文。铿锵悦耳的铃由远而近，不到一刻工夫，已经到了校场。翻身下马，向毛文躬身施礼，将背着的公文解下，双手呈上，站在一旁。

毛文将公文接在手中，打开一看，脸上便显出不悦之色，回头对那公差模样的人道："知道了，你且回去。"

那公差又向毛文施了一礼，立即飞身上马，望原路而去。

毛文没精打采地传命吩咐，将骆富翁重新押回衙门。这事弄得观斩的众人都不明内中的所以。

骆富翁的一家老小虽未卜此事是凶是吉，但总是好的成分多，坏的成分少，最坏仍然是这样杀头就是了。所以倒感得有些喜出望外，便派人跟着到衙门里去打听消息。

原来昨晚毛文做了一个梦，讵料这晚，知府同样地也做了这样的一个梦，申述骆富翁的被冤枉，以及毛文的公报私仇。梦境十分清楚，一觉醒来，一切的情形历历如在眼前一般，觉得异常奇怪。待至天明，便将此梦和师爷共同研究，到底是什么意思。忽然想起了骆富翁的事，与梦境相符合，急忙翻出案卷，宾东二人研究之下，认为骆富翁是个有百万家财的老人，而且妻妾满堂，他因何要杀害毛文的孙子？以理推测，绝无此事，一定是冤枉他的。好在梦境之中十分清楚，不妨姑妄听之，是否再作道理，二人均认为极是。一查就是本日的午时三刻，要斩这骆富翁，于是立即拟就公文，派一个差人，骑了快马而去，要把骆富翁提来更审，避免良民被杀了头，又受此不白之冤。

那毛文接得知府的公文之后，怎敢道个不字？只好将骆富翁备了公文，再派人解到知府那里。

骆府上的人得了这个更审的消息，怎么会不喜出望外？对于骆富翁的性命，自然略有一线希望。就是阖城的人，都代为庆幸，全说骆富翁是个积德的人，一定是善感苍天，几次三番在非常危急的时候，便竟会遇到意外的救星，助他解除困难。这次又碰到这样的一位清官好知府，要将骆富翁提上去更审，不难白此冤枉。

那知府姓马，名似海，确是个廉洁的官儿。将骆富翁提到自己的衙门里一审问，见骆富翁是个面目慈善的老人，不像是个会杀人的凶犯，一点儿没有阴险狰狞之相，心中已经很有些明白，即将骆富翁仍旧暂时收监。一面又派了几个得力的差役，带了公文，会同孝慈县的差役，下乡去。

行不了数里，一切景色，果然和梦境中完全相同，村中也有这样的一份人家。进去搜查，居然将乳娘和那青年双双捉到，带至府里，用严刑拷打之后，方始吐实。原来乳娘和青年坐着谈情，将孩子放在地上，不料溺死在河中，不能回去交代主人，因之便溜走了。从头至尾，供了个详详细细。

骆富翁的冤枉，于是大白，立判无罪，释放回家。

毛文公报私仇，当然不放他便宜过去，另行查办，也不必细叙。

现在所要说的是鸳鸯女侠和凤姑、张士杰三人，那日自救了雪梅出狱之后，又在骆府上住了一天，看衙门中有无动静。哪知毛文自知理屈，只当没事般地，不敢派人再去捉拿，免得自己没了性命。

鸳鸯女侠等眼见得并没什么意外的事，也是十分放心，于是便在第二天的清晨起身之后，告辞了骆富翁。

骆氏父子再三挽留不住，只得千恩万谢地亲自送出大门。三个人便一路望苏州而去。赶了两三天的路程，已是到了苏州地界，进得城去，弯弯曲曲地走过了几条街，已到蒋府门前，由门公通报进去。

这日，小夫妻八人正在花园中玩耍，听得门公传报进来说，外面有两女一男要见少爷和各位奶奶，蒋自奇一时哪里想得到呢？便问门公道："这两女一男，是怎样的打扮？"

门公道："三个人一律都是侠士装束。"

自奇公子仍是想不起来，便回头向掌珠道："你的脑筋素来很好，可也要代人想想，到底是什么人呀？"

掌珠先渐渐地微笑了一笑道："一律都是侠士的装束，虽然来到我们家里的，我很见过几个，但像这样的三个人，我的脑筋平时虽还好，但这时，也竟想不起来了。"

徐碧霞和李峨眉、丽华、樊梅花、娟仙，以及秋水神也都想不出这两女一男到底是什么人。八个人都托着头，搜索枯肠，竟然想不出来，很有好些时候。

那个门公站在一旁，倒守候了有半天，很有些着急地问道："少爷，怎么办呢？到底接见他们吗？"自奇公子低垂着头，默然地不作一声，好像没有听见的样子一般。

掌珠便答道："我们真太傻了，有这么多的暇工夫去想他则甚？他们既然特地来找我们，只要见了面，自然会认得的了。"

众人都点头大赞道："对呀，对呀！我们真的怎么会这样的呆笨呢？"

自奇公子也连连称是，于是吩咐门公："带领他们进来便是了。"一面夫妻八人，便迎了出去。

鸳鸯女侠和凤姑、张士杰三人，站在门前，等了许多时候，一点儿没有消息，正在十分焦急，今见门公招呼他们进去。

从大门里进去，将到大厅，自奇公子和掌珠等七位奶奶都迎了上来，一看却是鸳鸯女侠，唯有徐碧霞和李峨眉二人认得，那自奇公子以及掌珠等，因为没有见过鸳鸯女侠的面，所以并不认识。

碧霞和峨眉见是鸳鸯女侠，真是喜出望外，彼此都代为介绍后，各人点头招呼。

凤姑兄妹二人，就是碧霞和峨眉，也不认识，便转问鸳鸯女侠道："未知这两位是谁？"

鸳鸯女侠便也介绍了。大家都说了些自那日分别之后的话，十分亲昵。鸳鸯女侠和凤姑、张士杰虽与自奇公子以及掌珠、丽华、梅花、秋水神、娟仙等，虽是初会，却也是一见如故，大有相见恨晚之憾，谈得非常投机。互相问长问短地把话匣子打开了，一时收不拢，直到点灯时分，厨房里早已预备了一席十分丰美的筵席，为鸳鸯女侠和凤姑、张士杰三人接风。

在酒席之间，鸳鸯女侠便说明来意，要请徐碧霞、李峨眉，以及秋水神相助他们到庆福寺去报仇，三人一口答应。鸳鸯女侠自然是喜出望外，便说起寺里的许多机关非常奇妙，又道及当他们遇到千钧一发的当儿，有两三次会有意外的救星来援助，一忽儿丑，一忽儿美，但好像是一个人，各次变幻的不同罢了，竟研究不出这到底是人是鬼，却不能决定。因为所做的事，实在是人所不能为的，非神鬼不能。

自奇公子和七位少奶奶也都猜测不出这是什么道理，依来去无踪看来，如果是人，绝没有这么大的本领。但也不敢武断地说是一定的。

这席酒，直吃到深夜，方始尽欢而散。家人早已收拾清洁了两间房间，鸳鸯女侠和凤姑两人合睡一间，张士杰独个人一间房间，好在蒋府上的屋子很大。

这晚容易过去，待全第二日大明，鸳鸯女侠和凤姑、张士杰相继起身，用过早膳，便又要告辞。徐碧霞和李峨眉异口同声地道："怎么，才只昨天来的，今天便要走了？不多在这儿玩他几天，岂不很好吗？谚语道，上有天堂，下有苏杭，何必匆匆要行？今天去玩虎邱山，在这里住几天，只招待不周罢了。"

自奇公子等也是竭力挽留。

鸳鸯女侠道："各位的盛情，感激得很。因为那庆福寺里的机关实在是太多了，而且全寺庞大得很，就是淫僧恶棍，也有一二千名之多，个个有了不得本领。说句不怕你们几位见怪的话，我们请了你们几位之后，还要请几位同去请助，岂不是比较便当得多吗？现在我们还要到别处去请人。"

徐碧霞听了，便点头道："既是这样，那么我们也不便挽留了。"于是送出大门。

鸳鸯女侠回头又对徐碧霞道："相求的事，绝不可爽约。到了那日，你们自动到那儿去吧！我们不再来相请了。"

李峨眉道："知道知道，我们决计和碧霞、秋水神两位姊姊一同去，哪里敢爽约呢？请放心吧！"

鸳鸯女侠便十分感激地和凤姑、张士杰一同又出了城，一路上想，再到什么地方去呢？一面走，一面想。想来想去，此去到大公山较近，请桂花仙子比较要远得多，还是去请师父，最为便利，但也有许多路程。便回头对凤姑兄妹二人道："我认识的同道侠士并不多，现在我唯有去请我的师父菁华真人下山来，一同到庆福寺去报仇。因为我们受了这番的奇耻大辱，一定要在这次报复，才始痛快。"

凤姑道："尊师的宝山离此有多少路程？"

鸳鸯女侠道："不近呢，从这儿到大公山，大约有一千多里左右。"

凤姑和张士杰兄妹二人听了这话，不觉把舌头伸了伸，很惊奇地道："这么远的路程，来回须要个把月，那么你和蒋府所约的日期，岂不是要赶不及吗？到了那日，蒋府上的三位已经去了，而你老人家还没有去，那岂不是要误事吗？这样说来，我们走得还不远，倒不如再回去到蒋府上去展缓数天。总之要赶得及那日期才行，否则她们倒没有爽约，而我们却爽约了，那不甚妙。"

鸳鸯女侠低头思索了一会儿道："一千多里路，并不算十分远，如果单是我一个人去的话，来去只要三四天便可以了。要是和你们一同去呢？那就不能算了。"

张士杰对鸳鸯女侠道："我有一个朋友，也有了不得的本事，很可以请他一同去相助，那么我们兄妹二人一同去请他。你一个人为了我舍妹的事，几天不得安逸，辛苦得非常，而今单独又要赶这么多的路程，我们于心很觉得不安。"

鸳鸯女侠微微地笑了一笑道："那有什么关系呢？彼此有事，互相帮忙，这是应该的事，义不容辞的，还用得到客套吗？反正如果我有事的话，你们一定也会来帮我的忙呢！"

凤姑和张士杰连连地点头道："怎么不是呢？当然当然，不过任你单独一个人去，未免于心不安。"

鸳鸯女侠笑道："没关系，没关系，既然如此，那么我和凤姑小姐一同去吧，一路有个好友，也可以谈谈说说，不至于寂寞。"

凤姑听了这话，直跳起来道："这么远的路程，我可走不了这么许多路，而且恐怕又要误了大事，然而我很希望和你一同行呢！"

鸳鸯女侠道："带一个人去，那是毫不成问题的，因为我自有方法。"说着，回头又笑着对凤姑道，"你放心吧，我决不会害你跑伤了两腿的。"

凤姑听了鸳鸯女侠的话，欢喜得直跳起来道："真的吗？那太令人欢喜了，我真不忍和你分离呢！但莫要欺骗了我。"

鸳鸯女侠十分正经道："我哪里会骗你呢？"

张士杰便接口道："既然如此，那是再好也没有的事了，但舍妹年轻无知，一切事都不懂得，什么事都要请代为照应。而且她虽是个十七八岁的姑娘，算大不大，算小不小，可是还像是个小孩子般的，凡事都要原谅她，因为实在还不懂得世事呢！"

凤姑只是两眼呆呆地直望着她哥哥，显得厌恶的态度。

鸳鸯女侠听了张士杰的话，便连连地大点其头地道："知道知道，一切尽可请张先生放心，不用再吩咐了。"

回头便对凤姑说道："那么我们可走了。"

凤姑也只点了点头，仍旧不说一句话。

鸳鸯女侠又笑着对张士杰道："张先生，再会了。"说着，便和凤姑二人望东而去。

张士杰独自一个人站在高处，目送着她们，望着她们背后的倩影，由近而远，渐渐地离去。张士杰独自一个人，自去找寻他的朋友。

却说鸳鸯女侠和凤姑二人一面慢慢地走，一面说说笑笑。

凤姑忽然对鸳鸯女侠道："姊姊，像我们这样一步一步慢慢地走，从早晨到傍晚，一天也走不了多少路，至多五十里罢了。现在有一千余里路程，照这样地走法，来回也得要两个多月呢，岂不是要误事吗？"

鸳鸯女侠笑着道："你莫焦急。"

欲知后事如何，且看下回分解。

第十九回

开玩笑粉汗淋漓
显玄功芳心忐忑

　　却说鸳鸯女侠和凤姑二人，一路上慢慢地走，随便说说笑笑。凤姑便显得十分怀疑地问道："姊姊，像我们这样慢慢地走，从这儿到大公山，据你自己说，有一千多里路程，现在照我们这样子的走法，从早晨到晚上，一天至多走他五六十里路，来回也得要走他两三个月，才可以回来。那么我们岂不是又要爽约误事了吗？你方才不是说的吗，来回只不过四五天工夫便可以了，那怎么走法呢？"

　　鸳鸯女侠先向凤姑微微地一笑，而后才慢吞吞地答道："你莫这样的焦急，我们照现在这么走法，来回自然要两三个月，等一会儿我们还要好好地走得快些呢！我决意在明天的傍晚赶到大公山，你瞧着吧！今天我们至少也要赶他五六百里路，才可以休息。"

　　凤姑一听鸳鸯女侠的话，到大公山一千几百里路程，从今天起，在明天的傍晚，要赶到那儿，一天规定要走五六百里路，才可以休息。把个凤姑大大地吓了一跳："凭你举步如飞，就是一只鸟，一天也飞不了五六百里的路，这回跟她一同跑，哪知竟上了当了，把我的性命都要跑掉了。至少的限度，脚上的水泡也得起码要像胡桃那么大。"很想不和鸳鸯女侠一同到大公山去了，因怕辛苦劳碌，以为困难而不敢去，一时又说不出这句话来，而且又是为的自己的事。鸳鸯女侠为着别人的事尚且不辞劳苦，而自己不去，这句话实在是难于启齿。要是咬紧了牙关、硬着头皮跟了她一同行，这一千多里路，要两天赶到，自知没有这个能力。于是脸上便显出进退维谷的样子，要进不能，欲退不得。

鸳鸯女侠见了凤姑的这种神情，煞是可笑得很，故意要和她开一次玩笑。鸳鸯女侠本来是能够腾云驾雾的，要和凤姑开玩笑，如果马上腾云到半空中，凤姑见了，自知没有这个能力腾空，只有呆呆地站在地上望着，那便没有什么可笑发生，并无趣味。低头一想，忽然思得一条妙计。也不和凤姑说话，一步紧一步地望前走去。不到三四分钟的工夫，鸳鸯女侠的步履如飞，起初的时候，凤姑尚能相随，到后来愈走愈快，凤姑拼命地奔跑，也竟追赶不着，一直落在后面，看见鸳鸯女侠走得并不甚快，也是一步一步的，全无异样，而自己又追随不到，哪得心中不要感到奇怪？只得也是一声不响地在后努力追赶。

约走了有二三十里光景，看看鸳鸯女侠愈走愈有劲儿。凤姑却是呼吸急促、气喘喘地将要上气不接下气了，一身香汗淋漓，脚下好像有千斤之重，竟至提不起来，落在后面约有百步左右，只在鸳鸯女侠背后。

又走了一里多路，凤姑实在是走不动了，便大声喊道："姊姊呀，你不要走得这样的快，站一站吧，我可走不动了。"

鸳鸯女侠听得凤姑在后叫喊，心中暗自好笑，回头答道："我这样慢慢地走，你跟上来吧，我们今天要赶五六百里路呢，怎么可以站一站休息呢？如果略休息一休息，明天的傍晚，我们如何赶得到大公山呢？你努力一些，快快赶上来吧！"

鸳鸯女侠说着，依然是不停步地往前如飞而去。

凤姑眼见鸳鸯女侠仍旧足不停步地飞走，把个凤姑急坏了，便发急地哀求鸳鸯女侠道："好姊姊，你站一站吧，再这样的走法，我可要没有性命了。好姊姊呀，求你快站一站吧！"

鸳鸯女侠听得凤姑这样地苦苦哀恳，心中暗想："玩笑是和她开

128

够了，如果再不中止，那便觉没趣。"于是立即站住了，坐在路旁的一棵柳树下等候。

凤姑便提着一对笨重的腿，忍着痛，连忙赶到鸳鸯女侠跟前，在一旁坐下，面色绯红地流着汗，气喘得一时说不出一句话。

鸳鸯女侠望着她只是微笑。

凤姑休息了一些时候，方始喘过气来，噘起了一张樱桃小口，才似怨非怨、似恨非恨地说道："哎哟，真是我的好姊姊，你跑得这样的快法，我在后追随，拼命地努力追赶，险些连我的性命都拼掉了。我看看你，走得并不怎样快，然而却又追不着你，不知这到底是什么道理呢？真的很有些不懂。不过凭你走得这么快，但今天要走五六百里路，似乎总觉得很难赶得到的吧！"

鸳鸯女侠望着凤姑这种可怜的神色，煞是可笑得很，便又一本正经地道："妹妹的话说得怎么不是呢？像这样慢慢地走，五六百里路程，今天的确赶不到，以后还要好好地走得快些呢！妹妹，你也好好地努力跟我跑吧！"

凤姑听得鸳鸯女侠的话，不觉吓了一跳，心中暗自想道："那怎么了得呢？她走得像这样的快，还在说慢，我已经跟她不上，如果她真的走得快，那如何叫我跟得上呢？这样地要走他两天，我的性命可难保了，一定要跑掉了我的性命。"不由得哭丧着脸地对鸳鸯女侠道："姊姊，你跑得像这样快，还在说慢吗？可是我已经是赶不上你了。说出来不怕你见笑的话，跟了你这些路，我的脚痛得好像折断了的一般，而且重得连提都提不起来，恐怕脚上已经走出了像眼睛般大的水泡了。如果再要快，叫我哪里跟得上你呢？虽不至于死，也得要吐血，那是意料中的事，好姊姊，假使再要快的话，我实在是走不动了，不知道姊姊是怎样走的，现在是要对不住姊姊的了，我一个人就坐在这柳树的底下，等你两天，姊姊你一个人去吧，待你回来的时候再领我吧！但明知这话是很说不出来的，实在是没有法子，想来姊姊是一定能够原谅我的吧！"说时，不住地抚摸双脚，

129

显得十分苦楚的样子。

鸳鸯女侠见了凤姑这种乞怜的神色，心中老大的觉得很有些不忍，而且后悔不该和凤姑开这样的一个玩笑，完全是一件损人不利己的事，心里非常不安。便连忙笑容可掬地安慰凤姑道："妹妹，你不要害怕了，我怎么忍心放你一个年轻的女孩儿家坐在这里呢？当然要和你一同去的。"

凤姑听得定要和她同行，反而着急起来，便哭不出笑不出哀恳道："好姊姊，请你不要不忍心，还是忍心放我独个人坐在这里等你吧！否则爱之适以害之了。好姊姊，真是对不起得很，不得不少陪了。"

鸳鸯女侠看见凤姑这样可怜的姿态，因为还没有说明白自己的意思，所以她又误会了，便十分温柔用好言好语地安慰凤姑道："好妹妹，你要明白，我是好意呀，并不是恶意，怎么叫我忍心放你一个儿坐在这里呢……"

凤姑不待鸳鸯女侠往下说完，已经着急地打断了她的话头，苦苦地哀求道："好姊姊，我知道你的美意，感激得很，但请你忍心忍心吧，那才救了我的性命。要是你不忍心，定要和我一同去，那简直是要了我的性命了。"

鸳鸯女侠看见凤姑却在发急，又可怜又痛爱地道："好妹妹，你不要性急，慢慢地听我说下来，我自有方法每天可以赶五六百里路程，可以使得你一些不受痛苦就是了。"说着，伸手到怀中乱摸了一阵，才摸出一粒小小的金色的丹丸，只有赤豆那么大小，令凤姑服下之后，可以立刻精神焕发，而且可以使脚上的疼痛霍然而愈。

凤姑接在手中，看了又看，不识这粒是什么金丹，便问个仔细。

鸳鸯女侠道："便叫作补神丸。"并且又说明主治各症。

因为在路旁，距离村镇又远，没有开水，凤姑便将这补神丸放在口中嚼细了，觉得异常馨郁芬芳，满口生津，一息便咽了下去。不到三四分钟，就觉得精神焕发，而且脚上觉得轻松得很，疼痛

130

立止。

凤姑喜欢得直跳起来道："这粒补神丸，真的如同仙丹一般，服下之后，果然立见功效。姊姊，这样我们每日便可以赶五六百里路程了。明天的傍晚，我们准定可以赶到大公山。姊姊，方才你走得那么的快，一定背了我，偷偷地早服了补神丸，故意和我开玩笑，害得我好苦啊！现在我却再也不怕你了，一定可以和你并驾齐驱，再不会落你的后尘。"

凤姑一面说，一面跳，看她还是像一个小孩子般的非常得意，与方才哭丧着脸的那副态度宛似两人。鸳鸯女侠见了，可怜亦复可笑，便十分诚意地对她道："好妹妹，老实告诉你吧，服了这粒丹丸，一天也走不了这么许多路，我是不会给你上当的。两天要赶到那儿，须要利用腾云或者缩地法才可以。"

凤姑很惊奇地问道："姊姊，你会腾云的吗？"

鸳鸯女侠点了点头道："怎么不会呢？这是极浅显而极容易的玩意儿，有什么难处呢？"

凤姑似忧愁、似撒娇般地道："姊姊，你会腾云，可是我不会腾云呀！难道你独自一个人腾了云上天去，竟忍心让我一个人依旧放在地下吗？那岂不是放了我的生吗？"

鸳鸯女侠笑着道："你真是一个痴孩子，我自有方法带你一同来，决不会忍心放你一人在地下。"

凤姑听见鸳鸯女侠可以带她一同腾云上天，这倒是一个从来没有尝试过的新鲜的玩意儿，喜得她在鸳鸯女侠的跟前乱跳乱跃，催促她马上带她腾云，也可使她知道腾云究竟是怎么一回事。

鸳鸯女侠便不慌不忙地慢慢地从袖管中取出一方绯色绸质的大手帕，轻轻地平铺在地上，叫凤姑站在上面。鸳鸯女侠的口中念念有词，又吹了一口冷气，倒说那方手帕竟会慢慢地腾了空，渐渐望上升去。凤姑站在上面，却觉得十分平稳，好像在平地上一般无二。低头一看，鸳鸯女侠仍旧站在地上，抬了头，向她望着微笑。

凤姑便连忙喊道："姊姊呀，你也赶快上来呀！姊姊呀，你赶上来呀！"

鸳鸯女侠站着，却动也不动。

凤姑站在那绯色的手帕上，不到一分钟，已经变成一朵红色的彩云，升在半空之中，向前飞去。把个凤姑又急坏了，因为这朵彩云向前飞去，凤姑却一点儿也不能做主。心想："那还了得？这样地由它任意乱飞，是没有止境的，那岂不要把我饿死吗？"待要跳下来呢？彩云又已在半空之中，跳下来跌断了脚，还是小事，恐怕连性命都要不保，把个身体跌成粉碎。于是凤姑又不敢从半空中的彩云上跳下去。

彩云飞行了有一二里远，把个凤姑站在彩云上，急得手足无措地，不知如何才好。竭力叫喊道："好姊姊呀，快快上来吧，再不要和我开玩笑了。"说着，不住地乱招其手。

鸳鸯女侠微笑着随手一指，那彩云立即停定了，再用手一招，倒说那彩云竟如同服从她命令般地又飞了回来，停在鸳鸯女侠头上的半空中。鸳鸯女侠又将手由上往下一按，彩云便慢慢地降了下来，落在地上。凤姑仍旧好好儿地、很平稳端整地站在那方绯色的手帕上。

这一回，把凤姑吓得花容失色，如今平安地降落到了地上之后，便埋怨鸳鸯女侠道："你真是我的好姊姊了，几次三番总是寻我的开心、开我的玩笑，这回可几乎把我急死了。如果我拼了命地跳下来，便要做无谓的牺牲品了，难道你忍心让我由半空之中跌死吗？好姊姊，以后可不要再和我这样地开玩笑了，我求求你，不要再和我开玩笑了吧！"

鸳鸯女侠笑着点头答应道："以后决不再开你的玩笑了，现在时候很不早，我们还要赶路呢。"

凤姑道："怎么不是呢？这样紧急的事，谁知你竟还有这闲工夫来寻人家的开心，以供自己的快乐，世界上怎么也竟会有像你这样的一个自私自利的人？早应该做正经的事，还用得到现在说吗？"

凤姑一面说，一面取出手帕，抹去额上的冷汗。

鸳鸯女侠笑道："言之有理。"便也踏上那方绯色的手帕，和凤姑二人并肩站着，依然是口中念念有词，将袖儿轻轻地一拂，那手帕立时又飞升上天，依然是变成一朵红色的彩云，往前疾驰飞去。

两个人站在彩云上面，谈谈说说，非常快乐，真的如同神仙一般，耳边只听得呼呼的风声，就照这样的情形推度起来，已可以想象飞行程度之迅速了。凤姑是初次，从未经验过来的，心中总觉得有点儿惴惴不安的神色。

鸳鸯女侠看见她这种不安的样子，心里自然早已十分明白，便拉着凤姑的手，竭力安慰她，非常恳切地对她道："妹妹，你不要胆怯，切不要疑心我又在和你开玩笑。只要放心，绝不会有意外的。"

凤姑到底不是个呆笨的人，看得出鸳鸯女侠并不骗她，心中便觉得安了许多。凤姑低头望下一看，只见山川树木，着实缩小了几倍，又如同排山倒海也似的往后倒去，眼花缭乱，连看都看不清楚。在空中飞行，凤姑渐渐地觉得有些乐处了。

两人行了二三百里光景，前面有座村庄，一阵锣鼓喧天。二人往下一看，只见人山人海，乡民围作一团，却不知何事。

欲知后事如何，且看下回分解。

第二十回

土地庙村众谢神
大公山剑仙封弈

却说鸳鸯女侠和凤姑二人驾着一朵红色的彩云，在半空之中风驰电掣般地往大公山而去，一连行了有二三百里路的光景，前面有座村庄，只听得一阵锣鼓喧天，十分响亮。鸳鸯女侠和凤姑二人低头向下一望，人山人海地围作一团，都是村中的农民。原来是谢神演戏，四面八方乡村的农民，都来观看戏文，到处有小贩摆着摊，有的卖鸡蛋糕、线粉头、梨膏糖、大饼、油条等等，总之什么都有，倒也盛极一时。

鸳鸯女侠和凤姑二人见了，觉得十分有趣。这时候正是日中时分，约在中午十二点钟光景，太阳正悬挂在天空中的当头，鸳鸯女侠和凤姑二人的肚中也觉得很有些饥了，又见村中在演戏，倒不如也去凑凑热闹。于是鸳鸯女侠便慢慢地按下云端，落在人迹稀到的田野里，彩云又变成了一方手帕。好在村中的居民都在戏台的四周围着观看演剧，所以没有一个人看见鸳鸯女侠和凤姑二人从云端中下来，否则又要害得阖村的人喧哗起来，不是疑神，便是疑鬼，反而要害得二人诸多不便，一定要被他们视为怪物。而今没被一人看见，心里便安了许多。

二人慢慢地走到市上，街上有不少来来往往的行人，两旁的商店当然交易要比平日好得多，店中的伙计一个个满面都是喜气洋洋的。鸳鸯女侠和凤姑二人从云端里下来，并不是真的来凑热闹，看这种戏文有什么意思呢？实在因为是肚子饥了，于是便找了一家比较清洁的饭店，走进门去，在靠窗旁的一张桌子上坐下。小二过来招待，便点了几样菜，两人并不要喝酒，只吃饭。不多一会儿用毕，会了钞，便出门。街上往来的人看见鸳鸯女侠和凤姑两个都是女孩儿家，都用着惊奇怀疑的目光投在两人的身上，总觉得很奇怪。二人若无其事般地，好像没有看见他们望着她们的样子，匆匆地走尽了街市，望静僻之处走去，肚子也装饱了，哪里有这种空暇的工夫去看谢神演的戏文？到了市梢，因为都去看戏，便没有一个行人。

鸳鸯女侠先微微地向凤姑笑了一笑道："肚子也饱了，现在已经有一点多钟了吧！今天还要赶二三百里路程才可以休息，而今还是日短夜长的时节，五六点钟天色便要黑了，我们应该趁早赶一些路才是正经。如果今天赶不及二三百里路程的话，当日虽然并没什么关系，但到了明天，就赶不到大公山。假使一定要赶到，虽不是不能的事，那便要在黑夜飞行，诸多不便。要是待来日，岂不又要白白地多费了一天吗？算来还是辛苦些的好，不知以为对吗？"

凤姑连连地点首道："怎么不是呢？"

于是鸳鸯女侠向四面仔细一望，却并没一个来往的人，从袖管中又取出那方绯色的绸帕，平平地铺在地上，一同站在上面，照以前一样地口中念念有词。那手帕便渐渐地向空中升上去，依然变成一朵红色的彩云，雷电也似的往大公山迅速飞去。这次凤姑已有了上次腾云的经验，便一点儿也不觉得心惊胆怕了，很平安地驾着彩云。

到了傍晚时分，两个人已赶了整整有五百多里路程，那时天色已晚，太阳是已经下山了，钻下了地平线。起初是红色美丽的彩霞，渐渐地笼罩着天际，随着乌云四起，满天都是如墨一样的浮云，天色是晚了。鸳鸯女侠的双目是曾经锻炼过了的，下过一番苦功，白天和晚上，在她本来是没有什么关系，也并没有什么异样，在晚间和白日一样的干事，如今虽然天色已经晚了，但她还是可以赶路。现在因为带着凤姑，那自然不能和她相比，这一层，鸳鸯女侠是想得很周到的，自己在夜中驾云赶路，并不是件困难的事，但是凤姑一定会感到许多的不方便，而且她是个没有经验在半空中驾着云夜行的人，睁开了眼睛，看不见天地和四野一切的景色，恐怕她要害怕。

因为在半空中的风势很厉害，就是普通这样讲话，一定会听不出声音来，鸳鸯女侠不得不附着凤姑的耳朵道："天色已晚了，我们不如找一个所在休息休息吧！"

凤姑点了点头，表示很赞成。鸳鸯女侠向地面上一望，前面有一座古庙，很可以假此暂宿一宵。鸳鸯女侠便慢慢地按下云头，落在这座古庙的山门前面。二人抬头一看，原来是一座极大的关帝庙，却已经颓废不堪了。鸳鸯女侠和凤姑二人推开了山门，一同进去，大殿上尘垢满地，大概香火不盛，好久没有人进来烧香了。

这时，天色更晚，鸳鸯女侠走到贡桌前一看，尚有半支大烛留在那儿，便取了火种，点亮了，插在烛台上，倒是十分光明，照得大殿上雪亮。二人拂去了灰尘，略略收拾清洁，便同坐在蒲团上面，休息了一会儿。凤姑初次驾云，一些也并不觉得辛苦吃力，好像没有赶过路程般的。但从正午的时候吃了中饭到现在，又觉得肚子很有些饥了，但是从半空中望下来，附近没有一份人家，要买点儿东西来充饥，当然是没有了。心中暗想，今晚一定要受一夜的饥饿了。所以也不便说出来。

鸳鸯女侠似乎早已看出了凤姑的心思，回过头来，笑着对凤姑道："你的肚子不是觉得饥了吗?"

凤姑似笑非笑地答道："是的，肚子虽然很觉已有点儿饥了，但我看附近一定买不到东西，只有挨它一晚了，到明日天明后再说吧！"

鸳鸯女侠道："我的肚子也很觉得饥了，待我去买点儿东西回来充饥吧！你一人等在这里，会不会觉得害怕呢？"

凤姑便显得很诧异的神色反问道："这儿附近连人家也都没有，哪里会买得到什么东西呢？"

鸳鸯女侠笑着道："既然附近买不到东西，那么不会到远些地方去买的吗？那总应该买得到了吧！"

凤姑听了鸳鸯女侠的话，似乎恍然大悟地道："知道了，知道了，你莫不是再驾云去买东西吗？那当然是一定会买得到的了。就是我一个人坐在这里等着你，也不会觉得害怕的，这倒可以请你放心的，我并不怕神，也并不怕鬼，最怕的，却是你姊姊呢！"

鸳鸯女侠听了凤姑的这句话，说是只怕她一个人，旁的神鬼倒并不觉得害怕，未免有点儿莫名其妙了，便也显得十分诧异地反问道："这是什么意思？神鬼全都不怕，怎么反而却怕我呢？这倒使我不懂，要你解释个明白了。"

凤姑便笑着道："我旁的都不怕你，我所怕你的，就是怕你再和我开玩笑。要是你再和我开玩笑，你就这样地一去不回来，放我一个人在这里，不上不下的，那便叫我怎么才好呢？岂不是要把我吓死了吗？"

鸳鸯女侠这时候方始明白，连说："笑话，笑话，难道我会这样地和你开玩笑的吗？"

凤姑也笑着道："那是再好也没有的了。既然如此，你便腾着云去买东西吧！我的肚子实在也有些很饥了。"

于是鸳鸯女侠一面从蒲团上站起身来，一面自言自语地说道："只买这一些东西，还用得到腾云驾雾的大排场吗？你一个人好好儿地坐在这里静等着吧！待我回来给你吃好东西，你乖点儿，不要哭，也不要吵。"一面说，一面笑，一面慢慢地走出山门。

凤姑便一个人坐在蒲团上，呆呆地望着烛光，四野里静得连一些声音都没有，好像死去了的一般，偶尔由远处传来两三声犬吠，打破沉寂的空气。凤姑一个人静坐着，心中暗自忖道："这儿近处没有人家，也没有商店，现在姊姊去买东西，一定很远，去得没有许多时候，大概还要好些时候才能回来吧！这怎不要令我心焦呢？真性急煞我了。"

正在此时，抬头一看，只见鸳鸯女侠满面笑容地，双手提着许多东西，从外面走进来。凤姑见了，喜得她连忙站起身来，迎了上去，显得很诧异地笑着问道："姊姊，怎么这样的快呀？我以为你还要好些时候才能回来呢。买了些什么东西回来？"说着，接过了鸳鸯女侠手中的东西，并肩地一同再回到大殿上。

鸳鸯女侠也笑着道："我恐怕你被鬼摘去了头，所以拼命地赶回来。你且打开包来看，便知道我买的东西了。"

凤姑真的把大包小包打开一看，一包是牛肉，一包是猪肉，以及好几个馒头。另外还有一个布袋，一动一动地在那儿动。

凤姑见了，很觉得奇怪，便惊疑地问道："这个布袋里是什么东西？怎么在那儿动呢？"说时，用着怀疑而莫名其妙的眼光望着鸳鸯女侠，似乎立待她回答的样子。

鸳鸯女侠偏放刁似的不肯立刻回答她的话，慢吞吞地说："你只要解开来，看见了自然会明白。"

凤姑急于要明白这布袋里的怪物，急忙解开来一看，却原来是一只活的老母鸡。

凤姑惊喜道："好一只肥大的母鸡，但是这里什么也都没有，到哪里去煮呢？我们又不能生吃，倒反而使我有些空欢喜。"

凤姑说到这里，忽想着没有地方去煮这只鸡，很有些失望的样子。

鸳鸯女侠看见凤姑这种着急的样子，很是可笑，便也笑着道："你不要这样的性急呀！我们总要想法子煮熟这只鸡。"

于是鸳鸯女侠拿了烛台，和凤姑到后面去一看。在一间下屋中，倒有一只现成的灶头，还有一只旧镬，两人一见，十分欢喜，把灶收拾清洁，取了些水，将镬子也洗干净，找了些柴，烧开了水，把鸡杀了，用滚水一泡，把只鸡收拾得白白的，两个人欢天喜地的。

风姑突然跳起来叫道："好好好，还是一场空欢喜。"

鸳鸯女侠也被呆住了，忙问道："为什么是空欢喜呢？"

风姑将双手一推道："有了鸡，有了镬子，却没有油盐酱醋等，我们煮熟了鸡，就这样地淡吃吗？哪有什么滋味呢？怎不又是空欢喜呢？"

鸳鸯女侠明白风姑的意思，胸中的一块石头方始落地，舒展了一口气，才埋怨风姑道："你怎么这样大惊小怪的？告诉了你吧，我什么东西全都买来了，在外面大殿上另一个布袋里。"

风姑听了，又高兴起来，托着烛台，到大殿上，打开那个布袋，果真有一瓶油、一瓶酱油和一包盐，再拿了回来，便生火烧鸡。一会儿便煮熟了，搬到大殿上，两个人对坐着，吃得津津有味儿。尤其是亲手烹调的东西，滋味儿格外的鲜美，吃得个干干净净，只剩几根鸡骨头。

两人吃得饱饱的，收拾清洁，已将近二更时分了，也很有些睡意。鸳鸯女侠和风姑两人坐在蒲团上，胡乱打了一个瞌睡。

一觉醒来，天色已黎明了，满天鱼肚色的浮云。二人擦了擦眼睛，把昨晚吃剩的几个馒头，以及牛肉和猪肉胡乱吃了一些充饥。二人同出了山门，满地的野草上，都是些露珠，二人的弓鞋都浸湿了。东方蛋黄也似的太阳，慢慢地从地平线下爬起来，鸳鸯女侠和风姑二人向着太阳作了一会儿深呼吸，又呼吸了几口新鲜的空气，精神顿时都觉得很爽快。

鸳鸯女侠回头对风姑道："又该要赶路了，我们限定，要在今天的晚上以前，赶到大公山，大约还有一半的路程。"

风姑点头道："怎么不是呢？这个腾云驾雾的玩意儿，我还是初次呢，倒觉得很有趣的，今天还要尝试一次呢！"

鸳鸯女侠只向她笑了笑，表示她是个少见多怪的人，一面便又从袖管里取出昨天的那方手帕，和昨天一样地铺在地上，两个人一同站上去，慢慢地又飞上天去，继续往大公山去。一路上十分平安，也没有什么意外的事。

到傍晚时分，果然已到达大公山。鸳鸯女侠便和凤姑一同按下了云端，收了绸帕，二人同走进洞府，只见菁华真人和昆仑老人二人坐在一张石桌旁着棋。鸳鸯女侠连忙整一整衣襟，一个箭步，抢步上前，恭恭敬敬地向菁华真人施了一礼，口称："师父在上，受徒儿一拜。"说着，便跪了下去。

菁华真人微笑着点了点头，将手一拂道："罢了罢了，你师伯可巧也在这里，你也得一拜。"

鸳鸯女侠便站起身来，回过身去，面对着昆仑老人，扑的一声跪了下去，一面口称："师伯在上，受侄儿一拜。"

昆仑老人不觉哈哈大笑，略欠了一欠身子道："不必多礼，起来吧！"

昆仑老人一面说，一面又回过头去对菁华真人道："上回愚兄到这儿来和老弟相见的时候，这童子还只有八九岁呢，真是一个小孩子。不料只一瞬了眼，已长得这么长大，比以前越发出落得标致了。"说着，二人不觉又是一阵哈哈大笑。说得鸳鸯女侠很有些不好意思地，只低垂了头，满脸绯红。

菁华真人一眼见凤姑站在一旁，忙问鸳鸯女侠道："这位小姐是谁？"

鸳鸯女侠便一一代为介绍。凤姑对昆仑老人和菁华真人，也各行了一个以徒儿拜见师长之礼，始各坐下。菁华真人便问鸳鸯女侠此来何事。

欲知后事如何，且看下回分解。

第二十一回

奇光奇明二仙人山中对弈
忽隐忽现怪女子世上难知

却说鸳鸯女侠和凤姑二人，腾云驾雾地赶了两天路程，在傍晚的时候，方始到了大公山。两人一同进了洞府，菁华真人和昆仑老人俩坐在石桌旁对弈。鸳鸯女侠拜见了师父和师伯，并代凤姑也介绍了，也各行礼坐定。

这时候已经是傍晚，太阳早下山已久，在外面很觉得黑暗，谁知进了洞府，亮得如同白昼一般。凤姑暗暗觉得奇怪，向四面仔细一看，却看不出这亮光是在什么地方发出来的，连灯也都没有一盏。

凤姑好奇心重，很有些忍耐不住了，便拉了拉鸳鸯女侠的袖管，轻轻地问她："这亮光是从哪里发出来的呢？灯到底在哪里呢？"

鸳鸯女侠将手一指道："灯光会有这么亮的吗？哪里是灯光呢，这是珠光呀！"

凤姑随着鸳鸯女侠所指点的方向望过去，果然那儿悬挂着一颗有鸽蛋那么大的宝珠，而且珠的四围，的确比较更光明得多，可见得这亮光是宝珠所发出来的。凤姑见了，哪会不觉得奇怪煞人？像这样大的珠子，不要说从未见过，连听都没有听见过有人说这样大的珠子，而且还会发亮光，以现代的作比喻，其亮光像照相馆里用的摄影电灯。有那么样大的光度，自然照得洞府里如雪一般亮了。

这时候，菁华真人和昆仑老人的棋局终了，回头便问鸳鸯女侠道："你们这次来，是路过呢，还是来此有什么事的呢？"

鸳鸯女侠便连忙站起身来，对着菁华真人和昆仑老人俩恭恭敬敬地说道："弟子这次来，特地要求师父和师伯两位下山去，代弟子报仇。"

菁华真人不听得这报仇两字倒也罢了，一听得这报仇两个字，脸上不免露出一点儿惊异和怒容，带着责问的口吻道："一定你闯了什么祸不成吗？而今吃了亏，来叫我下山报仇，这我无论如何是不肯去的。要是我这次答应你下山去代为报仇，下次你还可多闯几件祸。吃了亏，再来叫我去报仇，那我真要替你忙死了。"

鸳鸯女侠一听她师父菁华真人的话，不觉一愕，被他责备了几句，而且当着师伯和凤姑二人的面，尤其羞得她面红耳赤地低垂着头，一时却找不出一句话。独自心中暗想："师父待我，要算是最好的了，几年来从未重说过我一句，好像是自己的女儿一样。今天怎么忽然改变了他的状态，反说我闯了祸，不肯下山相助。难道我就受了那慈云长老这个老贼秃的侮辱，就此了事吗？我怎么还可以到社会上去做人呢？而且这也并不是我闯的祸。"

鸳鸯女侠一个人低着头，静思默念，站立着动也不动。

那凤姑眼见鸳鸯女侠为了自己的事受了许许多多的困难和危险，在枪尖刀锋下逃出性命，有好几天辛辛苦苦地赶了不少路程。好不容易才到达此地，满希望求师下山相助，不料被他责备了一顿。

"她又为了我的事情挨骂，这叫我如何对得住她呢？"凤姑孤零零地坐在石凳上，独自在心中暗忖，觉得非常的抱歉，有说不出来的难受。而且心中又是焦急，几乎和鸳鸯女侠一样，眼眶里快要掉下泪来了。一时洞中的空气沉寂，四个人一声也都不则声，鸦雀无声地，连一根针掉在地上，发出那细小的声音，也可以听得十分清楚。

正在这个时候，只听得呼的一声，好不十分响亮。忽然之间，竟把凤姑吓了一跳，抬头向发出这声音的地方望过去，只见一只猛虎躺在墙壁旁边，却在那里伸着懒腰。原来它打了一个大喷嚏，走进洞府的时候，凤姑不曾留心注意，所以并没有看见。今忽见此猛虎，不免有些吃惊害怕，坐立不安的样子。而看见鸳鸯女侠以及她的师父、师伯，好像若无其事，没有听见一般，唯有凤姑一人，却露出局促不安的样子。

昆仑老人见了，似乎已经明白，便厉声喝骂那只猛虎道："畜生，不好好地躺着吗？"

昆仑老人回过头来，笑着安慰凤姑道："你这位小姐，可不必害怕，它是不敢伤人的。"

凤姑听了，也忙着站起身来，连连地点头，心中安了许多。

昆仑老人又回过头，先笑了一笑，对菁华真人道："高足不远千里而来，求你下山相助报仇，谁知你不分青红皂白，开口便是责备。老弟，你何必这样的性急，也得问明白一个原因，我看这样的一个好孩子，从未见她闯过祸。"

菁华真人默不作声，也不说是否。

昆仑老人便很慈爱地对鸳鸯女侠道："帼英，你倒说说看，到底是怎么一回事？一切事都可商量，没有不可的道理。我深信你是一个好孩子，绝不胡乱闯祸的。"

鸳鸯女侠听了昆仑老人的话，似有一线希望的样子，脸上禁不住喜形于色，略略地抬起头来道："师伯，这事说来话长。"

昆仑老人道："你为什么老是站着？好好地坐了再说吧！"

鸳鸯女侠便向昆仑老人和菁华真人各又行了一礼，方始坐下，回过头来，向凤姑望了一眼道："这事全为了她，本来并不是什么了不得的大事，现在却愈弄愈糟，箭在弦上，不得不发，已成骑虎之势，不能不去报仇。否则太受人家的侮辱了，一定被人瞧不起，而且连师父也都没有面子。"

鸳鸯女侠说到这里，便略顿了一顿，于是又把凤姑怎么进庆福寺烧香，和尚看见凤姑的美貌，将她弄入机关，以供淫僧慈云长老

143

取乐。将前前后后的事情，从头至尾，一字不漏地说了一个仔细。

昆仑老人一听此话，便禁不住直跳起来道："岂有此理？世界上怎么竟会有这样的淫僧呢？难道还有王法吗？真的不知奸污了多少良家妇女，也不知活离了多少人家的夫妻，杀不可恕的淫僧！"

昆仑老人怒气冲冲地说到这里，又对菁华真人道："老弟，这个淫僧的巢穴，我们非下山去剿灭不可，免得再害良家的妇女。"

到了这个时候，菁华真人方才明白，只微微地点了点头，表示赞同的意思。

鸳鸯女侠和凤姑眼见得昆仑老人和菁华真人全都答应下山相助报仇，哪得不要喜出望外，满心欢喜？脸上便禁不住露出一样笑容，这便又谈了些离别以后的话，彼此你说一句、我说一句的，倒觉得很是快乐。四个人东谈谈、西说说的，鸳鸯女侠便又想起她每次遇到困难的当儿，不知怎么，竟会有一个莫名其妙的女子，有时美，有时丑，每次神出鬼没地来，又神出鬼没地去，来去飘忽无踪，不知到底是神还是鬼。

昆仑老人和菁华真人听了鸳鸯女侠的话，也觉得很奇怪，不知道这到底是神是鬼，很值得研究。

正在这议论纷纷、猜测不一的时候，忽而从外面飘然地走进一个望过去三十岁左右的半老徐娘，长得十分美貌，乌油油的青丝细发，柳叶一般的黛眉，挺直的鼻梁，玲珑活泼的一对美丽的眸子，樱桃般的小口，脸庞是尤其长得格外美丽，像桃花也似的颜色，皮肤既白嫩又细腻，好像孩子的皮肤那么滋润，一双尖尖的纤手，如同雨后春笋，细柳也似的腰肢，满面堆着盈盈的笑容，飘然若仙地走进来。

昆仑老人和菁华真人，以及鸳鸯女侠全都站起身来，凤姑见他们一个个都站立起身，一时不知道这个年轻的少妇是何等样人，想必她一定有大来历，于是也连忙随着站起身来。

昆仑老人和菁华真人都微笑着，异口同声地向那少妇道："师妹，今天是什么风，竟会把你吹来的？真正是难得得很，快进里面来请坐吧！"

那少妇也笑着指了昆仑老人道："怎么今天你也会到这里的呢？"

昆仑老人笑着反驳那少妇道："岂有你可以到这儿来，难道我却不能到这里来的吗？笑话得很。"

那少妇一面走，暂时不答昆仑老人的话，一面依然笑盈盈地指着鸳鸯女侠道："幗英，怎么今天也在这儿？我知道你一定有什么事吧！否则是无事不登三宝殿的人，如果要是说没有事的话，路远迢迢地来此做什么？"

鸳鸯女侠连忙抢步上前，向那少妇口称师叔，也是恭而敬之地行了一礼。

那少妇也忙着将鸳鸯女侠扶起。看见凤姑不认识，鸳鸯女侠便代为介绍了。凤姑也以弟子拜师之礼，那少妇连忙用手挽住。

五个人重新坐下，看见石桌上还摊着棋局，那少妇便笑着问昆仑老人和菁华真人道："是否你们两个人老兴勃发，在对弈呢？"

二人笑道："什么叫作老兴勃发？"说着，大家哈哈大笑一阵。

说了半天，这位美貌的少妇，想读者还不知道吧，但是只要看这《昆仑剑侠》《峨眉飞侠传》，以及《鸳鸯女侠传》三书的读者，或者还可以猜想得到这位少妇是谁。不是作者故意卖弄关子，作为一个谜语，倒也是很有趣的一回事。诸位读者不要性急，待作者慢慢地说了出来，自然会得明白。这位少妇并不是谁，她原来就是碧霞子。（按：根据《峨眉飞侠传》所述，碧霞子应为前文所提之徐碧霞。此处另提此人，应为作者笔误。）

五个剑仙、侠客坐定之后，鸳鸯女侠的心中却十分欢喜，暗想道："事情真的非常凑巧，我上山来本打算请师父一个人下山相助复仇，谁知进来看见师伯也在这里，而且一口答应相助我，倒比师父还要来得爽快。而今又见碧霞子也到此地，与她说明白了，一定也会相助。我要去报仇雪耻，除此淫僧盗窟，自然是多一个好一个的，

145

不论干什么事，当然各方面便利得多。"

鸳鸯女侠便把这次上山会师的来意，以及自己的几乎被辱和遇到种种的困难，求师下山的话，最后，又请碧霞子也一同下山相助自己，而且还可以为世除害，为妇女界造福不浅。

碧霞子听了鸳鸯女侠的话，自然是一口应允，而且也深恶这个淫僧，世界上的妇女，不知被这淫僧破坏了几许贞操。因为碧霞子到底也是一个妇女，一听得世界上有这样的淫僧恶徒，非除之不可，自然是一口答应，其实为的是妇女的事。

鸳鸯女侠听了，当然是喜出望外，现在又多了一个相助。而凤姑因为是自己一个人闯的祸，现在惊动了这么多的人，虽然心中暗喜，可以代自己扬眉吐气，但总觉得于心很是不安。今见昆仑老人、菁华真人，以及碧霞子等都答应助她，于是便千恩万谢地，十分感激。三个人谦逊道："不必客气，这有什么关系呢？不要说为着你受了他们亏，受了侮辱，假使不是因为你的事，我们既然知道了，也是应该要立志除之，这是我们应该尽的义务，所以你也不必向我道谢。要是这样注重小节，便不能显得我们侠义的人了。"

鸳鸯女侠道："这些事都不必说了，不知道师叔怎么也会来的？"

菁华真人也赞成此话，指着碧霞子道："真的你怎么会到我这里来的呢？"

碧霞子道："我从喜马拉雅山那地方来，经过此地，本不打算进来，听得你们谈天的声音很响亮，我倒也要问你们，不知道在说些什么，竟至这样的高兴呢！"

昆仑老人忽然像想起了什么般地恍然道："正是呀！我们方才正在研究一件事，大家都莫名其妙，猜想不出这到底是什么道理，也不知道这到底是如何一回事。现在你既然到这里来，你的年纪比我们都轻，脑筋自然也会比我们好得多呢！你一定会研究得出这一件事。"

碧霞子不很赞成这一句话，便反驳昆仑老人道："你们两个人倒说是年纪比较略大了一些，倚老卖老的，但我不赞成你的那句话，年纪轻，脑筋好，我虽比你们小了些，然而帼英以及这位凤姑小姐两人，她们比我年纪还要轻些呢，如果依你所说年纪轻的脑筋一定好，那么应该早已想出来的了，也用不到我再来研究。可见得你的这一句话是没有理由的，不能够成立。"碧霞子指着鸳鸯女侠和凤姑说。

昆仑老人和菁华真人被碧霞子驳得体无完肤，一时却开不得口来。

碧霞子看见四个人都默然不响，便觉得没有趣味了，便又问道："那么这到底是怎么一件事呢？倒说出来我听听看呢，或者我晓得，也是说不定的事。但我不敢说一定知道，或者不知道，也是没有一定的。"

鸳鸯女侠便把她每次遇到困难的时候，自有一个莫名其妙的女子来救她的事，又从头至尾地详详细细地说了一个仔细。碧霞子一声不响地静静地听着，待至鸳鸯女侠说完，低垂着头，思索了好一会儿时候，似乎一时也不知道这究竟是如何一回事。

昆仑老人望着碧霞子道："这事你以为奇怪吗？看你的样子，好像也不很明了吧！"

碧霞子道："这个怪女子，我似乎曾经听见有人说起过，但详细的情形，我一时急切之间也说不出来，慢慢地想，一定会想得出来。如果偏要一时想起来，一定是一时偏想不起的，这也是必然的道理。"

菁华真人道："你慢慢地想吧！"

因为此事很觉有趣，这时，碧霞子忽然叫道："想着了，想着了！"

欲知后事如何，且看下回分解。

第二十二回

鬼侠出场系孝女
田主收米到乡村

却说碧霞子忽然喜欢得跳起身来，大声说道："想到了，想到了！"

昆仑老人和菁华真人，以及鸳鸯女侠、凤姑等听了，见她喜欢得这等模样，不约而同地齐声问道："可是已经想到了那个怪女子不成吗？"

碧霞子满面显着得意之色地微笑道："正是想到了她的历史。"

菁华真人一眼望着碧霞子的脸，很逼迫地道："既然你全都想着了，那么倒说出来给我们大家听听如何？我想你绝不会秘不告人的吧！"

碧霞子也转过头去，埋怨似的瞟了菁华真人一眼道："我又没有说过不告诉你们听，何必要这样说呢？"

菁华真人连连地认罪，笑着道："这是我的不是，现在闲话少说，还是请你说那个奇怪的女子吧！"

昆仑老人和鸳鸯女侠、凤姑三人也都笑着催促："菁华真人既然已经自己知道说得不妥当，认了罪，那就不必再计较了。"

碧霞子道："那么你们静心听着吧！"

菁华真人道："我们全都洗耳恭听着，现在只待你讲了。"说着，大家都笑了一阵。

约过了有四五分钟之后，四人都止住了笑声。

碧霞子才慢慢地说道："这个奇怪的女子，人家都称她为恐怖鬼侠。"

鸳鸯女侠听了，觉得很惊奇，禁不住问道："这个奇怪的女子，原来是鬼吗？"

碧霞子略停了停，又点了点头，表示不错，继续又说道："有这个恐怖鬼侠的名字，还没有多少的时候，是在新近才有的。不过只且一个多月光景，有大半人都不知道，难怪你们不晓得。"

碧霞子说到这里，突然又停住了，向昆仑老人、菁华真人和鸳鸯女侠，以及凤姑笑了一笑道："你们不要以为我在你们的面前卖老，心中不要以为只有你一个人知道的吗，除此之外，就没有人知道的了？要知道这也是新近有人告诉给我听的，否则我怎么会知道的呢？也和你们一般的，还是莫名其妙。"

碧霞子一个人滔滔不绝地说得十分起劲，愈讲愈觉得有精神。因为说得太兴奋了，脸红红的，好像一朵彩霞罩在面上，真的太觉美丽了。四个人静静地听着，却还没有说到本题儿。

昆仑老人听到这时候，再也忍不住了，用手将雪也似的银须捋了捋，望着碧霞子微微地一笑道："你说了已经有老大半天了，关于这个奇怪的女子的事实，一句也没有，说的都是些本题之外的话。现在可以不必再讲这些空话了，应该言归正传了吧！"

说得菁华真人等都笑了，连碧霞子也脸儿绯红地笑了起来，望着昆仑老人，将头一扭道："师兄，你怎么这样的性急呢？待我慢慢地说，总会讲给你们听的，何必如此猴急呢？现在你们静听着吧，那是真正的言归正传了。"

鸳鸯女侠莺声婉转地笑道："我们全都静听着，请师叔讲给我们听就是了。"

碧霞子便又继续道："那么别的闲话不说了，这个所谓人称恐怖鬼侠的，她生前是一个孝女，对于父母孝顺得使人竟有些不能相信，

149

她的父亲姓李，名叫天民，母亲是朱氏，她自己的名字叫作李惠英，家住在李家村。这个小小的村庄，一共只有五六十份人家，而李却是个大姓，所以有三四十份人家都姓李，因此这村的定名便叫作李家村。而李天民也是这村中的一分子，老夫妻俩都在五十多岁光景，膝下只生得惠英这样的一个女儿，并没生育得三男四女，家中只有四五亩薄田就是他们所有的财产了。一年四季全家三口都靠着这四五亩田地过活，所以非常的清寒。除春耕秋收之外，有空闲的时候，母女俩便纺纱织布。因为她们所织的布，比众细而且匀，而且又光滑，所以人家都争购她们的布匹，每年也可有不少的进益，补助家用。一家虽然没有富裕，却也不愁吃着，全靠勤俭。

"惠英每天从五六点钟起身，到晚上八九点钟睡觉，一天到晚，总是忙个不了，做父母的自然心中十分明白，所以家道虽然很觉清苦，把个女儿爱得如同掌中之珠一般，心中总觉得十分抱歉。从年初一至年三十，一年到头，总是辛辛苦苦地忙个不了，而依然得不到好吃好着，帮着家中做事，因此便格外的爱怜。而惠英又长得有沉鱼落雁之容，闭月羞花之貌，真是当代绝色的佳人，其美丽，自然能倾国倾城，每天虽做些粗糙的事情，应该种田的时候，帮着父亲种田，应该织布的时候，又帮着母亲织布，而依然有鲜花一般娇艳的美貌。手指尖尖的，既纤嫩，又细腻，像羊脂白玉也似的，又像雨后的春笋，并不粗糙得好像老树根。只不过她穿着布草的衣裳，尚有这等美貌，不然的话，要是也穿着绫罗绸缎，不是一个闺阁千金吗？自然更觉娇艳了。惠英的待人接物十分和气，所以邻居和同村的人，不论老老小小，都很敬爱她。

"那年也是注定了的，她的命运不佳。李天民忽然病了，一连有十多天，竟在半个月以上，卧床不起。母女二人急得什么也似的，连忙请医诊治，哪知药石如同饮冷水一般，毫没有半点儿功效。请了七八次大夫，倒也花去几两银子，竟致告贷无门。就是家中的几件粗布衣裳，也都当了一个精光。本来他们一家三口，做一天吃一天的，勤勤俭俭，才可勉强敷衍过去，没有什么余闲的钱可以作为积蓄，像这样情形下的一份人家，怎么可以生病呢？而且又值严冬，天气很冷，眨眨眼，将近就要到年了。惠英母女俩眼见李天民的病势仍旧没有起色，心中真是焦急万分。家中又是一文没有，看看父亲吃的药一点儿也没有功效，所以一连三四天无钱撮药，哪知吃了药虽不见功效，而不吃了药，病势便觉沉重了。急得母女俩好像热锅里的蚂蚁，不知如何措置才好。而这几亩田的租，因为天民病了之故，所以没有去还，催租的如狼如虎地已经来了有好几次，总是三天来一次、五天来一回地得不到安宁。

"这天，已是在废历的十二月中旬了，虽然是严冬，太阳高高地悬挂在空中，天气很觉温暖。如狼虎般凶猛的催租者又来了，而且连田主也都下乡来亲自催租了。田主是伍福鸿，五十多岁年纪，却是个很好的老乡绅，只生得一个儿子叫文良，今年也有三十左右的年纪了。哪知在三年之前，老乡绅伍福鸿忽然得病死了，将二三千亩田地，偌大的一份家产，都遗传给这个文良，由他一人独得承继。

"伍老乡绅生前在日的时候，非常可怜那一班穷苦的佃户，如果有时真的没有钱还租，他也并不苛索，只要待有钱时再还他就是了，因此很有许多穷苦的佃户，受了不少的恩惠。哪里知道这伍福鸿一死之后，文良承继了这份家产，与乃父竟大不相同，催租的手段竟比以前也都严厉，佃户交租的时候，就是短少了一分一厘，也是不行，非得十足收齐不可。佃户虽然不免有些怨恨，在背地里也是敢怒而不敢言，奈何他不得。

"因为李天民病了，自然要花去几两银子的医药费，所以无力还租。一连催促了好多次，真的是石子里榨不出油来，就是将一把刀架在他的颈上，也是徒然无益。而文良派人催了几次，结果仍旧没有收了回来，便十分大怒，拍台拍凳地乱跳乱骂了一阵，痛骂那班催租的，都是些吃饭的家伙，一点儿也没有用处。催租的家人便代为诉说李天民实在是因为病了，所以真的无力还租，而且这李天民素来是个好佃户，历年来分文未欠，将本年的田租，总是还得清清楚楚的。

"李文良听了这话，非但毫不可怜，反而更是十分大怒，冷冷地笑道：'那李天民病了吗？像这样穷，还可以生病吗？应该没有这样闲空的时间生病吧！难道生了病，就可以不还租不成？那是不行的。须得要亲自下乡去催索，倒看他还也不还。'

"那日正是天气十分晴朗，于是带了四五个家人到李家村，伍文良到了李天民的家中。惠英的母亲朱氏见田主亲自下乡，便连忙迎了进去，忙着揩抹桌椅上的灰尘，到厨房里烧水泡茶。伍文良在中央的椅子上坐下，凶神也似的板起了面孔，砰砰砰砰地将桌子一阵乱拍，连声不断地大声喊道：'快叫李天民出来还清了田租，不要躲在房里假装生病，要是惹得我动气，一张拘票，捉将官去。到了那个时候，看你病也不病？如果真的是病，难道你竟有这种闲钱闲工夫生病吗？'伍文良暴跳如雷的。

"可怜的李天民，病卧在床上呻吟，听得伍文良这等大怒，便断断续续地哀求道：'少爷，你大发慈悲，可怜可怜吧，看我竟病得这般模样，眼见得万难挨过这个年头了，今年的田租实在是没有办法交付。要是我果真有个三长两短的话，少爷处的田租，只好请你宽限到明年，无论如何关照妻女，总得要还清少爷处的田租，决不再延误了。此恩此德，没世也不敢忘怀的，来世就是结草衔环，犬马相报。'

"伍文良听了，仍旧是怒不可当，四五个家人也是狐假虎威的，没一个不声势汹汹的。

"这当儿正是午刻，每家都在吃中饭的时候，伍文良老是坐等着催索，还不想回去，正在大发其脾气。惠英母女两人听得躲在厨房里不敢出来。但在吃午饭的时候，假使不弄些东西给田主和跟随下乡来的家人们充饥，当然免不得又要见罪的，急得朱氏不知如何办理是好。家中虽有两只老母鸡，煮给田主做下饭菜，自然很好，但

152

又舍不得杀了。一想还有几个鸡蛋是新生的，于是便炒了几个蛋，做了一碗汤，又到邻家的四妈妈处借了一方腊肉，也煮熟了，再炒了一碗自家田园里种的菠菜，就是这么清清楚楚的四样菜。另外又热壶酒，煮了一锅白米饭，款留田主吃午膳。

"伍文良一看，倒也觉得清洁，而且肚子也正有些饥了，一吃这菜的滋味，十分鲜美可口，便问这菜是谁做的。

"朱氏一看伍文良的面色和缓了些，大了胆，含笑着答道：'这菜都是我女儿做的，恐怕不中少爷吃。'

"伍文良一面举杯喝着酒，一面连声不断地赞美道：'菜的味儿的确是很不错，我早疑心，像你这样的一个老太婆，怎么会做得这等味美？原来是你的女儿做的菜，真的味儿太觉鲜美了。'于是又挟了一筷菜送到口中去下酒。

"朱氏见他吃得十分高兴，便回到厨房中和女儿俩也午餐了，并且又抬了些菜饭到房里去给李天民在床上吃。

"朱氏方才盛了一碗饭在手中，只听得伍文良在外面大声叫喊道：'老太婆，快快出来！老太婆，快快出来！'

"朱氏听得外面大声叫唤，便连忙捧着饭碗出去，含着满脸的笑容问道：'少爷，有什么吩咐？可是还要添些酒？'

"伍文良望着朱氏手中的一碗饭，连眼睛瞬都不瞬一瞬，好像觉得十分奇怪的样子。

"朱氏忙笑道：'少爷，像我们做乡下种田人的，真够可怜，一年做到头，像这年来的年成又不好，一家三口，还得不到温饱，能够常常吃这样子的饭，可称是幸福了。有时候，竟连这样子的饭都不能得到一饱。'

"伍文良听了这话，冷冷地说道：'哼！你们乡下人竟吃得如此好，常年能吃，自然是要称幸福了，连我们城里的人也不能吃得这等好法。像你们吃这种饭，还可称可怜吗？你们一定有钱藏着，故意不肯还租是真的。现在我也明白了，别的不用多说，快盛饭出来，

153

我们吃了之后，你把田租交付出来，我们还要到别的地方去呢！'

"朱氏也不敢出声多辩，忙着回到厨房，打了一桶白米饭出去。

"哪知伍文良见了，禁不住十分大怒，将手用力拍着桌子，几只碗撞得叮叮当当地作响，把手指着朱氏大声骂道：'你这个可恶的妇人，你自己吃的是蛋炒饭，反而给我们吃些白米饭，这明明是瞧不起田主！'

"四五个家人也都帮着主人数说朱氏太不应该，弄得朱氏莫名其妙，心中暗想：'我特地烧了白米饭给田主吃，并没有亏待了他们，怎么说我们自己吃蛋炒饭起来呢？'便很怀疑地，只得仍旧含笑着问道：'少爷，我们实在是太穷了，又不知道少爷是喜欢要吃蛋炒饭的。但是我的确没有吃过，少爷怎么说我留着蛋炒饭自己吃呢？少爷如果爱吃的话，那么我便去炒就是了，暂请不要动怒。'

"伍文良听了这话，更发怒道：'你这老太婆，不是当面说谎吗？方才明明看见你在吃蛋炒饭，难道当我是个瞎了眼睛的吗？'

"朱氏听到这里，这才有些明白了，禁不住笑道：'少爷，你真的太冤枉我了，我们能吃白米饭的日子可以数得清，怎么有这个福命吃蛋炒饭呢？我们吃的饭，说来也可怜。少爷，你听着吧！'"

欲知后事如何，且看下回分解。

第二十三回

涎艳色文良劫弱女
严冬天小弟救娇躯

却说朱氏听了伍文良的话，心中方始明白，便仍旧满脸含着笑容地说道："我们乡下人真堪称可怜得很，哪里有这种福命吃蛋炒饭呢？"

伍文良不能相信朱氏的话，怀疑地道："方才我明明看见你手中捧着黄黄的，岂不是碗蛋炒饭吗？"

朱氏见伍文良不能相信她的话，恐怕辩不明白，急着道："方才吃的是玉蜀黍烧的米饭呀！能够吃到白米饭，已经算是好福命了。"

伍文良还有些不深信的神色显露出来，几个家人像狗咬也似的定说朱氏留着蛋炒饭自己吃，把个朱氏急得难以辩明，非以事实证明不可，便唤道："惠英，你盛一碗我们自己吃的饭出来给少爷，看到底是不是蛋炒饭。"

惠英听得外面有大声辩论的声音，谁都也知道的，田主是如狼如虎般凶猛，恐怕母亲受亏。正待要出去代母亲辩明，这时候听得要碗饭出去作为凭证，于是忙着在镬子里盛了碗又黄又粗糙的饭。伍文良见了，方始明白的确并不是蛋炒饭。取了一些，尝尝滋味，竟哽在喉间，咽不下去。见了惠英长得如此花容月貌，竟有倾国倾城之色，两道视线射着，不知不觉地呆住了。心中暗想："乡村里的姑娘，怎么会长得这等标致？"把伍文良的魂灵都勾去了。

惠英被他这样地上下打量，羞得脸红红的，忙着低垂下头来，脸是红得好像三月里雨后的桃花，更觉娇艳美丽了。伍文良恨不得将惠英搂在自己的怀中，和她亲亲热热地温存一会儿，但当着众人的面，不好意思这等放肆，可是禁不住赞道："好一个动人美貌的姑娘！"回过头去，有意没意地问朱氏道，"这是你的女儿吗？"

朱氏满面春风地赔笑着道："正是我的女儿呢！"

伍文良又目不转睛地望着惠英，独个人自言自语地道："长得的确是太美丽了，谁也都不能相信，像你们这样的两只老猢狲似的，竟会生这样美丽的女儿，今年有多少青春了？还没有许字人家吧！长得真的太觉动人了，讨人欢喜得很，我真爱她。"

把个惠英真羞得无地自容，便一溜烟地逃进厨房里去躲避了。听得父亲在房中呻吟，进去问他可要汤水吗。

那伍文良目送着惠英溜进了厨房，举首向天，张大了血盆般的大口，狞笑道："我又不是会吃人的老虎，怎么见了我这样的害怕呢？用不到溜逃进去呀！"

回头又向朱氏道："你的女儿真的太标致美丽了，我的心中，不知怎么的，竟实在地爱了她，问你究竟今年几岁了呢？"

伍文良一面说着，一面慢慢地端起了碗吃饭。

朱氏袖着双手，还是像弥陀一样地道："这孩子今年也已有十九岁了，可是依然还是好像一个小孩子般的，一点儿也不懂得什么。虽然是穷人家的儿女，却是娇生惯养了的，不是门户不对，就是人品不配，老古说嫁女高三分，虽不少有富贵之家来求婚，但因为年龄的相悬，不能相配合。而我们又只独生这样的一个女儿，所以也不勉强她，因此还没曾许字人家。我们也不忍立时把她嫁人，待我们两老实在是太孝顺了，老头儿病了，她一连有半个多月衣不解带地在床前侍奉汤药。"

伍文良听了朱氏的这一番话，知道惠英还没有许字他人，有一线光明似的，心中就是一喜，面部禁不住露出得意之色，顿时十分和缓地道："老妈妈，我只三十左右的年纪，又有偌大的一份家产，总该相配了吧！我很想娶你的女儿做妾。"

朱氏听了伍文良的话，好像青天中打下一个霹雳，不觉呆若木鸡似的，一时竟不知如何说法是好。

伍文良眼看朱氏这等迟疑的样子，便觉得十分诧异地道："难道我还不配吗？像这样的一个乡下姑娘，又不是千金小姐，竟如同金枝玉叶般的。老实说了吧，我爱上了她，正是她的幸运呢！用不到你代为拒绝，进去问问你的女儿吧！恐怕她的心中却有一百二十个愿呢！要是不然，真的太不受抬举了，那也不打紧。我并不是真的定要她，到底不是天香国色，更不能相强，事情也不怎样烦难，只要你们在今天把田租付清就是了。"说着，将碗往桌子上一摆。

朱氏见伍文良翻了脸，心中不免就是一跳，便哭丧着脸地哀恳道："连年来实在是灾荒，老头子不知怎么的又病了，所以今年的租实在是不能交付，请少爷大发慈悲，宽限到明年，无论如何还清。"

伍文良将右脚搁在左腿上，很安闲自得地跷着，忽然站起身来，将眼睛一轮，咬紧着牙关，狠狠地说道："那不行，非得今天交付还清不可。你可知道，今天已经是什么时候？眨眨眼，就是明年的新正月了，那如何可以？老实说了吧，今天能够把田租完全交清了，便没有什么问题，要迟到明年，是不可以的。你也不必这样的梦想，我还是要把你的女儿带回家去做妾。"

李天民病卧在床上，听得清清楚楚，久病了的人，肝火旺得很，而且这些话太觉刺耳了，不免也发怒道："我们乡下种田的人，虽然贫穷了些，但是要我的女儿给你做妾，老实说了吧，你也不要梦想，也是做不到的事。往年的租，都缴得清清楚楚的，一钱不欠，只少了今年的，也不能说是个坏佃户。"

伍文良听了这话，怎么不要暴跳如雷起来呢？禁不住十分大怒地骂道："你这个该死的奴才，实在是在放你妈的狗屁，老子要你的女儿做妾，正是看得起呢！"

惠英躲在父亲的房里，劝父亲不必如此动怒，然而哪里阻挡得住呢？李天民气喘喘地也连骂着："放屁！谁要你这种人的看得起？"

伍文良在外面听得李天民竟敢对口还骂，其怒当然不可挡，好像是火上加油一般，跳着定要走进去打李天民。朱氏眼见得其势不佳，便合十哀恳。哪里肯听？伍文良定要进去打他。朱氏忙将双手拦阻，不肯放他进去。伍文良指挥家人用力将朱氏推倒在地，朱氏便在地上乱滚乱哭乱叫。伍文良更怒，拳足交加地一阵痛打，朱氏大哭大喊起来。

惠英听得母亲被人痛打，便从房中奔出相助母亲。这时候，早已轰动了左邻右舍，都来观看热闹。惠英奔到母亲的身边，连忙扶起。

伍文良凶神也似的斥道："快快将田租费付出来，要是不然的话，"伍文良说到这里，用手指着惠英继续道，"还是把你的女儿随我回家做妾。"

吓得惠英灰白了脸，躲在母亲的身边。

朱氏苦苦地哀恳道："少爷，我们实在是没有钱还租呀！并不是故意延误。"

伍文良道："这样看来，你们真的没有钱，不要紧，只要你的女儿随我回去就是了，还用得到多说吗？现在我积一些阴功，做一点儿好事，如果你们有了钱的时候，要付清了田租，尽可将你的女儿赎回去。"

伍文良说到这里，不待朱氏答应与否，便吩咐家人，拉着惠英就走。

朱氏见了，扑将上去，被一个家人一脚踢倒在地。两个家人拉了惠英往外便走。

观看热闹的众人虽多，但是没有一个人敢上前阻拦。内中却有一个少年，眼见惠英被人抢去，不由得不怒，便上前几步，一把拉住伍文良的衣襟，正想饱以老拳，索回惠英。哪知一个家人向他对心就是一拳，那少年受了一拳，向后倒退几步，抛了伍文良，便和家人对打。又有两个家人前来相助，一阵子拳足交加，把少年打倒在地上。另有两个家人，拉着惠英，早已走得不知去向了，自然是抢到伍文良的家中。

却说这个少年姓王，弟兄三人，因为他最小，所以人家都称他叫小弟，便就是他的名字了。王小弟的年龄，却与惠英不相上下，二人自幼是青梅竹马的小朋友，所以感情很好。待至长大了后，男的未婚，女的也未嫁，大有小弟非娶惠英不可，惠英非嫁小弟不行。二人虽然从未提起过婚事，但双方的心中都有这种意思，就是两家的父母，似乎也很赞成，只不过没有言明订婚约罢了。

现在小弟眼见惠英生生地被人劫去，心中哪得不要难受？如今业已人去楼空，一时无奈何，追又追不到，赶又赶不着，更不知道从哪一条路追赶过去是好。唯有仰天长叹，回进李家。见李天民和朱氏老夫妻俩在房中哭作一团，小弟也不免伤感起来，随着流了几点热泪。然而觉得也是徒然无益，只得劝慰一番："不须如此伤感，反而有害病体，但总得要设法营救惠英回家。"

李天民夫妻俩只得暂时止住了泪。小弟便没精打采地回到家中，独自在房中呆呆地坐着，不言也不笑。父母和两个哥哥见他这等模样，便觉得他失常，哪得不要奇怪？但是盘问他，只是频频地叹气，一些也都盘问不出到底为了何事。

这日，小弟也不想吃夜饭，他父母和哥哥唤了几次，方始吃了半碗，便回到自己的卧室中去睡觉了。在乡下农村中，睡觉的时间很早，尤其是目前冬令的时节，待至吃过晚饭，一到六点过后，七点钟不到的光景，早全都睡齐了。小弟偷偷地溜出了寝室，取了一柄杀猪用的尖刀。因为已经将近年关，预备杀猪用的，所以竟磨得雪亮。小弟试了一试，好不十分锐利，急忙藏在怀中。要想开门出去，恐怕发出声音，以致惊醒了父母以及哥哥，那时便要感到诸多不便，一想只有从天井中的墙壁上爬将出去，较为便利得多，于是

159

轻轻地爬上了墙，跳将下来，落在地上，一点儿也都没有声音，家中的人没一个听见知道。

这夜，因为西北风不很大，所以天气不冷，而且月色很觉光明，照得地上十分明亮。小弟静悄悄地溜出了李家村，一路上一面走，一面想："今天惠英被伍文良这杀材劫去，今夜不知被他蹂躏了没有，想来惠英死也不肯相从的吧！就是要想强行摧残，也不见得就在今晚。一二天之内，总用甜言蜜语欺骗她的吧！今晚前去援救，尚能保全她处女的贞操。"

小弟想到这里，心中觉得自己安慰了自己许多，所喜的这伍文良的住所，因为自家种的田也是他家的，所以每年总得要去一次缴租，故而很熟悉，不难偷偷地进去，绝不会误走歧途，以致被他们的家人捉住。想到这里，心中又是一个高兴，营救惠英，好像很有把握的样子。不知不觉地乘着月色，已经走到了伍家庄。

这伍家庄是伍文良的祖父亲手计划盖造的，实在是伍家的住宅，大屋子的四周围共有二三百亩的田地，四面有一道丈把阔的庄河，却有二丈多深。庄前有一条吊桥，白天的时候，放下了吊桥，任庄人来来往往地出入，天色一到了晚，便将桥吊起，以防盗贼来打劫。而且又有四个更夫轮流巡逻，防御得十分严厉。

那小弟到了庄河前，那桥早已经高高地吊起了，无法过去，一时倒也呆住了，想不出用什么方法过去。思索一会儿，唯有游泳过去，除此之外，便没有别的方法了。小弟游泳的手段很高明，于是立即脱下鞋袜，将大褂也脱去了，只穿着一条短裤，将衣服打作一大包，擎在手中，走下水去。到底是严冬的时令，把个小弟冷得只是发抖。他从水中走到那岸，连短裤都没有湿，上了岸，两腿的毫毛孔中竟淌出鲜血。忙着向四面一看，却不见一人，心中才始安了不少。于是在一棵大树下的黑影处，急忙穿着好了鞋袜衣服。忽然又想起一事："这次来救惠英，没被他家人所见，当然甚好，要是为家人瞥见，难免抵御。他们人数众多，而我只有孑然一人，众寡难敌，而且更有教师打手，我唯有负着惠英奔逃，自然要求便利迅速。这庄桥高高地吊着，自然要感到许多不便，倒不如乘现在没人瞧见的时候，就把吊桥安然地放下。"便沿着围墙过去，虽然有丈把高，跳不上去，好在旁边一带种着高耸的大树，小弟便再爬上树，再从树上爬到墙上，纵身一跳下地，虽然墙比较高了些，幸亏没曾受伤。

小弟进了围墙之后，抬头一看，天空中的月色正十分明亮，树木经着西北风索索地作响，枝条上的叶都脱落了，景象好不十分萧条。这时候大约已经有九点多钟光景了，伍宅的家人也都入睡了，听听声息全无，寥寥落落地略有几点灯光。小弟便溜进天井，向走廊上走去。有几处的灯光很黑暗，小弟走近窗前，用舌尖舐破窗纸，成个小洞。小弟用一只眼睛望进去一看，里面的家具不甚讲究，大约是家人或书童的卧室，心知伍文良的卧室不在此处，于是又走将进去。虽也有几点暗暗的灯光，想必定然不是。慢慢地走去，忽有一处的灯光十分明亮，从窗中射出来。小弟心中暗喜，连忙走近窗前，望进去一看，不觉把小弟吓了一惊。

欲知后事如何，且看下回分解。

第二十四回

被淫污红玉惨遭伤生
保贞操惠英庆离虎窟

　　却说小弟在玻璃窗前，里面的灯光异常明亮，透射出来，成一道白光，将黑暗划分为二。小弟从玻璃窗里望进去，只见里面的陈设，好像是寝室的模样。对面向着窗的，就是一张古式的大红木床，床上的被褥十分凌乱，好像主人在匆忙之间离去的样子。半面的帐子挂着，还有半面的帐子尚低垂头。床边设着一张妆台，台上的一盏灯，发出十分明亮的光辉，照得满室如银。一切器具，纤尘不染，非常清洁。随眼瞥见床前的地上，躺着一个少妇的尸首，上下身赤露着，一丝也不挂，衣服早不知去向了。一条蝉翼也似的薄纱掩在胸前和妙处，一对高耸的乳峰隐约可以看得见，两条白嫩的腿完全露出在外面，一头蓬松的鬓发披了满脸，看得不能十分真切，但可断定是个非常美丽的脸蛋。在咽喉处的地上，有一堆殷红的鲜血。以此情形看来，一定是这个可怜的妇人被人强奸了，失却了自己的贞操，因感伤而自杀，或者痛骂那个可恶的男子，以致恼羞成怒，因此又伤害了她的性命。

　　小弟一看这个女子，不是惠英是谁呢？怎么不要把他吓了一惊呢？小弟不很相信有这样不幸的事件会发生，不能相信自己的眼睛会看见这种情形，可怕的一个娇艳而又美丽的女子，或者竟说不定自己的眼睛花了吧！于是小弟将自己的眼睛用两手擦了擦，再定睛仔细一看，依然是地上陈着一个尸体，这才断定自己的眼睛却并没有花，他怎么不要感到悲伤呢？禁不住掉下了几点热泪，他的心中更觉愤怒了。一看这屋子有一扇门，望去里面好像还有一室的样子，因为里面也有明亮的灯光射出来，依这种情形看起来，似乎是个套房，前后都另有一间，这个强奸妇人的恶男子，杀了妇人之后，因为害怕，便睡到那一室去，说不定去唤人来收拾这个被害的女子。然而一点儿听不出声音和动静，大概这个可恶的少年，必然去睡觉了。

小弟的胸中太动怒了，于是忙从怀中取出尖刀，一看玻璃窗关得这么的紧，用手一推，休想把它推开了，要是打破玻璃，伸手进去拔那里面的窗纽，觉得又不很妥当。因为打破玻璃的时候，一定会发出巨大而响亮的声音，被他家的家人们听见了，岂不是自己的目的未达，反而被他们捉住了，这又不是太不合算了吗？于是小弟只得静心着慢慢地用尖刀将里面的窗纽挖开，又把窗往上轻轻地推起了。虽然夜静，好在一点儿也没有发出声音来，所以竟无人听得。小弟便爬进窗去，一心要想找到那个可恶的少年，因此再也无闲去看已经死在地上的惠英。他的右手握着雪也似亮的尖刀，蹑手蹑足地望那扇房间前走去。进了那扇门，一看也是所寝室的模样，里面的灯光也很亮，床上果真睡着一个三十左右的男子，看他的样子，现在睡得正甜呢。这个躺在床上的男子，不是伍文良还是谁呢？小弟一见是仇人，当然是觉得分外眼红起来了，他将右手高高地举起了尖刀，心中已觉得十分急切，恨不得就奔在床前，举手一刀将他杀死。

小弟急不待缓地奔将过去，因为一个没有留神之故，被张凳子绊住了脚跟，身体往前一倾，一个站足不住，便扑的一跤，跌倒在地，把张凳子也打翻，免不得要发出很响的声音。待要连忙爬起身来，早已惊了睡在床上的伍文良了。伍文良一眼看见有人前来行刺，一面大声叫唤"有刺客，有刺客"，一面连忙翻身下床。小弟一见伍

163

文良虽然惊醒，但是未达目的，总不肯就此甘休，便狠命也似的扑将过去。伍文良便绕着地中央的桌子，作为障碍，小弟不免扑了个空。再追将过去，伍文良只是绕着桌子逃，你东追来，他西逃去，二人沿着桌子绕了几个圈子，小弟总是追他不到，心中哪里不会要更觉愤怒？将尖刀瞄准了伍文良投过去，哪知伍文良十分眼快，而且手脚也十分敏捷，随手提起一张凳子，暂时作为盾牌之用，只听得砰的一声，一把尖刀早插在凳底下了。小弟待又要追过去扑他，伍文良只将身一闪，又是扑了个空。

小弟见一时目的难达，心中又是愤怒，又是着急，一时要代被污而后又被害的惠英报仇，看看伍文良如此狡猾，竟下手不得，但是已经抱定不复仇不甘休的主义，更不杀此人，不能算是大丈夫。小弟正急得没法可想，真所谓人急智生，一眼望见床边桌子上的一盏火油灯点得晶亮，他就奔至桌子的面前，随手提起了油灯，望伍文良抛去，伍文良闪躲一旁，油灯便掉在地上，那灯落地便碎了，火油流了一个满地，着了火，便熊熊地烧起来了。伍文良夺门而逃，小弟连忙在后追随，一时火烧得好不十分猛烈，没有片刻工夫，竟冒穿了屋顶，延烧到两旁的房屋。

这时候，家人们本来早已睡了，听得伍文良叫喊，全都从梦中惊醒，连忙披衣起床，待至赶到，不见主人，也不见刺客，只看见的是火烧得非常猛烈。一家人没有一个不感到慌乱起来，于是急急忙忙地打水救火，灌救了有一二个钟头，方始将火扑灭。

却说小弟追伍文良出门，只见他东穿西穿的，一转眼，便不看见了。小弟眼见目的未达，心中好生懊恼，在这里找不到伍文良，也是徒然无益。因此就乘他们在混乱之中，小弟便溜出庄园，外面家人虽多，却都正在救火，所以倒没人注意到他。就走过吊桥，暂且回家之后，再作道理。一路上垂头丧气地回家，奔到半路，只见前面有个女子，也是望着李家村的那条路上走去。看那女子的背后倩影，竟是惠英。小弟的心中又觉异常奇怪，方才赤条条地死在地上的那个女子，难道并不是惠英吗，还是前面的背影竟是惠英的魂灵？小弟一时却不能断定。然而心中却又有了一线的希望，所见的尸首并不是惠英，或者她还没有死呢。可是地上的尸首，亲眼目睹，完全是惠英，素日他们二人间的情感非常的好，即使说前面果真是惠英的灵魂，他也毫不会觉得害怕，于是他脚下加紧了几步，追上前去。不到五分钟工夫，居然被他追到。仔细一看，正是惠英。

小弟一时不知如何是好，更不知她到底是人呢，还是鬼呢？定心一想，有人曾经说过，鬼是没有影子的。这时候月色已西，在东边不是有一个长长的影儿吗？到了这个时候，才知道惠英的确并不是个鬼。

小弟这一喜，还当了得？禁不住喊道："惠英，你怎样逃回来的呢？"

惠英忽然听得背后有人叫她的名字，便回转头来一看，不是别人，见的却是小弟，不禁悲从中来，一时竟要哭出来了，反而说不出话来。小弟见了这种情形，连忙用好言安慰，这才止住了她的伤心。两人便并肩向李家村的那条道路回去。

小弟的心中还是很着急，急不待缓地连忙问道："惠英，怎么会被你逃出来的呢？难道并没有人看守着你的吗？"

惠英答道："怎么会没有人看守着我的呢？真的是吉人自有天相，不知怎么的起了火，看守我的那一个老妈子也就走了，我便乘此人乱之际溜了。但不知你怎么也在这儿呢？我倒也有些不明白呢！"

小弟道："我不是为着要来救你吗？虽然你逃了这个龙潭虎穴，但不知你到底被蹂躏了没有？你可曾失却了可贵的贞操？"

这贞操二字，是小弟所要知道的最急切的一个大问题。

惠英听得问起了她的贞操，这是女孩儿家最怕羞的一件事，一时羞得她低垂了头，绯红了脸，却说不出话来。

小弟见她说不出话，心中好不十分着急，糟了糟了，她可贵的处女的贞操一定是被那天杀的恶汉蹂躏了，一定是被他摧残了，心中岂有不要万分焦急？但又不能放心，连声不断地追问道："你的贞操到底被破坏了没有呀？"

惠英随着小弟走，低垂着头，羞得抬不起来，脸红得好像一朵娇艳美丽的玫瑰，月色虽然这样的明亮，但终于是看不分明。

惠英见小弟追问得如此逼迫，便只得含羞着轻轻地说道："没有。"

小弟听得惠英说处女的贞操还没有被摧残，虽然有了一线的光明，但总觉是不能十分放心，似乎不很深信，用着怀疑的口吻，再追问道："真的吗？怎么他竟会不摧残你的贞操呢？难道他竟会这么的好？"

惠英被问得很有些不耐烦起来了，恨恨地道："岂有你愿意我已经破坏了贞操吗？"

小弟着急地说道："我怎么会愿意你破坏贞操呢？实在是我有些不放心，可否请你说些给我听听？"

惠英道："那恶奴自然要想蹂躏我清白的身体，我自然哪里肯依从呢？他用甜言蜜语引诱我，见不能达目的，便用威胁的方法，也不能如愿。于是便将我交给一个老妈子看守着，再劝我相从那恶奴。哪知起了火，我便乘此乱着救火的机会逃了。"

小弟这才相信惠英还没有失却可贵的处女之宝，心中自然觉得十分的安慰，于是又将自己要去营救的话也告诉了惠英，两人便一面慢慢走，一面慢慢说。

小弟想起死在地上的那个露体的女子，觉得非常可怜，这样的美丽，竟死得如此凄惨，真的是自古红颜多薄命，这句话是说得太对了，一些也都不错。小弟和惠英二人，一面走，一面说，乘此机会，要说到死在地上那个可怜的女子。

这女子名叫红玉，是伍文良在三天之前，路上遇见，爱她的美色，便将她强抢回来的，的确也是一个处女。这晚伍文良强行奸污了她的清白，红玉便哭着破口大骂。伍文良听了十分大怒，便一剪刀戳在她的咽喉之处，于是就倒在地上死了。临死的时候，上下的衣服都被剥去了，赤露着身体，只拉着一条薄纱掩着下体，这事小弟和惠英都不会知道的，只有伍文良和作者二人才能知道这事的底细，旁的人谁都也不能知道。可怜的红玉，竟死于淫威之下，冤深海底，不知谁人为她申雪。

却说小弟和惠英二人，一路上谈谈说说，十分欢喜地回到家中。惠英满望安慰安慰病父和老母，也可叫父母欢喜安心，哪知小弟送惠英到家门口，只听母亲的一片哭声从里面传将出来，把惠英和小弟二人全都呆住了。心知不妙，又不知到底为了何事。

惠英连忙敲门，大声喊道："妈妈，女儿回来了！"

只听得母亲仍旧一面哭着，一面出来开门。惠英心知一定是又发生了什么意外之事，否则，母亲绝不会哭泣得这等伤心。

待朱氏将门一开，一把抱住了惠英哭道："女儿呀，你倒回来了，可知道你的爸爸已经死了？"

惠英一听得母亲说爸爸死了，禁不住也哇的一声哭了出来，晕倒在地，竟哭不出第二声来。急得个朱氏和小弟二人不知如何措置是好，忙着灌姜汤。待至唤醒回来，已经过了有半个多钟头。

惠英晕过醒来之后，奔到房里床前，只见父亲果真直挺挺地早已死在床上，朱氏和惠英母女二人抱尸大恸，哭得个死去活来。小弟在旁看了，也觉得好不十分伤心，只得竭力劝慰，暂时将母女二人止住伤心。

从惠英日间被伍文良抢去之后，李天良本来是一个有病之人，心中因此一急，便呜呼哀哉地回他老家去死了。一份农夫之家，根本没有什么积蓄，加以一连生了有半个多月的病，免不得要花些医药费，家中的经济自然拮据万分，竟致拿不出分文。而今李天民死了之后，哪里还有这一笔款子来买棺成殓呢？急得个朱氏实在是无法可想。小弟与惠英是这样好的感情，家中虽不能说十分富有，却

167

也不愁吃的，不愁着的，可称是个小康之家。但小弟是个最小的儿子，一切经济权都不能做主，因此也是心有余而力不足，真的是无能为力，不能相助惠英一臂。可是只急煞了个朱氏，她丈夫死了，绝不能就此丢了。要是好好地买棺成殓，两手空空的，不能办事，既不会偷，更不会抢，不知如何是好，竟连自己也没了主张。

那时已有半夜过后，约在四更天气，转眼之间，天色就要亮了，不得不买棺发丧。家中能当的早已当尽了，能卖的也早已卖尽了，而且亲戚朋友之处，更是告贷无门。朱氏死了丈夫，已经在急，而更没钱安葬，真是急上加急，抱住了李天民的尸首，大哭大号起来。惠英也随着母亲大哭。

小弟竭力劝慰，哪里劝慰得住呢？哭了一阵，又是一阵，真的是万分凄凉伤心，因此小弟也随着陪了不少的眼泪。朱氏实在是哭得伤心过度了，只见她两眼一白，竟也死了。

欲知后事如何，且看下回分解。

第二十五回

李家村乡姑得财源
峨眉山知府进头香

却说惠英和小弟回到家中，听得母亲在里面大声号哭，情知不妙，待至母亲开门出来，才知父亲因为女儿被田主抢去，怎么不要着急，一口痰不上不下地塞住了咽喉，透不过气来，就此一命呜呼。

李天民本是一个很清寒的老农夫，没有什么可以积蓄，一连卧病在床，有半个多月，自然要花了些医药费，因此便成典质一空、告贷无门的情形，家中不留分文。

李天民死了之后，没钱买棺成殓，哪里不要把母女二人急得死去活来呢？自然万分悲伤，哭得个惊天动地，止不住一阵阵的痛心。小弟虽然竭力劝慰，方始暂止悲哀。待至四更光景，看看天色将要明亮，因为家中没有钱，不能发丧，是件多么丢脸的事情呀！而且到底不能把李天民一只蒲包装了去埋葬，这一急，如何了得呢？朱氏也是个上了些年纪的人，已在五十岁左右的光景，就是这么一急，两眼一翻，只往头皮里一插，竟晕了过去。摸摸手脚，也是冷冰冰的，竟是和李天民的阴魂望一条路上走去了。

惠英见了这种悲惨的情形，心中更是急得说不出话来，险些也要死了过去。因为伤心得过了度，只是干哭，反而没有眼泪流下来了。把个小弟也是急得无路可走，实在这事太难了，没有钱，万事都不能办理，哪里有什么方法可想呢？只有一面竭力安慰惠英，劝她不必这等悲伤，就只是这样哭泣，也是徒然无益，对于事情，仍旧一点儿没有补助，一面忙着吊人中，灌姜汤。

经过了好些时候，朱氏这才慢慢地苏醒转来。惠英眼见得母亲苏醒转来，心中自然便觉一喜，只听得母亲呀的一声哭出，这才证明已经还阳，惠英胸中的一方大石落地。小弟一切情形都亲眼目睹地看在眼中，眼前所最急的，不过为了没有几个钱给李天民发丧成殓，以致险些又演出一件危险的大悲剧，几乎急死了惠英的母亲，那岂不是无故地牺牲了一条性命？为的都是那金钱，金钱呀金钱，你能够害人的性命，破坏人们的感情，最要好的亲戚朋友和兄弟，都为了你而彼此破坏友爱交谊，但是又能够使得互相要好和友爱。有了你，能使得一切舒适乐意，金钱呀金钱，你可万能而又可通神，你的魔力太大了，令人爱你恨你。而今也完全是为了这金钱，已经急死了李天民，更几乎又急死了朱氏。

惠英受了许多的惊吓，那是不必说了，假使朱氏真的死了，惠英为着母亲，也一定不能独生。幸亏朱氏现在已经苏醒了，但是因此而又得了病，一阵子寒，一阵子热，大约有四十左右的热度。父亲没钱成殓，母亲又病卧在床了，惠英跑来跑去地没有主张。

小弟见她这等焦急，恐怕她也急出病来，那便如何是好呢？于是就竭力地只有安慰，便对惠英道："我家中虽然不愁吃着，但是我没有经济权，否则我一定能够相助你，帮你的忙，可是我总得要尽我的力量。"

惠英这才稍稍安心。不到一会儿，天色慢慢地发出鱼肚色，天色是已经黎明了。

小弟便至厨房下，自己动手，在灶下塞些柴，烧了些热水，洗了洗脸，又喝了杯开水。回转身来，又走进房中，很温柔地安慰惠英道："请你不要这样的着急，尽可以放心吧！现在我出外去竭力设法。"

小弟说着，便自出门去了。

惠英服侍新病的老母，又看守着父亲的尸首，只是偷偷地哭泣，这里暂且放下慢叙。

却说昨晚小弟怀了尖刀，到伍家庄，存心要想杀死伍文良报仇，哪知被凳脚绊倒，跌在地上，发出响声，被伍文良听得了，便连忙翻身下床。小弟要刺伍文良，一时竟难达目的，小弟追到东，伍文良逃到西，狡猾得很，追得小弟火冒起来，便将床边妆台上的一盏火油灯往伍文良的头上抛去。哪知被他将身一闪，避过一旁，那灯掉在地上，灯中的火油流了一个满地，着了火，就此燃烧起来。伍文良夺门逃出，自己的家中路径当然十分熟悉，东转西弯地，小弟便找他不到。可是那所屋子，燃烧得非常剧烈，不多一会儿工夫，竟致冒穿了屋顶，延烧到两旁的屋也都着了火。

家人们起初听得主人伍文良呼唤救命，都已经在忙着披衣下床。后来又听得火烧起来了，于是全都起床，提着水桶，尽力救火。屋子一个人也不敢住在里面，恐怕被火烧死了，岂不要葬身火窟，便要做了牺牲品？

惠英乘大家凌乱，没人看守的时候，便逃出了伍家庄。幸而庄客和家人们都忙乱着救火，所以没有人注意。溜出来的时候，庄河上架着的吊桥早被小弟放下了，待至逃到半路上，又遇见小弟，一同回到家中。

那伍文良遇刺，幸亏他十分狡猾机警，所以不曾被小弟刺死，可是家中却被烧去了三间屋子，连忙灌救，总算没有延烧到别的房屋。待等到救灭了火，天色也已经黎明。伍文良的心中岂有不要动怒之理？想到晚上来行刺的人，记得白天在李天民家中去收租的时候，曾经看见过，而且也认得是自己的佃户，于是便写了一张状纸，将小弟如何来到庄上来行刺的情形写得个仔仔细细，预备告到衙门里。

来至城中，已有人在说李天民已经死了，女儿虽然在半夜逃了回来，依然不能送终，可怜母女二人，因为没钱发表，险些又要急死了李天民的老妻。幸而后来便苏醒，总算不曾发生意外。

伍文良听在耳朵里，因为心中实在爱惠英的美丽，于是便打定主意，决不再告小弟行刺。因为告了小弟行刺，不免牵连到惠英："我去收租不着，便强抢人家的妇女，难免有三分差处。而且小弟昨晚来行刺的时候，我杀死那个红玉的尸首也被他看在眼里，倒不如就此不告，隔几天总得要想个方法，弄到自己的手中。"伍文良的主意已定，就慢慢地踱回家去。

却说小弟回到家中，父母双亲，以及几个哥哥不见小弟起身，到他的卧室中一看，却不见人，可是前前后后的门都是关得依然好好的，料得他在半夜从墙上爬出去的。一查，又不见了一把杀猪的尖刀，料得他必定为了惠英被田主抢去的事，一定要弄出一场人命。这时候正在万分着急，小弟竟慢慢地回来了。盘问他在半夜逃出家去，是否为着惠英，小弟自然是竭力不肯承认，乘此机会，即将李天民死了，没钱葬送，要请父母和哥哥代她们母女二人设法，暂借几两银子给她们。王小弟的父亲本来是个诚实的好人，而且素来为人十分和气，又是爱子的要求，因此就满口答应，便取出了十两银子。小弟一见，满心欢喜，忙不迭地收在怀中，奔到惠英家中。

朱氏冷冷热热地十分剧烈，惠英守在一旁哭泣。小弟即将十两银子取出，交给惠英，叫她买棺成殓父亲。惠英到底是个女流之辈，这样的大事，怎么能够胜任呢？买东买西，总觉得诸多不便，而且母亲更没人服侍，惠英觉得很不放心，唯有拜托小弟代为办理，一切都要觉得方便得多呢。

小弟因为是惠英的事，所以很乐意地接受了。惠英又将十两银子取出来八两，交给小弟，置办一切东西，小弟便怀了八两银子出门去了。惠英留着二两银子，眼见得母亲的病势骤然之间，竟至十分沉重，知道她一定是愁急的是几两银子而已，即将二两银子取出，交给母亲，以安慰她的心，免得再增重她的病势，很温柔地说道："母亲，现在请你不必忧愁了，一切情情都由小弟办妥了，代我们设

172

法了十两银子。现在已交八两银子给小弟代父亲办后事，请母亲尽可放心吧，再也不要着急了。现在家中还留着二两银子在手边自用。"

朱氏听得银子已经有了着落，这才稍稍地安心了许多，似乎病势也减轻了些。待至日中，小弟已买了应用的东西回来，草草地将李天民成殓了事，这也不必再行细说详叙。

哪知朱氏就因为悲伤和忧急过度，一病之后，竟卧床不起。没有二三回请医吃药，这二两银子早已化为乌有，一文都没有了。可是惠英看看母亲的病仍旧一点儿没有起色，从此以后，又没有钱请医吃药了，就是小弟，也没有能力帮助惠英经济的忙，只有徒呼负负而已。然而急得惠英无法可想，没有钱请医吃药，每天只有求服仙丹，也不见起色。后来听得有人说，四川的峨眉山顶上有一座娘娘庙，香火真是盛得很，而且菩萨万分灵验，有求必应，要是到娘娘庙去求仙丹，服了之后，一定能够霍然而愈。

惠英听了这个消息，心中好不十分欢喜，一心要想到娘娘庙去烧香，求几服仙丹，医治母亲的病，望她早日痊愈。但是有一件十分困难的事，就是此去到峨眉山，须要有七八百里路程，来回共有一千几百里路，二千里路，差不得有多少。要是乘船去，着实要好几两银子才可以动身，如果步行，也得要个把月才能到达目的地，一路上膳宿都需要银子，手里哪有这笔不小的款子？如果有了这样的一笔川资，那倒又不必再往四川的峨眉山去了，尽可以请医吃药。假使说就是有了这么一笔川资的话，独放一个年老的病母在家中，也很是不能放心。思来想去，总想不得一个好方法。

后来又有人对她说，烧香求仙丹，不必定要亲自去，只要诚心，那也是一样的。惠英听得，心中好生快乐，于是就从第二天起便诚心吃素，到天色黎明，马上起身，洗了脸，跪在天井中烧香，求仙丹给母亲服，虽然不见减轻，却也并不加重。一连烧了有十多天，总是这样不好不坏的情形。

有一天的早晨，惠英才服侍母亲吃好了仙丹。所谓仙丹，并不是什么药，就是香头儿上的一些香灰而已，这就所谓仙丹了。将母亲盖好了被头，正在这个时候，忽然听得砰砰砰砰的一阵敲门声，十分急促。惠英听得这样急促的敲门声，心中不免一跳，两只脚吓得只是发抖，连一步路也都走不动。自知命运不佳，恐怕又会发生意外不幸的事情。但是门声敲得更急促了。

有人在门外大声叫喊道："这里可是有姓李的吗？"

惠英听得这是个男子的声音，从来没有听见过，却万分生疏，但是不能不去开门，便很迟缓地走出去，真的好像是寸步难移的样子。走到门边，惠英将门开了，只见却是一个公差打扮的男子。惠英一见，心房嗵的就是一跳，暗想："公差上门，总觉得是凶多吉少。"但看那个公差的脸色，倒觉得十分和缓，并不像凶神般的可怕。心中方才感到安了许多，仍旧带着有些害怕似的口吻问道："不知叔叔来此何干？"

那公差似打扮的来人又很和气地问道："这里是姓李的吗？"

惠英点了点头道："这里正是姓李的。"

公差似打扮的来人很欢喜地说道："那很好，那很好，对了对了！"

惠英见他并没有什么恶意，便请那人进去，去桌边的一张椅子上坐下，又敬了一杯茶。那公差模样似的来人从怀中取出约有二十两银子，往桌子上一放。惠英见了，却弄得她莫名其妙，竟不知他的来意，脸上不免显出怀疑的神色。

那公差似的好像已经看出了惠英的这种神情，便仍旧很和气地道："这里有位惠英的，可就是你姑娘吗？"

惠英点了点头道："正是，我就叫惠英，不知有什么事？"

公差于是才把他的来意详细说出。原来这来人却是成都府衙门里的公差，知府也姓李，单名一个寅字。他特地派这个公差送来二十两银子，给惠英的母亲朱氏做医药费。

李寅虽然和惠英是同姓，却并不是一家，而且素来也不认识，那么怎么会派人送二十两银子来呢？

里面却有一段缘由，很奇怪。原来成都府李寅，一日天色未明之前，就往峨眉山的娘娘庙，预备去烧头香。进了山门，太阳方才从东山露出脸来，一个小和尚还在大殿上打扫，李寅进去，只见已经有了一支香，头香早被人家烧去了。因为他要表示自己的虔诚，非得烧头香不可，今天头香被人家烧去，一定是自己来得还不够早，明天还要早些来，于是李寅只得仍旧回衙。待至第二天，比昨天要早得许多，山门刚刚开的样子，李寅的心中暗自欢喜，想："今天的头香，该轮到我了吧！眼见得没有来得比我更早的人。"哪知到大殿上一看，又见一炷香，早插在那里了，头香仍被捷足先得的人烧去了。但是心中暗想："怎么有这样早的人来烧香呢？我可算得是早了，哪里会知道有比我更早的人？倒也觉得有点奇怪了。"于是他就吩咐和尚，明天不可开山门，须待他来了才可开此山门。

欲知后事如何，且看下回分解。

第二十六回

遣公差雪中送炭
责孝女无功受禄

却说成都府知府李寅，要上峨眉山娘娘庙进头香，第一日天色还没有黎明的时候，就上山烧香，哪知头香早已被人烧去，这便不能显得自己的虔诚，非烧头香不可。待至第二天更早些上山，而且看得出山门似乎刚刚开的模样。李知府和带来的家人们一同走进山门，心中暗自欢喜，满以为："天色这样的早，总该没有人来过吧，今天的头香，不必说，当然是属于我的了。"哪知到了大殿上，不料早有一炷香又插在那里。李寅见了，怎么不要觉得奇怪？暗自道："我今天来得可称是早了，哪知还有比我来得更早的，依然还是烧不着头香。"于是李知府就吩咐和尚："明天将山门紧紧地关好了，什么人来，都不得开，非我来唤开门不可。"说完之后，只得怏怏地再下山回家。

到第三天，李寅夜半时分就连忙起身，梳洗完毕，用了些净素的点心，穿戴整齐，立刻坐轿再上峨眉山。在路上约走了有一个多时辰，待至到得娘娘庙的山门前，还只四更过后，将近五更的时光，天色微微地才有一些曙光。那山门果真关得紧紧的，李寅便大声唤开山门。里面的和尚先答应着，又盘问是谁。一个家人便回说是李大人。

里面的和尚还不肯开，又问是不是知府李大人，家人便道："正是知府老爷李大人，快来开门吧！"

里面的和尚方才将山门开了。

李寅一脚跨进了山门，心中又不免要暗想："我来此山门之前，还是好端端地紧闭着，我唤了才开的，照这样的情形看起来，一定是没有人进去过。今天的头香，总应该是属于我的吧！否则岂不是成为笑话？"

李寅一面走，一面想。经过了天井，来到大殿上，还是黑魆魆的，没有什么亮光。但是中央有手指头那么大的一个火球，一时看不清楚，不识这是个什么东西。走上前去，定了眼睛仔细一看，并不是什么别的东西，原来是一炷香插在那里，也不知道是什么人插在那儿的，被人早已又烧去了头香。李寅仍旧轮他不到，看见了之后，哪得不要觉得万分奇怪："我三更便起身，用了一些点心，到这儿来，才只四更过后，还没到五更时分，而且亲眼目睹山门关得好好的，还是我自己唤了之后才开的，怎么会又有人进来烧去了头香呢？这岂不是可怪得很？难道这个人从墙外飞了进来的吗？那也不见得如此的吧！说不定或者是和尚弄的把戏，也未可知，故意和我作对，偏不给我到这里进头香。"

李寅愈想愈对，一定是这个道理，于是心中哪得不要觉得十分大怒，便将和尚唤至跟前，起先问他："这香是哪个人进来烧的？"

和尚也是弄得莫名其妙地答道："这香不知道是哪个进来烧的。"

李寅听得和尚不肯承认，禁不住怒道："胡说，烧头香的人一定是你这和尚放进来的，还要这样抵赖吗？"

和尚着急起来道："大人昨天吩咐过的，将山门紧紧地关闭着，直到大人来呼唤，这才敢开山门的，这是大人也亲眼看见的。"

李寅仍旧是怒不可遏，哪里肯相信和尚的话呢？怒气冲冲地板着脸斥道："嘿嘿！你当我是个孩子吗？这样地骗我，难道你不可以将人放了进来，让他先烧了头香，而后又偷偷地放他出去，仍旧将门好好儿地关着，只当作并没有开过的样子。待我来的时候，还要假意盘问得如此详细。你以为是万分周密，再也不会被人看出破绽，但是你却瞒不过我。老实对你说了吧，这便是一个十足可疑之点，难道你不知道我干的是什么事吗？我一天要审问多少案子，不论是件如何困难的疑案，也得要审问个水落石出，莫说只这一些些的小伎俩了。难道你以为我是一个乡下小孩子吗？容易被你瞒得过。我怎么会像你理想中的那么呆笨？"

和尚被他问急了，实在是冤枉了他，但是哪里能够申辩得明白呢？急得他只是摸着一个光头，却连一句话也都说不出来。

李寅见了和尚的这种情景，愈觉得他的可疑了，心中断定，一定是他弄的把戏。将两眼睁得铜铃也似的大，冷冷地说道："哼！你做得这样的好事，像眼前这样严冷的天气，害得我三天的早晨，虔诚地来此预备烧一炷头香，不知为了什么，你竟和我这样地作对，偏不使我烧一炷头香。"

和尚被李寅话逼急了，但是又没法申诉他的冤枉，只得发急地向菩萨跪了发誓道："要是我悟航私自偷开了山门，放进人来让他烧头香，如果当着李大人的面说谎话，那我便得不到好死。"

悟航在佛前发了誓，又连磕了几个头，砰砰作响，碰得额角头上起了一个大疙瘩，哭丧着脸，却显得十分可怜。

李寅见了这种样子，好像并不是他干的，但是心中又不很相信，总觉得有些怀疑，倒又是弄得莫名其妙。现在既然他这样子发誓，暂且信他是真的，算他没有欺骗，于是便不再与和尚计较了。

这时候，已经天色大亮，这一天李寅就在娘娘庙里玩了一天，吃吃素斋，倒另有一种特别的滋味，很是觉得有趣。这日的天气格外感到寒冷，到了下午，纷纷扬扬地落下了一天大雪。到楼上往外一望，几枝梅花开得正盛，又带着雪，格外觉得艳娇美丽，而且更显得它很有精神，一天的雪景很是好看。李寅这天就住在娘娘庙里，天色晚了，便派了两个家人守着山门，不放任何人进来，准备第二天便可以烧得着头香了。

一觉醒来，约近四更时分，李寅连忙起床，急急地披衣下床，梳洗完毕。和尚端上点心，倒也十分精美细巧。李寅一心要想烧罢头香，了此心愿，便也胡乱地用了一些，忙着至山门口一看，派着的两个家人很忠心守职地看守着，将山门关闭得像铁也似的紧，但免不得还要动问可有人进来过没有。

两个家人同声答道："没有没有，我们两人轮流看守着，总有一个人不敢睡着，的确是没有一个人进来过。"

李寅听了十分放心，因为这两个是非常可靠的家人，所以竟很信任得过，心中自然万分欢喜："今天总该烧得着头香，即可了我的心愿，像这个样子，总能算得我的虔诚了吧！"于是还不能放心，便吩咐那两个家人道："你们两个人仍旧在这儿好好地看守着，决不可把山门开启，让我烧好了香，再开山门，而后放他们进来烧香。我不来关照你们，切不可开的，你们牢牢地记着我的话，决不可忘记了。"

两个家人唯唯听命，仍旧牢牢地看守着山门，不肯轻易离开一步。

李寅便放心地转背就走，来到殿上，天色还是不很明亮。菩萨前没有香烛，李寅愈觉放心："今天的头香，非我属谁呢？"预备就要烧香磕头，叫和尚打一盆清水来洗手，自己却不肯再轻易离开大殿："免得和尚再弄鬼，莫要害得我又烧不着头香。"

不多一刻，和尚果然打了一盆清水。李寅洗净了双手，点着了香，磕下头去，双手恭恭敬敬地捧着香，待要插上去，不料抬起头来一看，哪里知道，不知道在什么时候，又有一炷香早已安安稳稳地插在那里了。李寅的还没有插上去，自然是算不得头香。李寅见了，不觉大奇，不由得直跳起来，大呼："怪事怪事，怎么会有这样的事情？真的是意想不到，事实比理想还要觉得奇怪万倍。我明明地看守着，并没有人来烧过香，我点着了香，跪将下去，还不见上面的那炷香，抬起头来的时候，不知怎么便高插在那儿了，这事

179

情，不要说别人不相信，连我自己都也有些不能怎样的相信，竟好像是在做梦的一般。如果要说我不诚心，那也不见得，像我这么虔诚，自己也以为是极顶的了，再要说不虔诚，那也只有天晓得的了。"

这样子奇怪的事情，竟弄得李寅呆得如同一只木鸡也似的，说不出话来。心中暗想："这种奇怪的事，必然有个原因，否则倒像在变戏法了。"

正在这个时候，忽然另有一个小和尚出来邀请李寅，说是师祖要请李大人前去一谈。

李寅向那小和尚一看，只见他十二三岁光景，脸儿生得白里泛红，红里又泛白，真的是面似冠玉，唇若涂朱，好像是个女孩子，长得竟十分美丽。

李寅便问那小和尚道："你的师祖唤我何事？"

那小和尚便笑嘻嘻地答道："这我却不能知道。师祖相请李大人，一定是会有什么事的，恕我不能深知。只要李大人去会面了，自然明白，在这里却不必细问。"

李寅听了，弄得十分怀疑，只得随着那小和尚往后便走。过了两所天井，来到后进，在左厢的一边，有一间却收拾得非常清洁雅静。小和尚却引李寅进去，只见一个须眉皆白的老和尚，脸上的血色却很好，如同小孩子一样的肌肤，很觉细腻白嫩，一望而知他的年纪必然不小，可是有这样的好精神，自然已经得道，那也用不到再经人说明，便会知道。

李寅见了，不觉肃然起敬，向他深深地行了一礼。那老和尚仍旧安安稳稳地坐在蒲团上，只将双目微微地一睁，动也不动，好像并不在乎的样子，也并不向他客气。

李寅只得垂着双手，站在一旁，恭恭敬敬地问道："不知师祖呼唤，有无吩咐？"

那老和尚便抬起头来，慢慢地说道："贫僧请大人来到这里，并没有什么旁的事，你来此行香，确然万分虔诚，但因为总轮不到头香，其中自有一种缘故。"

说到这里，略顿了一顿。

李寅便接口说道："师祖的话说得真是不差，我也是觉得奇怪，不知到底是什么道理，因何我总没有这个资格烧这一炷头香，也要请师祖指示。"

那老和尚道："话并不能这样讲，烧一炷头香，各凭自己的虔诚，哪里有什么资格？一样是一个人，都有资格烧头香，就是说，果真烧到了头香，其实也没有什么道理。只要是诚心烧香，不论头末，都是一个样子。那么每天的这一炷头香，说起来也太觉得长了。原来烧这一炷香的，是一个乡村中的姑娘，她为着母亲求神烧香服仙丹，每天的清晨，当天烧香，并不来到这儿，离此有几百里路程。因为她的孝心，实在是竟感动了上苍，所以每天的香总会自动地来插到这里。"

李寅一听得这炷头香原来是个孝女的，他也便觉得有些心平气和了，就是四天都轮不到我，也是理所应该，再也不动怒了，而且十分感动。禁不住问道："几百里路外的事情，师祖能够知道，照这样子说起来，一定还能够知道她住在什么地方吧！因为我总觉得现在的世风不古，道德沦亡，像这样子的少女，实在是难能可贵，想必她的家境一定不见得怎样好吧！我倒很想帮助她一些经济上的忙。"

那老和尚听了，微微地点了一点头道："那是很好。"

于是便将惠英的住址详详细细地道给李寅听了。李寅便将惠英住在李家村的地址牢牢记住，于是便心平气和地吩咐轿夫马上回家。到了衙门中，立刻派一个公差，带了二十两银子，骑了一匹快马，找寻到李家村。这公差也是李家村附近的人氏，所以对于李家村十分熟悉，到得那里，即将那匹马寄养在亲戚家中。因为这匹马赶了几百里路，只有五六天工夫，自然已经十分疲劳，不得不让这匹马得到充分的休息，自己却寻到惠英的家中，取出二十两银子，又说明了来意，便要告辞。

惠英再三挽留，对于这二十两银子，有些无功受禄，很觉得不好意思，竟有些不肯收受的样子。

那公差连忙说道："姑娘，这二十两银子，你一定是要收受的，我家大人吩咐，要是仍旧将银子带了回去，那叫我怎么交代呢？"说着，头也不回地往外便走。

惠英得了这二十两银子，倒是一笔意外之财，即将银子拿给母亲看。叫母亲尽可放心，医药之费，一切都有了着落。朱氏却责她不该无功受禄，惠英说明也是此意，但人已去远，即将十两银子还给小弟，还有十两，留着自用。

从此以后，惠英自然格外地信神信佛，尤其是信娘娘庙中的王母娘娘，每日早晨起身，第一件重要的事情，就是当天烧香，一面虽然仍旧在求服仙丹，一面再请医吃药。像这样子的双管齐下，无非是希望母亲的病早日痊愈。哪里知道母亲的病势虽然不见增重，却也并不见减轻些微，依然是如此模样。只是把个惠英急得没路可走，更不知如何是好，恨不得母亲的病症由自己去生，可让母亲早日能够得到康健。但是这哪里会做得到的事呢？也是不能成为事实的理想而已，依然是东求仙、西问神的，把个惠英的心，好像乱麻一般，连自己也没了主张，焦急得没法奈何。就是请了大夫，吃的药都像冷水一般。一天，有人说了个方法，可保她母亲的病立刻痊愈。

欲知后事如何，且看下回分解。

第二十七回

月下焚香割股疗慈亲
梦中求丹舍命追女神

却说成都府知府李寅，派了一个公差，骑了匹快马，从四川的成都府到李家村。这一条路程，大约一共有七八百里路程，不能算近，也够称遥远了。这一段几百里之遥的途程，从衙门中出来，由第一天算起，待至公差到达李家村的那日为止，连头带尾，计算起来，一共只有六七天工夫，不能说不迅速，竟可以说好像风驰电掣一般，人和马自然都觉得十分辛苦疲乏。公差即将马寄养在亲戚家中，可使它得到几天充分的休息，以便仍旧可以骑了回到成都，自己虽然也很觉得疲倦，但还能够抵挡得住。于是便找至李家村，一问李天民的家在什么地方，即有人指点给他知道。那公差依着指示给他的方向，果然一找便着，说明了来意，即将二十两银子放了就走。

惠英将银子捧了进去交给母亲，哪里知道母亲见了这二十两银子，不但并不觉得欢喜，而且责备惠英不该接受，自己凭了些什么，如何可以收纳这笔银子，那岂不是无功受禄？一定要她交还原主。

惠英道："我本来也和母亲是一样的意思，奈何送银子来的公差，反而要求我收纳这笔银子，否则他不能回去交代主人。说着，竟连头也都不回地走了，叫我如何追赶得到？没有旁的方法可想，只得受了，这也可以说是苍天所赐，不妨用他一用。"

朱氏一听，倒也是一个理由，于是就不再责备她的女儿。

当时，李天民的棺木，以及一切费用，都是向小弟借来的，现在既然有了二十两银子的一笔意外之财，便将十两银子归还小弟，尚有一半，留着给朱氏请医吃药。哪里知道一连又是几天，仍旧不见起色，病势虽然不见增重，但也丝毫不见减轻。眼见得这十两银子又将要用罄，如果一笔款子用完之后，那就不见得再有人送钱来。惠英的心中，哪里会不要觉得非常焦急？唯有到各处去乱奔，不是东求神，便是西问卜，一心希望母亲的病势早日痊愈。但是一切医药都感罔效，没有一些儿力量，真把个惠英急得无法可想。

正在此焦急万分之时，一个李婶婶说有一个方法可以救治，而且十分灵验。惠英一听得竟有这么灵验的方法，哪得不要觉得满心欢喜？而且对于母亲的病又有了希望，只要知道了这个方法，好像有把握一定能够救治母亲的病症的样子。禁不住连声不断地忙着问道："怎么的方法？请你就告诉给我听了吧，以便我回家救治母亲的病，得可有早日痊愈的希望，请李婶婶说给我知道吧！"

那李婶婶很迟疑地，又吞吞吐吐地说道："这个方法并不怎样困难，但是又觉得并不怎样容易，说它困难呢，又不困难，简便而容易得很。要是一定说它是容易呢，那又不见得如何容易，竟要感到很困难。总之困难处便觉得非常困难，容易起来呢，又会觉得非常的容易。"

那李婶婶滔滔不绝地说了半天，还是没有把这个能够起死回生的灵验的方法说出来。可是竟把个惠英急得好像热锅里的蚂蚁一般，真的把她险些又要闷出病来了，再也不能往下静心忍耐，急不待缓地，又情不自禁地哀恳道："李婶婶，你不要再说这些困难和容易的话了，只要能够医治得好我母亲的病，不论什么赴汤蹈火的困难，我都愿意干。不要说旁的，母亲的病能够因此而得到痊愈，就是要我的心肝，也未始不可；即使要我的性命，也不惜牺牲。这话已经说得尽了，除此之外，还有什么困难，一切全都是容易的了。"

李婶婶听得惠英说到这样的话，便有些不能深信的神色，很有些诧异的样子，对着惠英望了一眼道："既然如此，我就说给你听了吧！照你这样着说起来呢，你一定能够救治你母亲的病症，否则说出来了，还是办不到，那就何必说呢？岂不是还是不说的好吗？你不是说要你的心肝和性命都可以牺牲，那倒也不必，用不到这样。只要在臂膊上割下一块肉来，煎在药里，给你的母亲吃了，病症保险马上痊愈，这就叫作割股，只要是出于心愿诚意，完全是一种孝举，就能够感动上苍，便可以保佑你母亲的疾病，依道理想起来，也是很通而又很对的。"

惠英一听了李婶婶的话，只要割股，并不觉得怎样困难。在惠英的眼光中看来，像这一些些小事，真的是容易得很，竟欢喜得她直跳起来，连声不断地说道："我还当是如何的难事情，只这一些些，真的办得到，办得到。"

惠英一面说着，一面欢天喜地地跳着奔回家来，心中对于母亲这么沉重的病，竟好像已经有了十足的把握也似的，前途十分光明，要母病霍然而愈的目的，一点儿都不难达到。只要自己一割股，给母亲服下了之后，指日可望病魔离身，似乎也是件不难的事情。

惠英回到家中，把这些话瞒得鼓也似的紧，不肯给母亲得知一些，否则母亲要是知道了，必定不放自己这样做。惠英连忙走进母亲的房间，母亲还是睡在床上，有气没力地微微地在呻吟，又好像有说不出来的疲倦，自然一点儿也都没有精神。惠英忙问："可要汤要水吗？"

朱氏连连地只是摇头，一概都不需要。看看母亲，还是这样的情形，不见减轻，也不见增重，在枕畔一摸，倒还有几钱银子。惠英连忙取了怀在怀中，回头对朱氏道："母亲，你好好儿地再睡着，不要性急，你的病，过几天就会好了。现在我要外面去请一位大夫，再吃一帖药，保证就会痊愈。"

朱氏仍旧只是点了点头。

惠英怀着银子，出了门，来到镇市上，请了位大夫回家，来去都很匆忙，所以并没有多少时候，已经把大夫请到家中，给朱氏诊了脉，写了一张药方，并没有说些什么话，回头便走了。

惠英又重新奔到镇上，撮了一帖药，又急急忙忙地奔回家中，这时候已经是将近傍晚的天色，太阳早挂在西边柳梢上，惠英又忙着淘米，烧好了晚饭，在饭里逼了半杯米汤，虽然是一些些的米汤，却是饭的精华，再好的滋养料也没有了，所以十分滋补，比吃两三碗饭还要来得丰富。惠英知道病母一定吃不落饭，因此特想将这半杯子米汤给母亲喝，自己也胡乱地匆匆地吃了两碗饭，洗净了碗筷锅子，将一切全都收拾得清清楚楚，天色也已经黑得伸手不见五指，便即点亮了灯。

这晚的月亮很光明，惠英进房中去一看，只见母亲迷迷糊糊地睡着了，觉得很是放心，便偷偷地溜到后院，抬头一看，月色正十分光明，可巧挂在天中的头顶上，虽然是在严冬的天气，却并不怎样冷，气候反而转得暖和了许多，满天一点儿也没有一片浮云，照得莹莹晶亮。惠英即将风炉药罐，以及蒲扇统统取出，又搬一张桌子，和香炉蜡台，更又拿了一把剪刀。惠英将风炉生了炉，把药放在药罐里，倒了些清水，就放在风炉上煎熬，扇得炭火旺了，再点上了香烛，跪在地上，当天磕了几个头，口中默默地通神道："弟子李惠英，因为老母久病未得痊愈，今虔诚自愿割股，以疗治母亲，俾得早日脱离苦海，如果我母亲朱氏的阳寿已绝，更愿将自己的寿数移借一纪，并无后悔的心，敬求上苍保佑相助。"

惠英默然地祷告已毕，便即站起身来，把左手的衣袖高高勒起，露出一段雪白粉嫩的玉臂，右手拿起了这把剪刀，用牙齿一口咬住了臂膊，对准了突起的一块肉，就是一剪刀，连忙将肉放在药罐里和药同煎，可是臂上那殷红的鲜血如同潮水一般地流涌出来，痛至心肝，险些昏晕了过去。连忙用一方手帕将臂紧紧地绑住，雪白的手帕沾染了绯红的鲜血，后来才慢慢地止了痛，又止了血，仍旧把袖儿放下。

不到一会儿工夫，业已将药煎成了浓浓的一碗，惠英端进房去，唤醒了母亲，叫她喝去。哪知朱氏才只呷了二三口，便皱着双眉，对惠英显得很奇怪的神气说道："女儿呀！今天的药怎么有这样的滋味？很有些血腥气，竟浓烈得很，不知是什么道理？"

惠英背过身去，揩干了眼泪，恐怕被她母亲瞧见了，便要发生怀疑。回过头来，强笑着答道："母亲，这药喝了后，保证你的病就会好的，管它的滋味不滋味、腥气不腥气？试问药里哪里会有血腥气呢？喝药还可以尝滋味的吗？总是会觉得苦而难喝的。快些喝了吧，不到几天，病就会好起来。"

朱氏被惠英一说，觉得不错，便也没有别的话可说了，只得将药一口一口地呷下，盖好了被头睡下。

惠英的心中却在突突地跳个不住，现在见母亲喝完了药，自己割股的事幸而没有被母亲瞧出破绽。再到后院去将一切收拾进来，轻轻地关上了后门，四面查看了一周，窗都是关闭得好端端的，这才放心走进房中，在母亲对面的一张小床上铺好被褥，吹熄了灯，解衣上床睡下。哪知翻来覆去地竟是心乱如麻，总是合不上眼，哪里睡得着呢？一心希望母亲的病早日痊愈起来。这一次的药是当天祷告割股，想来一定灵验，母病一定会霍然而愈。又计算了一计算，那成都府派公差送来的二十两银子，十两还了小弟，又曾为亡父做了一场功德，一共也花去了二两多银子，还有的七两多银子，这几天的医药之费，以及家用和生活，到今天，可巧也完了，又是花用得不留分文。想来母亲的病，吃了今天的药，一定也会慢慢地好起来。想来想去地，直想了已过半夜，月亮从西边的窗子里射进来，照到惠英的床上，待至这个时候，这才渐渐地闭上了眼睛，蒙眬睡去。

在此似睡非睡、似梦非梦的时候，忽然看见一位仙人，装束很古，面貌美丽而又庄严。惠英一眼看见，便知道她是一位神仙无疑，忙不迭地伏地向她跪下，求那位神仙赐一些仙丹给她的母亲服。哪知这位神仙只是向她微微地摇了一摇头，表示无法挽救的样子。惠英哪肯听？而且当着神仙的面，怎肯错过这个良好的机会？并且这样地自想："如果一个人有了病，神仙绝没有不能医治、不能挽救的道理，只因为神仙不肯答应施救便了，否则就是已经断了气的死人，只要能够得到神仙的一颗仙丹，可以从阴间里还阳转来，岂有还没有死的病人，反而不能救治的道理？"于是惠英苦苦地哀恳，定要那位神仙大发慈悲。

那神仙还是摇了摇头，并向她又微微地叹了一口气，对她很温柔而又很和气地说道："你的确是一个孝女，竟感动了苍天。但是你母亲的阳寿实在已满，本来她因为前生的罪恶，死得非常的凄惨，就因为你是一个孝女，又感动了上苍玉帝，所以才能得到这样的病死。就是你愿意借一纪阳寿，也不可能，要是不然的话，那就是逆天行事，我实在是没有这个挽救的能力。要知道一个人的寿数，是先注死而后注生，丝毫不能勉强的事。现在我特来此告诉你说，待至明天的中午，便是你母亲寿终正寝的时候，一切后事，你即可留心预备。"

惠英眼见神仙说的仍是一大番的废话，结果还是不肯答应挽救她母亲的性命，真是千载难逢地遇到这样的一个神仙，哪里就是这样地轻轻放她过去？那岂不是万分可惜？打定主意，绝不可错过这个良机。待还要再恳切地哀求，哪知她竟头也不回地飘然而去。

惠英还是不肯就此放她过去，于是连忙站起身来，随后就追，可是哪里会让她追得着呢？只见那神仙总是在前面一箭之遥的远近，慢慢地很自然地走着。惠英却在后面拼了性命地往前追赶，然而总是距离这么一箭之地，休想追得着她。可是惠英一定要达到她的目的，非追到了不可，待至把神仙一把拉住，无论如何要向她索取一颗仙丹给母亲服。

不知不觉地，竟追了许多路程，前面有道大河拦住了去路。惠英一见，满心欢喜，想："到了这条河前，你走不过去，总得该要被我追着了吧。"一面想，一面加紧脚步。眼见那神仙已到河边，往水面好如履平地般地走了过去。待至惠英赶到，那神仙已在彼岸，可巧相隔这样的一条大河，四面一看，没有一座桥，更没有一条船，如何可以过得过去呢？惠英忽又有一念想道："她既然能飘在水面上走得过去，为什么独有我不能过去呢？不容说，一定也能过去的。"想到这里，忽又转念一想，才知道自己的不对："因为她是神仙，才可过去，我是凡人，这却不能。"但又转念一想，不觉喜得她跳了起来："原来这神仙特意来试试我的心的，是真孝抑假孝。"

欲知后事如何，且看下回分解。

第二十八回

子夜近三鼓鬼称小头
日色未黎明魅呼长脚

　　却说惠英眼见那个神仙飘然地过了那条大河，走在水面上，如履平地一般，竟好像毫没有困难的样子。待至惠英追赶到河畔的时候，那神仙早已经到了彼岸，正在前慢慢地走着，似乎又在等候她的神色。

　　惠英见了，心中好不十分着急，要想跟她过去呢，又恐怕掉在河中溺死，那是意想之中，一定的道理。但是惠英的不敢从水面上走过这一条大河，并不是自己贪生怕死，她怕的是自己死了之后，母亲还是在病中，叫什么人去服侍呢？如果她死了，而能博得母亲的病早日痊愈，她是说过的，不惜任何重大的牺牲。但是惠英忽然想道："她居然能够在水面上如履平地地走过去，难道我不能够过去的吗？"到了这里，忽然转念道："她是一个神仙，所以能够走水如履平地，而自己总是一个凡人，怎么可以和神仙相比较呢？自己的意念太错了。"一会儿又转念想到一事："莫非这仙女故意来试试我的心是否虔诚，要是诚心的话，我就是到水中，一定也不会溺死的，只要我能够走得过去，追到了她，那是一定的道理，必然会赐给我仙丹，救治母亲的病。"

　　惠英想到了这里，满心有说不尽的许多欢喜，好像自己转到了这个念头，竟会有了十足的把握，除此之外，便没有别的意思了，于是惠英就毫不犹豫地一脚跨下水去。哪知一个不留心，竟失足跌了下去，惠英大惊，便大声叫喊救命。惊醒转来，睁开眼睛，原来是南柯一梦，哪里有什么前面的大河？更哪里有什么神仙？全都是一场梦境幻想，哪里有这种事实？但是失足跌在河中，明明是好像还在目前一般，心中犹在突突地乱跳。看看月色，大约在四更天气的光景，月色没有先前那般明亮了。

想到方才的梦境，总觉得不甚吉利，并不像是个好梦。听听母亲睡在对面的床上，睡得正好，似乎没有听见自己大声叫喊救命，想来她还全不知道。惠英这才安心了许多，否则要是被母亲听得她在梦中叫喊，一定又要盘问，如果支吾着一时吞吞吐吐地说不出来，被母亲看出了破绽，一定又要怀疑，那岂不是又要急坏了母亲吗？她本来是一个已经有了病的人，如何再经得起忧急呢？不是要病上加病吗？这样的一着急，那就要应了梦境了。"现在我看看母亲的病，还是这个样子，不好也不见更坏，就依这样的情形看起来，梦中的那个神仙说，在明天的中午，就是母亲寿终正寝的时候，那就不见得就会死得这样的快。梦境中的这一个神仙，一定不是神仙，一定是个魔鬼，她引诱我到河畔，自己安然地过去了，使我失足掉在水里，料得我要大声呼唤救命，惊醒了我的母亲，待至盘我，如果我将老实话一五一十地说给母亲听了，说在明天的中午，就是她的死期，不要说是一个有病的人听了这话要急死，就是没病的好人听了这种话，也会要吓死。要是我恐怕急坏了母亲，增重她的病势而隐瞒，一时吞吞吐吐地不肯说出实在的话，那也足够母亲的怀疑，岂不又要增重她的病体而致急死吗？一个身负重病的老母，再忧急十几个钟头，也可以致她于死命，到明天的中午，可巧将她急死，那便应了梦境。这个所谓神仙的，现在我不能信她是个真的神仙了，她一定是个可恶的魔鬼，她要害死我母亲的性命，哪里知道？你虽然这样的狡猾，但总被我看破了你的阴谋，我不能上你的当，害死了我的母亲，也是出于你的意料之外的吧！我偏不大声呼唤，惊醒

191

了我的母亲。现在母亲仍旧是好端端的，谁也都不会相信明天会死的。我已经识破了你的奸计，不知你还有什么狠恶的阴谋再来害我的母亲。"

惠英思想到这里，愈想愈觉得自己的这个主意的不错。但是惠英到底很有一些不能放心，恐怕她的母亲果真万一起了变化，于是快从被窝儿里探起身来，取了火种，又点亮了灯，披上了衣服，坐起身来，伸出了头，望着对面的床上一看。只见母亲仍旧好端端地睡着，一点儿也没有不良的变化，心中倒是一个高兴，母亲病势不要再增重，就是这样，只要挨延过了中午，而后母亲的病一定就会慢慢地好起来，因为这个倒好像有些恶时辰的样子，延过了恶时辰，好时辰就会来临了。

惠英一想到这里，就似乎是有了绝大的希望。一个人，不论是什么人，心目之中，只要是一有了希望，什么事也都会高兴，什么事也都会欢喜，而且为人更有了趣味，真是乐意得很。母亲一定还要好好地活几年呢。

这时候，惠英竟有些乐而忘形了，在不知不觉的无意之中，回转头来，向窗洞口一望，想不到一眼就看见那窗纸不知怎么的，微微地动着。惠英不觉奇了，两眼目不转睛地注视着，且看它一个底细，到底是些什么情形，什么动静。哪里知道，这窗纸嘶的一声响，被撕破了，惠英全都亲眼目睹地看在眼中，将一切情形都看得很仔细，独自一个人心中暗想："这一定是个偷儿来临了，但是像我家这样的贫穷，家中所有的，可以说一些也没有长物，比较好的东西都典质一空了，所剩余的，都是些破旧的东西，再也不能典质，再也不能变钱了。这个贼，还要来此偷些什么东西呢？像全是这些破旧的，不要说来偷，恐怕就是送给他，也不见得会要吧！何必到这里来偷呢？他做贼到这里来偷，竟会要蚀本的，因为他有这样的本领，只偷得了此不值钱的东西去，不足他的代价。这个可称是笨贼，到这儿来施展技术，实在是大材小用，打错了主意。"

192

惠英想到这里，不觉代那贼可惜，不必耗去他宝贵的光阴，于是不由得冷冷地说道："我家里竟这样的贫穷，只要是本村里的人，谁都也会知道。我家并没有什么值钱的东西，请你不必到这里来。"这是一个警告，想偷儿听见了这几句，一定就会跑了，哪知完全是出于意料之外地，仍旧听得有撕破窗纸的声音，将窗上糊着的绵纸竟撕破了有碗口那么大的一窟窿。惠英见自己的警告并不发生效力，这不像是个普通的偷儿，听得发觉了其动作，往往就逃；这个贼明明听得里面有人声，他不逃，一定他并不觉得害怕，必定是个强盗，至少限度，是个软进硬出的恶棍。

惠英想到了这里，不知不觉地很有些害怕起来了，两只眼睛更其是注视得连把眼睛瞬也都不敢瞬一瞬，望着到底是怎样的情形，以便随机应变，得有充分的时候做准备对付他。心中突突地跳动个不住。

正在这当儿，忽然从这个窟窿外伸进一个拳头来，向着她摇了几摇，以为是正向着她示威，大有"我见你们两个弱女子，并不害怕"的意思。待至惠英再定睛仔细一看，哪里是什么偷儿伸进来的拳头呢？原来的的确确是一个人头，耳朵、眼睛、眉毛、鼻头和嘴，全都生齐了，却并没有缺少一样，而且头上还戴着一顶小小的瓜皮帽，全部只不过小型一些罢了。真的是雀儿虽小，五脏皆全，两目炯炯有光的十足精神，两只眼睛望着母亲，又望着惠英，东摇西摆地转个不定。

惠英一见，心知他一定是个小头鬼，不由得大惊大喊起来；"哎呀，不好了！"再也顾不得母亲，不禁脱口而出。惠英惊呼着，忙不迭地将双手拉着被，把头罩住。因为觉得看了这个小头鬼，自然要害怕，什么人也都有这样的一种心理，罩着头，似乎要好得多。但是这个鬼，果真要与你为难的话，不要说只是罩着头，不论躲到什么地方去，都可以和你为难。

可是这呼声业已惊醒了母亲，有气没力地忙着追问道："为什么这么大惊小怪地呼唤？"

惠英见自己的呼声已经惊醒了母亲，不免很有些后悔起来，不应该如此失声大呼，竟将母亲从梦中惊醒转来。如果把方才看见小头鬼的话告诉母亲，岂不要将她吓坏了？只得要说一番谎话。但又深恐母亲也会看见那鬼，那便糟了。连忙拉开被头，再望窗前定睛一看，那个小头鬼不知在什么时候，早已不知去向了。这才放心对她的母亲说谎道："妈妈，我做了一个梦，是一个十分可怕的梦……"

惠英说到这里，忽而又停住了，骗母亲做一个什么梦，如果说得不好，又恐怕母亲怀疑到是个不吉的梦。

母亲见惠英停住，便追问道："是个什么梦呀？竟这样的可怕，值得如此大呼，把我从梦里惊醒转来。"

惠英答道："一个十分可怕的梦，梦见一只老虎，它向我扑过来，好像要吃我的样子。我拼了命地要想往前逃，哪里知道两只脚好像生了根似的，休想能够移动得寸步。而那只老虎竟毫不客气地扑将过来，两只前脚已经架住了在我的肩上，我怎么不要吓呢？我怎么不要发急呢？便禁不住大呼起来，自己也就随着惊醒转来了，哪知竟又惊醒了母亲。现在我虽然知道是一个怕梦，但是心里还在突突地乱跳呢！"

朱氏很相信惠英的话，因为她从小没有说过一句谎话，女儿的心，做母亲的，难道不会知道的吗？但是这一次却偏骗了母亲了，以为真的是做这样的怕梦，那就没有什么关系，也自安心地睡觉了。可是惠英就休想再睡着了，想到了这个小头鬼，总觉得是个不很吉祥的预兆，代母亲的性命很担忧："难道竟会应方才的那个梦境吗？那个梦中的神仙一定是个魔鬼，一定是个万恶的摄魂的魔鬼。现在愈想愈觉得她是个魔鬼，现在的这一个小头鬼，一定是方才的那个恶魔领来的，或者竟是那个恶魔的化身，特地来此惊吓我们。吓死了我母亲，就达到它的目的，更能应验第一个梦境。"

194

惠英独自一个人睡在床上，思来想去地，总是合不上眼皮，将桌子上面灯再剔得亮了些，时常要偷眼过去望纸窗上的那个窟窿，看了之后，心里总有些害怕，不知怎样的，却时常又要去望望，虽然并不见什么，从窟窿外透进月光来。惠英偶尔转眼过来，忽然又看见母亲脚后边的床畔，在灯光的黑影里，又发现了一个人，长得竟和屋一样高，身条却是瘦瘦的，两条长的腿，有人那么高，像笔一样直地站立着。惠英见了，不觉又是一惊，看母亲，似乎还并没有知道。这一次，她也不敢再大声呼唤了："恐怕要惊醒了母亲，那还用什么话去欺骗她呢？而且也要不肯相信我以前欺骗她的话了。"

惠英再定睛仔细一看，那边的黑影处，在此转瞬之间，却忽然又不见了。惠英便很有些怀疑，不能相信自己的眼睛，恐怕花了吧，以致看错了，还是自己还在做梦？也是个噩梦呢！总之，她为着母亲而担忧，这句话便能够包括一切。

惠英睡在床上，两眼只是望着桌子上的灯光，脑海里的思潮顷刻千变万化，凌乱得连自己也莫名其妙。她竭力想静心睡着，但是睡魔总不肯降临到她的身上。在突然之间，忽又听得扑的一声响，又把惠英吓得一跳，连忙将两眼注视到发出这响声的地方一看，不是什么别的东西，原来是一只耗子，从地下跳到桌子上面来，惠英这才放心。但是这种的响声，不知怎么的，偏是来得个多，总是会把她吓了一跳，因为惠英已经是成为惊弓之鸟了。

这时候月更向西了，被高山掩住了，便没有了月光，望到纸窗外，便十分黑暗。惠英一心盼望天色早些明亮，但是那老天竟好像是和她作对的一般，空守望了半天，老天老是不肯明亮。她的心实在是太觉得焦急了，然而也没有可使天色马上就亮的法子。她只是眼巴巴地望着，好容易但见东方渐渐地发出了一些光明，不久却重又黑暗下去了。再待片刻工夫，这才天色真的慢慢地明亮起来了，从鱼肚色而又变成了青色，后来又发了白，太阳从东方的地平线下爬起来，红得好像一个蛋黄，大得又好像一只脚桶，射出绯红的光。

鸟都从巢里飞出来，躲在树枝上，很快乐地跑来跳去，又唱着清脆而动听的歌曲。天色是已经真的黎明了。

惠英眼见得天色明亮，于是便忙不迭地披上了衣服，吹熄了桌子上的灯，穿整齐了衣服，就起身下床。走到母亲的床前，看看母亲，竟还睡得很熟，看这种情形，母亲如此的疲倦，一天到晚，只是要想睡，总是打不起精神来。惠英也不作声，仍旧让她好好儿地睡着，并不惊醒她，自己到厨房下烧水烧饭，自己梳洗端整。

这天，惠英的心里总觉得很有些不安。待至中午时分，听得母亲呻吟，进去一看，哪知变了。

欲知后事如何，且看下回分解。

第二十九回

慈母弃养的款难筹备
同村孺子仗义允危城

却说惠英那晚起先梦见了一位女神，一觉醒来，便疑心这位女神是个魔鬼，又在窗纸的一个窟窿里探进了一个小头鬼，最后又见了一个长脚鬼，把惠英吓得心里突突乱跳，惊醒了母亲。恐怕她听了这些要害怕，便说了一番谎话，竟把母亲骗信了，一些也不发生怀疑。

可是这一夜，把个惠英吓得只是在床上翻来覆去地休想再睡得着，眼巴巴地望到天色黎明后，立刻就起身梳洗，当然这一天起身得比平常的日子特别地要早了几倍。服侍母亲喝些粥汤，看看母亲的病势和情形，还是和往日一式一样，却不见得有什么变化。惠英便很有些不能相信昨晚的梦境，而且更断定这个自谓女神的，必然是个万恶妖魔鬼怪，在半夜深更的时候，又变了小头鬼、长脚鬼来要想吓死母亲。惠英眼见得："整整的一个上午，母亲仍旧好端端地睡着，只不过精神疲倦不济罢了，不见得死期就在今天，这是谁都也不会相信。因为被我看出了这个魔鬼破绽、它的恶计，幸而没有上它的当、钻它的圈儿。"

惠英想到这里，觉得非常得意，而且心中又觉得十分安慰，所以在长长的一个上半天，总是很高兴，而又很有希望。满以为只要一岔过了这个恶时辰，母亲的病，从此之后，便一定会慢慢地好起

197

来，病魔脱离，病势痊愈起来，那是意料之中的事，尤其可以指日可望。因此在一个上午，跑来跑去地，比平日的时候反而觉得非常兴奋。

连日来的天气，都觉很好，不像是个可怕的严冬，也没有能够吹得倒房屋和树木的西北风，几天之中，吹的却都是异常温暖的东南风，因此气候十分温和。俗语说，穷在债里，冷在风里，所以风小了，天气就不会觉得寒冷，那是必然而一定的道理。

这天，也是如此温暖的好天气，太阳便施展它的威力，阳光很充足，一个人站立在太阳光所能照到的地方，却看不见影子，这就是表示太阳挂在天心，可巧已经是在正午的时候，那便是中午的午时了。惠英忽然又想到昨夜的梦境了："说我母亲的死辰就在这个时候，无论如何，对于这一个不祥的梦，总觉得这个预兆不好，心中难免有点儿不安和着急。但在不久之前，曾进去看过母亲，还是好好儿的，但愿她是个无作为凭而不灵验的噩梦。"她只好自己安慰着自己，除此之外，便想不出什么较好的办法，任你怎样自己安慰着自己，但心里总有一种说不出来的着急，虽然并不是迷信，可是像这样的一个梦，和在窗纸的窟窿里伸进了一个小头鬼来，望着她的母亲。又在床脚边的黑影处，看见一个长脚鬼，高得竟和屋一样齐，像所见到的这些情形，都不是良好的预兆，就不得不略略地信任一些那可怕的噩梦了。

思想到这里，心中不免有些惴惴不安，于是惠英便再走进卧室里来了。到了母亲的床前，还没有好好地站住脚跟，随眼向母亲一望，不由得使惠英大惊起来，原来母亲的病症已经是有了重大的变化，前后相隔不到二三十分钟的工夫，竟会变卦得这样的迅速，如同狂风暴雨一般地骤然而变面色。病人的面色大多数是黄的，因为是没有了血色的缘故，那是很普通的，不足为奇，只要是有病的人，都是如此。哪知这时候，朱氏的面色已经发了青，又从此青色之中，又显出灰白色，真的好像纸锭灰色一样，这完全是一种死色，表示人之将要死的脸色，这哪得不要使惠英见了就要一惊呢？双目白洋洋地陷落在眼眶里，也已变成了灰色，自然是一点儿没有光辉，不玲珑，也不活泼，很可怕似的停止了活动。

惠英眼见了这种不良的情形，便知其势大为不妙，禁不住将身子直扑上去，发急地大声呼唤道："妈妈，妈妈，你怎么这样子的呀？现在你的心里舒服吗，还是觉得很有些难受呢？妈妈，你说出来，你快说出来给女儿听呀！"

朱氏两眼望惠英，只摇了摇头，却并不说一句话，被面上一动一动的。这便是表示她的呼吸现在很急促，气息喘得竟说不出一句话来，但只把瘪了皮的个嘴巴张动了一张动。急得个惠英不知怎样才好，弄得一时竟手足无措了，连声不断地追问着："妈妈，你觉得怎样了？"除此之外，说不出别的妥当的话来安慰她的母亲，眼眶中的热泪也不由自主地掉下来了，落在母亲的脸上。

朱氏突然从被窝儿里伸出一只老树根般的、已经皱了皮的手，频频不断地往壁角落里指着，又将脱落了牙齿的扁嘴动了动，可是仍旧并不说一句话。在她的意思之中，一定在那边的壁角里，看见了什么可怕的东西。

惠英便站直了身体，依照着母亲用手指点的那边壁角里望过去，却并不见什么东西，便问着母亲道："你在那里，不是看见有什么东西吗？"

朱氏略略地点了点头，忽然又将手指在自己床上挂着的帐子的一角。

惠英只得依着母亲指点的方向瞧去，依然是没有发现些什么，很清洁的白布的帐顶里，没有蛛丝，也没有灰尘。但是看母亲的神情，她的目光之中，一定发现了些什么足以使她所害怕的东西。

惠英将两手摇着她母亲上部的身躯，急促而又发急地问道："妈妈，在这帐顶里，不是你看见有一件东西吗？那里并没有什么呀，恐怕病久了的缘故，你的眼睛花了吧！"

朱氏只是将头摇着，似乎是已经用尽了平生之力，才很吃力般地说出一句话来道："我的眼睛并没有花，我明明看见一个人站在那儿，这是一个十分可怕而更凶恶的模样。现在他还站在那儿，手里并且还拿着一把大钢叉。"

朱氏说到这里，忽然又将手移到另一方向，指着一只箱子的顶上道："那里也有一个人，而且头上还戴着盔。"

惠英于是再随着母亲所指的箱子边望，明白了也似的对她母亲道："妈妈，箱子上哪里来的人呀？上面的不是一个帽笼吗？"

朱氏却又摇头，气喘得更急促，不再说话辩明了。

惠英因为母亲这样的见神见鬼情形，心中好像有十五只吊桶，只是七上八落地，急得她险些失声哭出来，频频不断地唤着"妈妈，妈妈"。

惠英正在此万分焦急而又万分害怕的时候，更不知怎样对待她的母亲是好，忽然听得有人在门外喊道："里面有人吗？李婶婶的病好些了没有？"

惠英听得出这声音是小弟，而且小弟唤朱氏作婶婶，因为姓李，于是连姓就唤作李婶婶了。这时候，惠英正在无法措置，一个人不知怎样办理是好，听得来的声音，发出呼救乞援也似的呼声唤道："不是小弟哥吗？你快来呀！不知怎样的，我妈妈的病，在此一瞬之间，竟骤然地变了，你快来瞧瞧看，不知道可要紧吗？"

小弟一面听着，一面又加紧了脚步，不管三七二十一地，早已经走进了朱氏和惠英的寝室，站定在朱氏的床前，望朱氏看了一眼，也禁不住发出诧怪的呼声来道："昨天我来的时候，还看见好端端的，今天怎么变得这样可怕？"

惠英发急也似的道："莫要说昨天还是好人般的，就今天的，方才只是半个钟点之前，仍像是个很有起色的病人，谁都也想不到，竟会变得如此快，说来也有些令人不很相信。"

于是惠英就把朱氏方才的情形，大约地说了一遍给小弟听，一面说，一面眼泪好像断了线的珍珠般地掉下来。害得小弟见了这种情形，禁不住也要悲伤起来。听得惠英说朱氏的这种举动，便觉得很担忧似的说道："李婶婶的病势不好得很，她的手指向东，指向西，一定在青天白日里看见了什么鬼，她的病，靠不大住吧！恐怕……"

小弟才说到这里，还没有把他的话和意见说完，早被惠英剪断了，并且向他张大了两眼，怒责道："一个人看见了鬼，还会好的吗？莫要说我母亲不会有起色，这是你说放屁话呢！"

惠英和小弟的感情可以说再好也没有了，从两个人在幼小的时候，从没有争吵或斗过嘴，两人都互相敬爱着，惠英今天居然破口骂小弟，还是破题儿的第一遭呢！她因为听得小弟竟说出母亲的病得没有起色。小弟听了，也觉得很奇怪，他竟不能相信他的耳朵了。因为惠英绝不会破口骂他。

可巧这时候，朱氏的双手又在指来指去地，嘴里也不知她在说些什么呓语，两眼死定着，见了谁都要觉得十分可怕。

惠英急得只是哭泣，忙着追问："妈妈，你现在觉得怎样了？"两手抚在母亲的肩上，觉得母亲的呼吸比方才更觉急促了，而且看她似乎感到很吃力的样子。

惠英将母亲的双手揿在被窝儿里，不让她指来划去的。朱氏的双手都在被窝儿里，除呼吸之外，便完全好像已经是个死人了。

小弟也轻轻地问了几句话，也都没有回答他。惠英觉得母亲的呼吸由和平而至急促，再由急促而至迟缓，最后，由迟缓而又慢慢地停止了呼吸。惠英一见，便知大事不妙，一摸母亲的身体，竟又慢慢地冰冷了，这岂不是断了气吗？

惠英连声不断地唤着："妈妈，妈妈，你醒醒吧，你醒醒吧！"但是哪里还呼唤得醒来呢？早已长睡逝世了。

从此以后，母亲竟是作古人了。惠英抱住了母亲的尸首大哭，哭得连气都喘不过来，险些也昏晕了过去。

小弟也是没法可想，只得在旁竭力地安慰，眼见着惠英这样的悲伤，也赔了不少的眼泪。惠英经小弟的力劝安慰，只得暂时止住了悲伤，自知就是这样的伤心哭泣，也是徒然无益的事，总得要设法收殓母亲的尸首才是道理。但所最成问题而又最着急的，就是家中又没有一文了，四川成都府李知府送来二十两银子的外快，在上面不是已经说过，这二十两银子，十两还了小弟的父亲，还余十两，给亡父做了一场功德，其余的都花在母亲的医药费和家中的生活费上，所以到今天，可巧又花了个干净，哪里还有钱收殓母亲呢？

这个重大的问题，小弟也代为着急了，对惠英道："这如何办法呢？我知道，现在我家近来也没有钱，因为在前天还了租，所以把家中的钱凑凑括括地都缴了租，这并不是我的故意放刁不肯，这一点，你也应该能够知道我的心吧！"

惠英点了点头，小弟的这些话，她很能信任，知道他绝不欺骗她，但是惠英的心中因此而更觉焦急了，抱着母亲的尸首，只是放声大哭，哭得连喉咙都沙了。小弟看了，也是代为伤心，却苦无能为力，真的是心有余而力不足，哪有什么办法处理这件丧事呢？真的是无钱不能办理一切。俗语说钱能通神，有了金钱，便可万能，什么都能办得到；没有了钱，除痛哭之外，就没有办法了。

小弟见了惠英这样的伤心，不禁随着也是伤心起来了，总是劝她不要着急，还是要想出一个办法来，便对惠英说道："我家不能借给你，但绝不是这样可以了事的，我一定代你去告贷。如果今天借到了钱，自然是再好也没有了；要是说今天借不到钱的话，那么只有等待明天再借了。在我想来，近年的时候，有的人家果然手边的钱紧得比平常的日子还要来得紧，可是有不少的人家，手边就很富裕了。因为到了近年，总预备着几两银子做过年之费，前去借贷，自然会答应，因为这是一件最重大的事情，所以人家一定会答应。这件事，决定由我代你负责，那你可该放心了。而且一个人迟早总得有一个死的，除了神仙能够不死之外，无论什么人，都会要死。

就是李婶婶现在的年纪，不能说怎样的小……"

小弟说到这里的一句话，又恐怕惠英要骂他，不得不作一个再详细的解释道："但是并非李婶婶到了这样的年龄就应该死，话须要说回来。现在令堂太太既然是已经作古，那是再也没有办法的事，只得这样的解释，你可不要误会了，就是这样的伤心大哭，俗语说，人死不能复活，像你这样的伤心大哭，难道你的母亲还会活转来的吗？现在你要自己特别保重你自己的身体，因为一切事，全都只有你一个人办理。"

惠英只得听了这好意的规劝，略略止住了一些伤心，于是小弟就得要代为设法去借几两银子。

这时候，隔壁邻舍都听得了惠英的哭声，知道朱氏病了已经有好些天，忽然听得有号哭的声音，便知道朱氏是恐怕死了，于是全带了小孩子过来观看，果然是不出所料。因为朱氏平日的为人很和气，现在死了，都代为可惜，并且都愿为惠英帮忙。可是小弟奔了半天，却借不着分文。

欲知后事如何，且看下回分解。

第三十回

罗掘已尽田主忽发天良
奇峰突出惠英含恨随归

却说朱氏寿终正寝，断气的时候，正是在日中午时的时候，可巧应验了昨夜的梦境，竟丝毫不爽，一点儿也没有差池。

朱氏死了之后，惠英的哭声传出去，隔壁邻舍都听见了，便来观看是否朱氏已死，因为病了有好多天，四邻的人哪个不知道？便带了孩子来一看，果然没有出于众人的所料，看见果真已死，没有一个不代为可惜，都说朱氏的年纪还不怎样大，五十光景的人，着实还很可以活几年，不幸的竟死了，为的都是几两银子。李天民也是为了没有钱付田租，因此女儿被田主劫了去，本来是个有病的人，如何再经得起这么重大的刺激？就是这样的一急便死了。朱氏也是因为丈夫的死，心里又是悲伤，又是着急，便和丈夫一同到阴间，眼睛只是一闭，什么事全都不管了，在世间只留下了惠英，是一个年轻的弱女子，最够可怜，家里没有一文积蓄，母亲竟毫不留情地长逝了。没有钱葬送母亲，惠英哪得不要着急？虽然邻舍都肯来帮忙手脚，但是也都是很清寒的，却不能帮金钱上的忙。只有小弟一个人，允许代惠英到各处亲戚朋友家去借钱，哪里知道整整地奔走了一个下半天，待等到日落西山的时分，才见小弟没精打采地回来了。一看了他的这种神气，就能够知道他一定没有借到了钱回来，否则他还要高兴些呢。待至到屋子里一问，果然不出所料，的确不曾借到钱。因为所去的各家都说没有钱，也穷得竟像和惠英差不多，只想人家借些钱给他们过年呢。

这时候，惠英才给母亲的尸首用水上上下下地揩清楚了，又代她穿上了短衫裤，帐子是早已经除下了，母亲的尸首直挺挺地躺着。惠英一听得说并没有借着了钱回来，自然要把她又是一急，禁不住放声大哭。邻舍和亲友见了，哪有一个不为之伤心？于是小弟又竭力地劝慰道："你不要这样子又着了急，今天虽然没有借到手，那是意料中的事，普通得很呢！临出门的时候，我不是曾对你说过的吗？今天就是借不到，还有明天呢！还用得到着什么急？亲戚朋友虽然并不怎样多，但倒也有不少，在我的意思之中想来，明天我一定会借得到手，你尽放心吧！现在你的母亲又死了，哪里还有人来爱怜你？那你就应该自己特别保重你自己的身体，今天虽然没有钱，不能办什么事，但到明天，尽来得及，哪一家的丧事，不要过三两天呢？如果就是今天真的借到了钱，试问今天天色也早已经晚了，还能够办些什么事呢？岂不是有了钱，也白白的没处用？"

小弟因为恐怕惠英又要为着悲伤着急过度，就又要昏晕过去，害得众人又要为惠英着急。如果说惠英也急得成了病，这丧事叫谁人处理呢？不得不竭力地安慰她。

惠英听了小弟的话，他今天虽没有借到钱，但是明天去借，好像是很有把握的样子，那也是无可奈何，只有听信小弟的这些话。

这晚，许多邻舍都轮流着来陪尸首，因为朱氏在生前平日的时候，不论对待任何人，都是十分亲热和气的，所以人缘非常好，一旦有了事，什么人也都愿意来帮忙。但是惠英总觉得于心很不安，然而没有什么可以孝敬邻舍的，而且长长的一夜，就是这样静悄悄地坐着，岂不是要觉得很寂寞无聊吗？于是就忙着到厨下去，炒了四五升大豆，分赠给来看守陪伴母亲死尸的吃，尤其是那些孩子们。除此之外，简直没有什么东西可给他们吃。惠英又煮了锅子粥，待至夜半深更的时候，肚子一定会饥的。自己忙了个不停，众人劝她尽可睡觉："一连几天必定没有好好儿地睡过，一个人的精神本来是有限的，那如何来得及呢？倒不如去睡一会儿，休息休息精神，不要也病了，哪有什么人再来服侍你呢？那岂不是自己吃苦？"

惠英的心中虽然也曾想到这一层，但哪里睡得着呢？心里是急得真难以形容，不论谁都不知道，只有她自己一人明白，跑来跑去地还要招待他们，感谢他们。

一晚无事，倒也容易过去。待等到第二天黎明，小弟又出到各处去代惠英设法筹款子，一直等到中午时分，杳如黄鹤般的仍旧不见小弟回来。

惠英的心中已经又在着急了，料得仍旧借不到。众人只得竭力地安慰她，有的说："或者小弟早已经把钱借到手了，现在的不回来，或是竟就在镇上代办一切应用的东西，免得再来来往往地倒要多费时间和手脚。"有多数的人都这样地料想，说这个话的人，说得一些也不错。惠英也只有相信这话，因为除此之外，便没有旁的料想了。不过惠英的心中未始不明白，这一定是故意想出这些话来安慰她的，也只有静心地等待着。

又一直等到下午的两三点钟，还是不见小弟回来。众人也都有些怀疑："小弟恐怕他借不到钱，否则早就要回来了吧！"

众人的口吻便多了一些异样，议论纷纷的，没有一定的说法。有的说，恐怕小弟借不到，所以还没有回来；然而仍旧有人主张说，他一定会借得到手，现在的还没有回来，一定是在购买应用的东西。总之，一个人的话约有好几种说法，都是不同的。惠英心乱如麻，也不知道怎样是好。

待至日落西山，天色将近要到黄昏的时候，小弟这才慢慢地独自一人，垂头丧气地回来了。众人都是眼巴巴地盼望着，尤其是惠英，一看见小弟这样的垂头丧气，就知道这情形不妙，一定又是落了个空。等到小弟走前来一问，到底把钱借到了没有。小弟微微地叹了一口气，又摇了摇头，却说不出一句话来。

惠英料得又是失望了，禁不住哇的一声哭出声来了，只将身体晃了几晃，险些跌倒在地。众人连忙将她扶住，小弟自己也觉得很不好意思，而且心中也是禁不住要伤心起来，随着惠英流泪。

小弟今天又整整地奔走了有一天工夫，连腿都奔得酸痛了，到一家家的亲戚朋友处去借钱，不但一文也都没有借到手，反而受了一肚子的气。自己想想，禁不住也要伤心起来，总觉得是吃了没有钱的苦，可是又恐怕急坏了惠英，于心中又觉得不忍而又不舍。但是又想不出旁的好方法，回头一想，便又觉得很兴奋地对惠英道："没有钱实在是没有法子，我一共奔走了有一天半，还是借不到分文。但是总不能就因为没有钱而不葬你的母亲，那也不是个道理。但讲我回家去看看，可有什么值钱的首饰或衣服？且当他几两银子，倒不如草草地成殓了的比较好得多。"说着，不待惠英的赞成与否，竟自顾自一溜烟地跑了。要想再和他说几句话，也都来不及。

不到一刻工夫，小弟又是垂头丧气地走来。众人一看，早又知他不能达到目的。而惠英呢？她一个人竟好像通了电流似的，周身麻木不仁，不知忧愁，也不知喜乐，如同一个石人般的，小弟仍旧失意回来，也不感到些什么。

小弟方才回家，以为家中总有些衣服和首饰吧，很可以拿去当了，暂时借给惠英葬送母亲，倒也是一件好事。哪知回到家中，问母亲索取，讵料因上次要凑个数儿去缴租，竟早已当去了。只得没精打采地来回复惠英。

众人听了，也都觉得很失望，而且为惠英担忧，人已经死在床上，那怎么办呢？

正在这个时候，众人只是呆望着灯的时候，从外面忽然走进一个人来。众人的眼睛都不约而同地集中在那个来人的身上，只见那是个四十多岁、五十将近光景的人，原来他是伍文良的账房邱先生。

大半人都认识他，快着站起身来招呼道："邱先生，请坐请坐。"

惠英和小弟见了，两个人都不约而同地不觉心中一跳，尤其是惠英，急得她脸无人色，立刻之间，突然变得灰白了。

小弟便走上前去，向邱先生上下打量了一会儿，但见他满面春风似的微笑着，好像并没有恶意，一时却莫名其妙其来意，到底是什么意思？便也很客气地道："邱先生，请坐坐吧，天色现在已经晚了，不知邱先生打从哪儿来，还是特地到这里的？倒不敢请问有什么贵干，可不是特来收租的吗？现在天民叔和婶婶都已死去了，实在是没有能力缴租，这一点，你也该知道吧！"

邱先生微笑着，只是摇了摇头，随身坐到一张凳子上，坐定了之后，便又笑了笑说道："并不并不，我并不是来收租的，不过我自有事到这儿来。"

惠英听了，不觉一跳，躲在一边，连响也都不敢响。

小弟却也有些莫名其妙了，心中暗想："莫非是我那晚刺他，今天特为了这事来的吗？但似乎又不甚对，因为事已过了多时，而且更不告官，不知是什么蓄意？"

便用怀疑的口吻再问道："那么不知邱先生来此的贵干，到底是些什么事？"

邱先生依然笑着道："我们东翁，知道李天民的老婆又死了，家里没有钱送葬，这是够可怜的，所以我家东翁特地派我到这里来，并又带了五十两银子给天民的老婆买棺成殓。"

众人一听，都觉得是出乎意料之外的事，倒反而有点儿不相信起来。

小弟的脸上便不由自主地露了一些喜色问道："那可是真的吗？"

邱先生淡淡地答道："这哪里会是假的呢？岂有和你们开玩笑的事？你们不信，现在我的银子也已带来了。"

说到这里，便从袖管中取出一锭银子，随手就放在桌子上，回头又显得吞吞吐吐地继续说道："银子是可以借五十两，而且已经送上门来。不过有一个要求，这要求也并不怎样的难，因为我家东翁是个很慈善的人，而今知道李天民夫妻俩都死了，只留着一个女儿叫惠英的，那真够可怜，凡事因是年轻的女孩儿家，就要感到诸多不便。因此之故呢，我家东翁的意思，请惠英到我东翁家中去，代为保护，这实在不能算是我家东翁要求，竟是我家东翁的美意。要是不然的话，那就太不识抬举，这五十两银子，也不能借用了。"

小弟一听了邱先生的这番话，不觉倒抽了几口冷气："原来是如此，这伍文良还是不怀好意，在名义上说得好听些，说是保护，在实际上，他仍旧是看中惠英。上次没有达到目的，现在依然不肯死心，竟会想出这样的圈套，故意来给我们去钻。"

他不得惠英的允许，便冷冷地说道："邱先生，你且回去对你美意的东翁说，叫他休得这样地再梦想了吧，这儿纵然是没有钱葬送，也决不要借此五十两银子……"

小弟才说到这里，正待还要往后说下去，哪知惠英突然推开了小弟道："小弟哥，这不关你的事，由我自己做主。现在他东家既然肯借五十两银子给我葬母亲，那是再好也没有的事，就是他的要求，我也能够接受。总之，这不关你小弟哥的事，此事还是我自己做主，我自己愿意就是了。"

惠英这番话，众人都觉得奇了，竟不能相信她会说出这样的话来。尤其是小弟，他连连地抽了几口冷气，又倒退了几步，心中暗想："哎呀，惠英，你怎么变心变得如此之快？终于是金钱是万能的好东西，居然能够买得你的心，你还是要爱他的金钱的。"小弟的心中很有些怨恨惠英了。

可是那邱先生却显得很得意，他是已经得到了最后的胜利，就把这五十两银子，随手很恭恭敬敬地递给了惠英。

惠英将银子接在手中，从此竟好像骤然之间变换了一个人的样子，虽然眼见母亲的尸首还躺在床上，她也不再哭泣了，反而似若无其事般的，并不像是她自己的事一般。

这晚，邱先生就睡在惠英的家中，似乎是在暗中看守着惠英。等到天明，小弟是已经愤恨惠英了，早就在昨晚回家，不再相助她的一切。而伍文良却得到了这个消息，自然是满心欢喜，便派了几个家人到惠英的家里，帮着惠英，买棺葬送了她的母亲。

伍文良见一切事情都已办妥，便要迎惠英到家中去。惠英也不甚反对，不过还要等待几天，须得要代父亲和母亲好好地做他几天功德，因为这五十两银子，在父母的面上，还没有用尽。

伍文良一听此话，倒也很合情理，而且这一些要求，也觉入情入理，不便拒绝反对，于是也就一口答应她为父母做几天功德，倒是一片孝心。如果银子还不够的话，尽可再来支取。

伍文良又细细地叮嘱了家人一番，叫他们好生看着惠英，多费几两银子，那是不成问题的。他一心只要博得惠英的欢心，所以一切要求都可答应。

不到几天，居然已经功德圆满。伍文良便派人来接惠英，惠英便很欢喜地去了。

欲知后事如何，且看下回分解。

第三十一回

侠女赴阴曹得赐奖旗
隐身有法术除暴安良

却说惠英拿了伍文良的五十两银子，给母亲买了口棺材，发丧葬送完毕，又给父母做了一场功德，总算尽了女儿的责任，而且这五十两银子，可巧也已经用得不剩分文。

伍文良眼见得惠英将母亲的丧事一切都办得妥当完全了，于是便又派了两个家人，用一顶轿子，把惠英接到庄上。

倒说那惠英竟一点儿没有悲楚的样子，却是十分快乐，就是对于平日之间，感情最好的小弟，也是毫不留恋，真的是太觉出人的意料之外了。都说惠英是已变了一个人了，尤其是小弟，气得说不出一句话来："总怪着我的家产不及伍文良的来得富有，所以不能够博得惠英的欢心。"

唯有那惠英，她坐着轿子，到了伍文良的庄上，总是满面笑容的十分温柔亲热。伍文良见她这样快乐，一点儿不悲伤，虽然觉得她的态度和上次抢到庄上来的时候完全不同，不免奇怪得很。但是她快乐，也自欢喜不胜。又见她这样亲热，所以对待惠英特别的温柔，而且在言语之间，时常含一些引诱的意思。惠英并不怎样拒绝，只微微地向他一笑，也不说一句话。每晚管自一个人，睡在一间伍文良早已令人收拾清洁的小室里。这样的一连已经过了有三天，倒也觉得是相安无事。

那么伍文良把惠英接到庄上来住着，难道真的是保护她吗？这也不是他的本意，他更不是这样的一个好人。伍文良还是爱上了惠英的姿色，预备给自己做小妾，但现在为什么倒反而不相逼迫呢？因为他以为惠英早已经来在自己的庄上，难道还怕她生了翅膀飞出去吗？只要慢慢地说动了她的心，不难达到目的。因此每天总是在言语之间挑动引诱她。

惠英是一个多么聪敏的人，不但知道伍文良的心理，而且更能猜透他的阴谋，每次的油言，惠英含笑着回答道："待我母亲过了五七之后，再作道理。"

伍文良一听了惠英的话，里面也含着意思，竟没有拒绝而已暗中答应了他的要求，心里自然十分欢喜，于是便不再相逼，只静待她母亲过了五七。因此惠英有什么要求，伍文良要博得她的欢心起见，所以没有不答应之理，故而朱氏的每个七，惠英要求做功德，竟全部请了好几个和尚道士，做了有好几场功德。到五七，也整整地做了有五场功德。

那日正是朱氏死后的三十五天，白天里也做了一场功德，到了晚上，伍文良便笑着对惠英道："今天是什么日子？你该没有忘记吧！你也该答应我的要求了。"

惠英连连地点头道："少爷待我的恩惠，哪里敢忘记？今天是什么日子，我更没有忘记，我如何肯忘记呢？不过今天可巧是我母亲的五七之期，似乎不便答应你的要求。只要过了今天，索性到明天再作道理吧！而且日子并不长久。"

伍文良一听，倒也是个理由，真是入情入理，更其是既然已经等了有好多日子，也就不在乎今天的一晚了，于是也连连地点头微笑着答应了，不再相逼，便立刻返身走出。

惠英到了自己的房中，闩上了房门，胸中禁不住一阵伤心，于是就放声大哭了一场，幸而惠英的卧室位处在后进的近花园，所以惠英放声号哭，竟没有被人知道，否则定然又要使伍文良得知了怀疑。她一个人哭泣到天将二更的时候，忽然止住了哭声，不再啼哭。

因为是天色很冷之故，伍文良又是十分爱她，所以在房中生了一个火盆。惠英更将火盆从地中央移过一旁，更在火盆上取下炖着的热水，好好地搌了一个面，脸上又略略薄施了一些脂粉，将发儿重新梳好，换了一身清洁的衣服。取了一条丝带，抬头一看，只见上面可巧有一根二梁，惠英垫了一张凳子，即将那条丝带往上一抛，正穿在这根梁上，将两头拉齐了，打了一个结。惠英见了这条丝带，不免又伤心起来，禁不住再掉下几点眼泪。她将牙关紧紧地咬着，狠了一狠心，把头颈凑了上去，两脚把这张凳子一踢，便翻倒在一旁。惠英却已高高地悬挂着吊在这条丝带上，顿时花容失色，不多一会儿工夫，早已气绝身死。

这晚却也无人知道，直要待至第二天，日高三丈的时候，还不见惠英起身，众人都觉好不十分奇怪。尤其是伍文良，一早起身来，却不见惠英，心中好像丢了一件什么珍宝也似的，总觉得很不舒服。而且今日是惠英答应满足自己的要求的一天，昨夜已经思想了整整的一夜，现在不见惠英，心中自然觉得奇怪，两只脚由不得他自主地，搬移到惠英房前。只见房门牢牢地关着，推了一推，连动也不动，呼唤了几声，也不见答应，心中格外怀疑起来了。情知不妙，便吩咐家人，将房门撬开，将门推了进去。伍文良急不待缓地闯进房门一看，只见惠英早已高悬在梁上，原来在昨晚吊死了。

伍文良不觉一呆，往后连退了几步，一时竟说不出一句话来。这才想道："惠英来此竟这样的欢喜，她一定是胸有成竹，完全是欺骗了我。我出钱葬了她的母亲，又代她的父母做了好几场功德，我满望要收她做妾，哪知道竟上了她的当了。"伍文良愈想愈恨，"结果还是我不能达到目的。"气得他说不出一句话，便吩咐家人将惠英解了下来，自然早已气绝身死了，再也没有医治，只将惠英草草葬了完事。丢开不提。

却说惠英上了吊，踢倒了脚下的凳子，身体悬在空中，起初的时候，觉得十分难受，真的比死还要难过。往后不到五分钟光景，再也不觉得难受了，好像并没上吊之前一般，身体轻得如同一叶轻舟，她自己知道自己已死。看看四面静悄悄的，不见一人，她的心中暗想："我的所以上吊要死，我的目的是要去找寻父母，他两老在阴间没人服侍，我特地要求服侍他们，不过到哪里去找寻呢？倒很是一个问题。"

惠英正在无法的时候，忽然见有两个公差模样的人，捉着一个人，正往那边的大道上走去。惠英连忙奔上前去，便问道："你们到哪儿去的？"

那两个公差只向惠英望了一眼，并不答她的话，竟自走他们的路。

惠英见他们并不理睬，便自己心中想道："他们捉住了人，一定是往阴间去的，我只要随着他们，自会到那里。再去找寻父母，那就容易。"

惠英便随着那两个公差，走得好不十分迅速，而步履却很轻松，走起路来，一点儿也不感到吃力。没有许多时候，已经走了许多路程，一路上并没遇到一个人。一会儿，只见前面有一座城池，十分气概。只见两个公差走进了城门，惠英也随了进去。城里照样也有商店，好不异常热闹，竟如同阳间一般，来往的人也极多。几个转弯，那两个公差便不见了。

惠英在这座城里，一个人也都不认识，真的是举目无亲。正在此无法奈何的时候，忽然前面飞来一座大轿，里面坐着一位黑面孔的官儿，路上的行人都纷纷向两旁避让，惠英也跟着避在一旁。

那轿抬到惠英跟前，里面坐着的那位黑面官儿见了惠英，连忙吩咐停轿，将惠英唤至轿旁。那位黑面的官儿便显得十分惊奇地问道："你这女子，我看你的脸色，知你的阳寿未绝，倒不知你怎么会来到这里？"

惠英只得上前行礼，见那黑面官儿却非常客气，胆子便壮了，便将她自己的来意说明，要找寻她的父母，随着到阴间，特来服侍他们两老的。

你道这黑面官儿是谁？并不是别人，原来就是包公。

包公听了惠英的话，连说："痴孩子，痴孩子，这如何可以？"

便要吩咐公差送她还阳。哪知惠英反而哭了，死也不肯。

包公见了，也是觉得奇怪，见她倒是一片孝心，不可过拗了她的孝心，于是便吩咐公差，将惠英带到衙门。因为这件事，倒是件特别的案子，理应送惠英还阳，自己倒也没了主张，不知如何处理，只得上奏天庭，静待玉旨，如何办理便了。

包公便将此事完完全全地奏上了天庭，包公一面询问惠英的父母的姓名，翻出了生死簿一查，便知李天民和朱氏夫妻俩现在的地方，便把惠英令公差送去。父母女儿一见了面，不觉抱头大哭起来。

李天民和朱氏夫妻俩见了女儿的面，又痛哭过了之后，不觉也很奇怪，忙问惠英道："女儿呀，你怎么也会到这儿来的呢？"

惠英即将自己的来意说明了，是特地来到阴间服侍父母的。夫妻俩一听，连连埋怨她不该如此，像这样的孝，实在是过甚了。又听得遇见包公，父母也竭力劝惠英："还是到阳间的好。"

惠英答道："我既然特地来到这里，怎么肯就此回去呢？一定要随着父母在阴间了。"

父母也是没法奈何，只得任其自由，不到二三天工夫，天上的玉旨来了，极重视惠英的一片孝心，允许她在阴间。天使来的时候，还带来了一粒丹丸和一面小旗，都给与惠英，这是一面能够降魔伏妖镇怪的宝旗，不论妖魔鬼怪见了，都会觉得害怕，而且可以来去阴阳由己做主。这粒丹丸，是玉帝所赐，当然也是宝贝，服了之后，能够使面目的美丑随心所欲，你要想变得美丽，便能够美丽，你要想变得丑陋，便能够丑陋，而且更可以隐身。这是玉帝赐给惠英的，许她在阴间服侍父母，阳间也随时可去。若遇见世界上有不平的事情，也要惠英去仗义扶危救困，铲除强暴。

惠英得了这两件宝贝，欢喜不可开交。惠英连忙将那粒丹丸服下，一试，果然好不十分灵验，一忽儿变得十分丑陋，一忽儿又变得十分美丽，更可忽隐忽现，这是什么意思呢？因为惠英本来长得如此花容月貌，很有一些可恶的魔鬼，见了惠英的这等美貌，便要感到诸多不便，所以玉帝赐了这粒丹丸，便利惠英。玉帝也想得此等周到，可见得对于惠英是特别，完全是因为她的一片孝心。把个惠英欢喜得不亦乐乎。后来将这面小旗一试验之后，又是好不十分灵验。那些万恶的妖魔鬼怪，都见了这一面小旗，如同见了玉帝一般。

　　从此以后，惠英就顺了天命，做了许多侠义的事，也不知救了多少人的性命，又济了不少人家的危困，以后世界上一切的人，都称惠英作恐怖鬼侠。因她时常遇到恶魔和那般恶人，都显着那张可怕的面貌，因此就取这样恐怖鬼侠的一个名字，真的是名实相符。

　　碧霞子一口气足足地讲了有个把时辰，才把惠英详细的事情讲完，昆仑老人、菁华真人，以及鸳鸯女侠和凤姑等四人听得个津津有味。

　　鸳鸯女侠便第一个开口道："哦！原来是这样的事情，我几次遇难而得救的，一定是这个恐怖鬼侠了。"

　　这时候的天色早已经是在二更时分了，这仙洞中本来是没有什么床铺的，不比是凡人，到了晚上，学道修仙的不能睡觉。几个人现见天色既然已晚，不能不稍稍休息，尤其是凤姑，她不过是一个侠士罢了，不能和昆仑老人和菁华真人，以及碧霞子等相比，就是和鸳鸯女侠也都不能相比较，没有床铺，但是还是要休息的。于是五个人每人各坐了一个蒲团，闭着眼睛，养神休息。这一晚也没有什么事可叙，那就容易过去，且不必再作细叙。

　　待至第二天天色黎明不久，五个人全都一个个地醒来了，各人揩了一把面，为侠士的人本来与闺阁千金等辈大不相同的，只要把面洗干净了，便就了事，不需涂脂抹粉，再做那些麻烦的事儿。

因为凤姑到底还是一个凡人，菁华真人以主人自居，便吩咐童子，办了一些点心给凤姑等人吃，又办了一盘水果，哪一个喜欢吃点心的，那就吃点心，如果断了烟火食已久的，那就不妨吃些水果，五个神仙、剑侠各自吃了些各人所喜欢的东西。看看太阳已经挂在树梢之上，大约总该在七八点钟的光景，尚不见师父以及师伯、师叔等预备要出发的举动。凤姑因为觉得自己到底是有些客气的，所以不便催促，只用两只怀疑的眼睛望着鸳鸯女侠，意思是这么说："怎么连你也不见动静？"

哪知鸳鸯女侠见了，早已会意，料得了凤姑的心理，便先向凤姑微微地笑了一笑，回过头去，望着菁华、昆仑，以及碧霞子等道："天时该不早了吧，我们似乎可以动身出发了，还在这儿等些什么呢？并且更没有什么意思，倒不如早些走了。"

碧霞子听了鸳鸯女侠这等催促着，便笑道："你真是个猴儿般的，竟会着急得如此，再要催促的话，我可要不和你们同去了。"

大家听了碧霞子的话，知是笑话，便各人一笑，就一齐出了洞府，驾云而往。

欲知后事如何，且看下回分解。

第三十二回

逆旅中群仙聚议斩妖
佛殿上淫僧恶贯满盈

却说碧霞子将恐怖鬼侠从生前到死后，而又成名，前前后后的故事说了个详详细细，四个神仙、侠客听了，都说："这个恐怖鬼侠，的确是个可敬可爱的孝女。"

这晚，便再无事可叙，五人在蒲团上坐了一晚，休养休养精神。凤姑是跟随着鸳鸯女侠在半空中飞行了有两天工夫，足足经过了有二千里路程光景，所以这晚都是很觉疲倦，坐在蒲团上，也是睡得很熟。一晚也就容易过去。

待至第二天一早黎明，各人便都逐一醒来，用了些水果点心，鸳鸯女侠便催促着速即起身。碧霞子尚和她打趣，笑说她竟如此猴急，于是昆仑老人、菁华真人、碧霞子和鸳鸯女侠等都会腾云驾雾地飞行，出得洞府，各自作法腾云升空而上。唯有凤姑一个人，对于腾云驾雾的此道，恰是门外之汉，一点儿也都不会，只有鸳鸯女侠仍旧由她带凤姑腾云而去。

现在鸳鸯女侠虽会驾云，但她从苏州至大公山两千里路程左右，也得要花两天工夫，平均每天只能行千把里路程。而昆仑老人和菁华真人、碧霞子等三人驾云的速度，要比鸳鸯女侠更快得多呢，一天要他行多少里路，便能够行多少里路，自己却可以做主，快慢自如。

现在鸳鸯女侠和凤姑二人急于要达目的地，就是昆仑、菁华、碧霞子等三人也有这种意思，既然已经动知，就盼望早些到达。因为鸳鸯女侠腾云的速度，不及他们的来得快，如果让她和凤姑二人落在后面，那就觉得于心不忍，这如何可以呢？但鸳鸯女侠又跟他们不上，三人便不得不代为设法。菁华真人便在鸳鸯女侠腾着的那朵红手帕变成的彩云上，张开了大口，吹了一口仙气，又在口中念念有词，倒说鸳鸯女侠和凤姑二人腾着的那朵彩云，其速度立刻快了不少，竟能和他们的三朵云并驾齐驱，也是一样的快慢，便紧紧地跟随着，从此不再落后。

五个神仙、侠客，驾了四朵彩云，在半天里飞行，其速度快得好像是闪电一般。凤姑和鸳鸯女侠已经在半天里腾着云，飞行了有两天，所以也稍有点儿经验了，否则这样的快，凤姑一定要觉得害怕，说不定还要从半空里掉下来呢！这次虽也觉奇怪，但并不怎样的要受惊。

五个人驾了云，在早晨的时候起，从大公山那边飞行首途，足足地飞行了有四五个时辰，并不停住片刻，就是在中午的时分，人家都应该要吃午饭的时候，但是他们五个人还是继续飞行，也不停地飞行，一直往庆福寺赶去。到那里，大约总要在下午的四五点钟，难道他们不会觉得肚饥吗？像昆仑老人和菁华真人，以及碧霞子等三个人，就说他们业已得了道的，一天半天不吃东西便算是不成问题，没有关系。鸳鸯女侠到底还不曾得道，只学得了些剑术罢了。这时也该需要吃点儿东西。尤其是凤姑，更是不能耐饥，难道她们也不要吃东西吗？说来一定不会相信，就是退一步着想，即算鸳鸯女侠也可以在十一二个钟点之内还能够忍耐不吃，可是凤姑究竟不是一个凡人，只可称是个侠客罢了，哪里忍耐得住饥呢？倒说那凤姑，竟也一些并不觉得肚里饥饿，这岂不奇怪吗？不曾修得仙，学得道，怎么会不觉肚饥呢？这事并不能称为惊奇，那是意中之事。

原来在大公山早上的时候，五个人不是都吃水果的吃水果、吃点心的吃点心，凤姑自然也吃了些。这些点心，与普通人家的当然不同，是神仙的东西，凤姑吃了，三天之内可以不会觉得肚饥，就是这个缘故，因此凤姑便不觉饥饿。否则自然在中午的时分，要下云让她午膳的，这便丢过不说。

那五人约在下午的四点以后，已经到了目的地，在城外的冷僻之处，在云端里低头一看，四野里不见一个来往的行人，于是便在半天里慢慢地按落云头，到了地上。三位神仙所驾的三朵彩云忽然变作缕缕青烟，往空四散，便不见了。唯有鸳鸯女侠和凤姑二人同驾的那朵彩云着落了地，便仍旧还原，变作了一方绯色的手帕。

鸳鸯女侠即俯身将手帕拾起，藏在袖中，回头先对凤姑微微一笑，再向三人笑道："到了到了，现在天色不早，我们往哪儿去呢？"

碧霞子也笑着骂鸳鸯女侠道："你这个小鬼丫头，我们都随了你来此，应该由你安排我们才是，怎么反而问我们往哪儿去呢？这岂不是个笑话！"

鸳鸯女侠倒被她问住了，竟说不出一句话来。就是凤姑听了，心中也觉得很是不安全："都是为了我一个人的事情，竟惊动了这许多人。"

菁华真人便道："今天的天色已晚，干不得什么事，我们今晚还是住一晚旅馆吧！愈秘密愈好，不要被那些贼秃知道，便要准备对付我们。如若他们不知，我们便乘他们的没有准备，杀他个落花流水，岂不顺手痛快？"

众人一听，都极大赞道："极是！极妙！"

这时候，昆仑老人和菁华真人、碧霞子等三人都是不僧不道的服装，令人见了，一定就会起疑，要是通风给和尚知道，那便不妙。于是三人随手将袖儿一拂，各人的服饰骤然而变，立刻成为两个老先生的模样儿。碧霞子也变成了个中等家庭的妇女，鸳鸯女侠和凤姑二人都是随身打扮，各人将各人的武器都秘密藏起。大家看了一看，各自相对而笑，便一同进得城来，找到了一家旅店，规模倒十分宏大。昆仑老人等五个人一同进去，自有小二出来招呼。五人选定了一大一小的两个房间，都在楼下，昆仑老人和菁华真人，二人住一个小房间，碧霞子、鸳鸯女侠，以及凤姑三人，便住了一个较大的房间，各人洗了面，因为不能被旅店里的人看出破绽的缘故，须要用点儿晚膳才好。小二搬了进去，只有鸳鸯女侠和凤姑二人，尽量地吃了一个大饱，三人却久已不吃烟火食了。

他们的两个房间，在大天井的左厢，那边右厢也住了许多人，正在那儿讲得热闹。鸳鸯女侠踱到天井中去一看，那面的窗口却坐着一个女子，好像是徐碧霞的模样儿，鸳鸯女侠一见，不觉心中就是一喜，暗想道："难道她们也来了吗？"便再踱至窗前，仔细一看，不是徐碧霞还是谁呢？便不顾三七二十一地闯了进去。

只见徐碧霞之外，还有李峨眉、秋水神、人龙、孤女、柳含春等都在。鸳鸯女侠走了进去，众人也已看见，大家连忙站起来，欢喜得她们不能再说，便问她们可是今天才到的。大家点了点头。

鸳鸯女侠又对人龙和孤女很奇怪地道："你们怎么也来到这里？"

二人便说明："在半途上遇到徐碧霞等姊妹三人，又说起了你去相请的话，便约我们同来，随我们二人之外，连佳果，以及汤杰、带发和尚等，也一同来了，住隔壁房中。"

鸳鸯女侠过去一看，果真不错，直把她喜得跳了起来，便连忙回去告诉那边的几个人。

这时，人龙、含春夫妻俩，以及佳果、孤女夫妻俩，还有徐碧霞、李峨眉、秋水神等，都来到昆仑老人、菁华真人和碧霞子处来拜见各人的业师，自然是一场喜剧，都很高兴。带发和尚和汤杰自然也来凑热闹。凤姑见众人都很快乐，却不见自己的哥哥，不免想念，所以独自一人，不大开口。

正在这个时候，忽然听得外面有吵闹的声音，大家听了，便都静了下来。鸳鸯女侠一人出去，看看他们为什么如此吵闹。到外一看，却见正是凤姑的哥哥张士杰在和一人吵嘴，连忙叫凤姑出来。

凤姑见是哥哥，也不觉大喜，忙将张士杰一把拉了进来。

原来张士杰是去请师叔来此相助，哪知找来找去地，总是找他不到。眼见得约定的日期将近，只得独自走了回来。到得城中，天色已晚，也到此投宿一宵，再作道理。哪知进门时走得匆忙了，踏了人家一脚，所以在此吵闹起来，于是便向那人道歉马虎了事。

鸳鸯女侠对各人都已认得的了，便为他们一一介绍。众人谈说起来，都是十分投机，也不分什么男女老少，昆仑老人和菁华真人都是以乐字为宗旨，所以不论对于男女老少都会说得合，一点儿也不固执，倒并不像是个老头儿的样子。大家讲得很快乐高兴，不觉时候已经早已不早了，因为明天大家还要干事，便各自回到各自的房里去睡觉。

鸳鸯女侠睡到了床上，独自一想："所请的各人都已来齐了，而且只有多，所请而未到的只有一个桂花仙子，不知是什么道理，还没见她来此。约定的日期一算，就是在明天，她今天未到，不知她明天来否？想必不致失信的吧！"想到这儿，料她明日必来，便也就安心了，闭上了眼睛，不多一会儿，大家全都一个个地睡熟了。一夜也是无事可说，便容易过去。

待到第二天天色一亮，大家不约而同地一齐起身，自然又要用些早点。久已不吃烟火食的几位剑仙又吩咐小二买了些水果，当作早膳点心吃，一辈女孩儿家，梳梳头，洗洗脸，时候也已经不早了，大家聚在一间较大的房间里面，也得要会议会议，一大群人还是一同去到庆福寺的好呢，还是三三两两去的好？结果说，还是一同去吧，杀了那个贼秃驴，为世界上除了一害，并为妇女造福不浅。达到目的之后，那就不是完了吗？于是便会钞了。

出得旅店，一共十六个人，在街上经过，倒好像结了队，游行示威的一般。老的也有，少的也有，男的也有，女的也有，有的像和尚，有的像书生，各式各样，在此十六个人中，倒是都有。旁人见了他们，不免都觉奇怪，更不知他们所为何事，全用惊疑的目光，集中望着他们。经过了一个转、两个弯之后，便到庆福寺前柳氏所开设的茶店门外，孩子们都随着他们观看。

这十六个剑仙、侠客正待要一齐走进庆福寺的山门的时候，忽然见前面奔来一位美貌的女子，众人都不认得她是谁。鸳鸯女侠一看，却正是桂花仙子，不觉大喜，连忙迎了上去，也无暇代她再介绍众人，便忙着一同进庆福寺去。

小和尚一看他们男男女女的十几个人，情知不妙，便连忙用暗号通知慈云长老。慈云长老便觉万分着急，也忙着准备抵敌，自己却躲藏了起来。

昆仑老人等进了寺中，各出武器。正在此时，忽见左右两旁飞奔出两队和尚，各执雪亮的刀枪，便和众剑仙、侠客抵敌。和尚一看，自己不是他们的敌手，只得且战且退，预备把众剑侠套入机关。哪知一面战，一面退，和尚已经死了大半。

鸳鸯女侠领着几位剑侠，昆仑、菁华二剑仙随着在后，一心只想找到了慈云长老，将他一刀杀死。找了好几间密室，却不见他到底藏在何处。有时他们到了有机关之处，因为剑仙已用了仙术，那机关都失效力。

众人不见慈云，总不肯甘休。直找到最后的一座大殿，只见慈云长老竟直挺挺地跪在地上。

鸳鸯女侠和凤姑二人却认得这就是慈云长老，一见之下，心中哪不喜出望外？回头对众人道："就是这个贼秃驴，今天看他逃到哪儿去呢？"说着，便奔上前去，举手将他一刀斩下。倒说他动也不动，头虽落下了地，但是并不见他的鲜血流出来，不觉大奇。仔细一看，难道错了吗？哪知上前一看，的确一点儿也并没有错，正是慈云长老。

众人见了，也觉奇怪，那昆仑不觉在旁一阵子哈哈大笑。

众人问他因何而大笑，昆仑老人笑道："这慈云早已死了呢！方才我掐指一算，又是那个人称为恐怖鬼侠所干的，预先把他处死在

223

这里。否则这寺中的机关很多，慈云这贼秃早就躲起来了，哪里会在此地？"

众人一听，方始明白，各自相对哈哈大笑，全都说道："我们都老远地赶来，哪知事已早过，成其明日黄花，太没有意思了。"

众人笑了一阵子，鸳鸯女侠领大家进地道，放出了众妇女，让她们各自回家，把那些万恶的和尚统统杀死，又搜出许多银子，随意分赠给众贫穷的人，点了一把火，把座庆福寺在一忽儿烧得干干净净。眼见得一切事都已办妥，凤姑和张士杰兄妹二人向众人再三道谢，感激得连自己也说不出话来。桂花仙子便第一个告辞，自回洞府，再行修道，徐碧霞等姊妹三人也自回蒋府，过着快乐的生活。

菁华真人便对鸳鸯女侠道："现在的世界上，真的是世风不古，道德沦亡，实在是没有意思。你臂上的守宫砂可还在？"

鸳鸯女侠羞得绯红了脸，只是点头，于是昆仑老人、菁华真人带了鸳鸯女侠，以及人龙、含春、佳果和孤女等，再行上山，就是汤杰和带发和尚一班剑仙，都至城郊，驾了云，回到山上，继续修仙学道。而那个奸淫妇女的慈云长老，也是恶贯满盈了，所以该死，为日后妇女造福。

图书在版编目(CIP)数据

鸳鸯女侠续传 / 徐哲身著. -- 北京：中国文史出
版社，2023.3
（徐哲身武侠小说）
ISBN 978-7-5205-3813-8

Ⅰ. ①鸳… Ⅱ. ①徐… Ⅲ. ①侠义小说-中国-现代
Ⅳ. ①I246.5

中国版本图书馆 CIP 数据核字（2022）第 185879 号

责任编辑：卢祥秋

出版发行：**中国文史出版社**

社　　址：北京市海淀区西八里庄路 69 号院　　邮编：100142
电　　话：010-81136606　81136602　81136603（发行部）
传　　真：010-81136655
印　　装：北京新华印刷有限公司
经　　销：全国新华书店
开　　本：720×1020　1/16
印　　张：14.75　　字数：185 千字
版　　次：2023 年 3 月第 1 版
印　　次：2023 年 3 月第 1 次印刷
定　　价：56.00 元